创意写作书系

经典情节20种（第二版）

[美] 罗纳德·B. 托比亚斯◎著
（Ronald B. Tobias）

王更臣◎译

20 MASTER PLOTS

AND HOW TO BUILD THEM（SECOND EDITION）

中国人民大学出版社
·北京·

“创意写作书系”顾问委员会

目录

1 隐形的小说 …… 1
2 共同特性 …… 18
3 强大的力量 …… 32
4 深层结构 …… 39
5 三角关系 …… 51
6 20 种经典情节：序 …… 59
7 经典情节 1：探寻 …… 62
8 经典情节 2：探险 …… 75
9 经典情节 3：追逐 …… 83
10 经典情节 4：解救 …… 90
11 经典情节 5：逃跑 …… 97
12 经典情节 6：复仇 …… 103
13 经典情节 7：推理故事 …… 116
14 经典情节 8：对手戏 …… 131
15 经典情节 9：落魄之人 …… 140
16 经典情节 10：诱惑 …… 148
17 经典情节 11：变形记 …… 157
18 经典情节 12：转变 …… 166
19 经典情节 13：成长 …… 174

20 经典情节14：爱情故事 …………………………… 183
21 经典情节15：不伦之恋 …………………………… 200
22 经典情节16：牺牲 ………………………………… 210
23 经典情节17：自我发现之旅 ……………………… 222
24 经典情节18：可悲的无节制行为 ………………… 231
25 经典情节19和20：盛衰沉浮 …………………… 242
26 临别寄语 ………………………………………… 253

1 隐形的小说

> 对作家来说，为了完成一本书的创作，就是需要打劫自己老妈，他也绝不会有半分迟疑；《希腊古瓮颂》就抵得上许多这样的老妈。
>
> ——威廉·福克纳

图书馆的书架上堆满了几百年来写就的小说，但是街头巷尾的空气中却充斥着新近编就的故事。这些活生生的故事就是我们的一部分，有时候我们几乎察觉不到它们的存在：小道消息、流言蜚语、笑话、借口、奇闻异事、弥天大谎以及无伤大雅的善意谎言——这些每天都在上演的故事谱写了生活的每一个篇章。

在公司的饮水机旁、在餐厅里、在美发店里、在出租车上、在小酒馆里、在董事会会议室里、在卧室里，这些故事无处不在、生生不息。然而多年的学校教育却让我们习惯性地认为小说要么是白纸黑字印出来的，要么是在荧幕上上演的，以至于我们对此视而不见：我们的日常生活就浸润在故事里，这些故事活力充沛、创造力丰富，又令人信服。

在讲英语的地区有一个口头流传的小说是现代传奇的例子，那就是《噎住的杜宾犬》。现代传奇指的是那些被人们信以为真而口口相传的故事。（“我发誓，这事发生在我一个朋友的朋友身上……”）这个故事很简短：

> 一位女士上午逛完街回家，发现她的宠物杜宾犬噎住了，几乎窒息。于是她赶紧把她的狗送到兽医那里，并留下抢救。
>
> 当她回到家后，她的电话铃响了，是兽医打来的。“马上离开家！”他喊道。
>
> “怎么了？”她问。
>
> “照办就是！去邻居家。我马上到。”
>
> 那个女士被他的语调吓住了，于是就听话去了邻居家。
>
> 几分钟后，四辆警车停在了她家房前。警察举着枪冲进房子。那个女士战战兢兢地跑到外面，想看看到底发生什么事了。
>
> 兽医赶到，告诉她发生的一切。原来，当他检查狗的喉部时，发现两根人的手指！他猜测那条狗一定惊动了一个入室的盗贼。
>
> 果然，警方在壁橱里找到了一个人，他已经吓得魂飞魄散，紧紧攥着一只血淋淋的手。

（想要全面了解这种现代传奇以及其他类似传奇的历史，请参看由诺顿出版社出版、詹·哈罗德·布鲁范德所写的《失踪的搭车人》或《噎住的杜宾犬》。）

《噎住的杜宾犬》就是一部隐形的小说。甚至有几家报纸把这当成真实的故事来报道。但是却没有一个人提供一丝一毫的证据来证明此事真的发生过。那些小细节各有出入（比如那只狗咬掉的手指数目、盗贼的种族等），但是基本的情节大致相同。听说此事的人一般都认为这是真事（如果不是半信半疑）。很少有人会觉得这是完全虚构的内容，而真相是，该故事纯属虚构。

这个传说的真正价值在于，随着不断的复述，它也不断完善直至情节趋于完美，同样的过程也让寓言故事、神话故事、谜语和谚语日臻完美。这个故事经过了千万次的口头改写直到无法进一步完善。

《噎住的杜宾犬》所涉及的只是纯粹的情节，人物以及描述时间地点的细节处于次要的位置。这个故事有三个活动步骤：

第一个步骤通过引入戏剧性事件和神秘事件为故事做好了铺垫。当这个女士回到家中，发现她的杜宾犬被噎住时，她带她的狗去看兽医。

当这位女士返回家，电话铃响起，第二个步骤就开始了。当兽医极端不安地告诉她离开家时，就引入了危险元素。我们心领神会，知道这个危险一定和杜宾犬被噎这一神秘事件有关。但是关系是什么？我们试图猜测。这位女士逃离了房子以及未知的危险。

警察来了并确认了危险的严重程度，接着兽医来了，揭开了谜底，第三个步骤就开始了。警方抓住了窃贼，证实了窃贼被断指这一推测。

这个故事不是谁坐在那里无所事事编出来的——“这样，我需要下一个套（被噎住的杜宾犬），随后是惊人的复杂局势（那个电话），然后是一个令人毛骨悚然的高潮（那个流血的窃贼）。”情节是按照我们对故事的期望逐步发展的。它有三个部分（开头、中间和结尾），一个主人公（那位女士），一个反派人物（那个窃贼），还有足够的紧张和冲突。《噎住的杜宾犬》中的情节和阿加莎·克里斯蒂或 P. D. 詹姆斯小说里面的情节并无二致，只是程度不同而已。

在我们开始探讨情节的本质之前，我想先强调一下情节不只是一个配件，只是让你依照某些魔法方便地组织自己的材料。对待情节，你不能指望它像家用电器一样插上插头就能为你工作。情节是逐步发展的。从写作伊始，情节就主宰着作者和作品。假如把情节从《噎住的杜宾犬》中拿走，那就没剩下什么有意义的东西了。作为读者，我们也是被情节所左右的。也有些作者尝试过写一些没有情节的小说，但鲜有成功者。我们如此青睐巧妙的情节，以至于经过几次反抗（愤怒的作者：为什么情节一定要是最重要的因素?)，我们仍会回归传统的故事讲述方法。我不敢说情节就是作者世界的中心，但是起码是影响其他一切的两个强作用力之一——另一个是人物。

关于骨架

我们都听说过那句公认的教人写作的名言：情节就是结构。没有结构你将一无所有。我们一直被教得畏惧情节，因为情节赫然出现在我们面前，分量十足。我们无数次听到这样的说法：情节数量有限，且已悉数用尽，世上没有哪个故事不曾被讲述。居然还有一些作家没有被过去吓坏，这真是个奇迹。

毫无疑问，你肯定也听说过有人用建筑学术语或数学术语来描述情节。情节是纲要、脚手架、上层建筑、底架、框架以及很多其他术语。因为多年来我们见过那么多的建筑在施工建造，也见过不少人类等生物的模型，所以就很容易认同那些隐喻。毕竟，这么想貌似是很有道理的。一个故事应该具备一个规划来帮助作者在创作小说的过程中做出最佳选择，不是吗?

咱们就拿骨架这个隐喻来说吧，因为这是写作老师们最常用的一个说法。情节是个骨架，贯穿整个故事。所有细节都挂靠在情节之骨上。你甚至可以剔除情节，把它简化为描述一个故事。我们总是在对小说的评论和批判性分析中读到这些概要。电影编剧们必须能够在大约两分钟内推销他们的情节才有希望把剧本卖出去。“你的故事讲的是什么?”对于这样一个过于简化的问题，也有这么一个过于简化的回答。

形象的隐喻深入人心且难以动摇。骨架这个视觉形象如此生动，以至于我们无法抗拒。是啊，如果抽出骨架，所有东西都会分崩离析。似乎很有道理。

可是用骨架（以及其他所有的建筑和机械模型）来隐喻情节的问

题在于，它曲解了情节的概念和作用原理。情节不是一个钢丝衣架，让你把所有故事的衣服都挂上去。情节是发散性的，它渗透在小说的原子里。它无法被剔除。它也不是焊在一起的工字钢。它是充盈在字里行间的一种力量。或许有一个更好的词可以用来隐喻情节，那就是电磁——将故事的原子凝聚在一起的一种力量。它将意象、事件、人物关联在一起。

情节是一个过程，不是一个物体

我们往往把情节当成物体一样来谈论。我们所有的隐喻在描述情节时都仿佛它们是装在盒子里面的看得见摸得着的物体。我们把情节像故事库存一样归类。我们把情节当成没有生命的、静止不动的物体一样谈论。

这或许是最难逾越的障碍了：把情节看作一种力量、一个过程，而不是一个物体。一旦你认识到情节一直深入到你写作的原子层面，你的每一次选择都会最终影响到情节，你就会发现情节所具备的动态品质。

情节是动态的，而非静态的。

比如，你写了《噎住的杜宾犬》这个故事，有人问你“这个故事讲的是什么?”，你会怎么回答?

你答道：“讲的是条狗。”

这样显然是不行的。太具体了，尽管那条狗是主题（还只是一半）。所以你换了其他的回答。

“讲的是恐怖。”

不是的。太含糊不清了。

你换了种说法：“讲的是一个女人，她回家后发现自己的狗被什么东西噎住了，最后却发现是人的手指!”

血淋淋的细节，但这是情节吗?

不是。

你的耐心消磨殆尽。好吧，到底什么是情节？

情节和文学本身一样古老。《噎住的杜宾犬》是个谜。

谜的要点就是解开一个谜题。它源自和俄狄浦斯、赫拉克勒斯的经历一样的传统，俄狄浦斯必须解开斯芬克斯给他出的谜语，赫拉克勒斯必须完成十二项任务，那些著名的劳作，每一项都是要解开一个谜题。童话故事更是充满了谜题——孩子们喜欢这些，大人也一样。谜题是神秘的基础，直至今日这或许是世界上最流行的文学形式了。今天我们把谜看成一个有着富含技巧的答案的简单问题："什么东西有……和……？"但是谜实际上是任何一个神秘化了的、让人误解和困惑的问题。这刚好适合《噎住的杜宾犬》。

这个故事的目的是给你两条基本线索。第一条线索出现在第一部分：那条狗被什么东西给噎住了。什么？

第二条线索出现在第二部分：兽医要求那个女人马上从家里出来，为什么？

要解开这个谜题（"谁？"），我们必须合并这两条线索（"什么？"以及"为什么？"）。我们必须确立这二者之间的联系（因和果），并且在故事结束之前，也就是兽医和警察将真相和盘托出之前，把缺失的那部分给补上。作者来提供线索（最好是能让谜题富有挑战性因而也更有趣的线索），读者在游戏结束前猜出谜底（在第三部分，一切都水落石出的时候）。如果剔除了情节，剩下的就只是一些不知所云、杂乱无章的细节。

所以，在我们讨论种种经典情节以及如何构建这些情节之前，你首先得愉快地接受情节是一种力量这个概念。正是有了这种力量，语言的各种元素（词、句、段）才能被凝聚在一起，才能被按照某种意义（人物、行为、地点）组织起来。也正是情节与人物的累积效应才创造了整个故事。

所以本书的意义并非为你罗列出 20 种经典情节，而是教你如何创作小说情节。本书还会教你如何将选中的情节运用于你的主题，这样你就可以不紧不慢、得心应手地展开情节。

你的情节、力量和你

当你开始创作作品时，当你对着一大堆未着一字的白纸时，你会犹豫踟蹰。想想那句中国谚语“千里之行始于足下”，你会觉得多少有些安慰，但是那句谚语并没有告诉你走哪条路。所以你总是担心会搞错方向，只能从头再来。没有什么比这更让人沮丧的了——你开始做一件事，尤其是像写小说或剧本这么野心勃勃的一件事，干了一半却发现搞错了。如何才能避免犯方向性的错误呢？答案既有好消息又有坏消息。

先说说坏消息。

坏消息就是谁也保证不了。谁也保证不了你做的都对。这一点应该不难想到，现实就是如此。

现在说说好消息。

千里之行始于足下，知道行程的终点还是有必要的。这并不是说你要知道每一步如何走，因为写作的过程总是充满惊奇——作者都无法预料的迂回曲折。写作的乐趣的一部分也在于此。但是我所认识的大部分作者心里是有一个目标的，即使无法确切告诉你他们怎样实现，他们也知道自己的方向和意图。

我说的并不是要知道故事的结局，那是另外一回事了，我说的是要明白你对付的那些材料的本质——具体来说就是情节。如果你还不清楚目标就盲目开始，就会漫无目的地游荡。但是如果你多少知道些你打算写的那个情节，就等于已经配备了一个指南针，在你漫无目的地游荡时警告你回到正确的轨道上来。对你要写的情节和这种力量在你小说中的作用有了清楚的认识后，你会拥有一个可靠的指南针带领你完成这项工作。

哪有探险家会不考虑好方向就贸然出发的呢？

关于情节的定义

我曾听一位获得过诺贝尔奖的科学家讲过不可预测性，他说的一些话触动了我：什么叫不可预测性？他问道。在特定的时间和地点发生一些特定的事情的概率是相当大的，可是一天中的分分秒秒都会有这样不可思议的事情发生。比如，你把一个一角硬币扔到地板上，它转了几转，然后就立在那里不动了。这样的事再次发生的机会有多大？百万分之一，或许是亿万分之一。但是它就自然而然发生了，好像不会有例外一样。我们生活中每件事的发生都好像没有例外一样。

那位科学家说不可预测性是不存在的。他声称我们是有操作定义的，这些定义在某些条件下和某些情境中还是起作用的，只是没有一个可以适用于一切情形的绝对定义。

情节也是这样。我们对情节也有一个操作定义，但不是绝对的、颠扑不破的定义。我们只能下一个适用于某些情境和条件的定义。你的作品就是那一系列的情境和条件，你的作品最终也会给情节下一个合适的定义。

听起来好像我在说："嗨，你自己搞清楚吧，我没法帮你。"我可不是这个意思。我想说的是每个情节都是不同的，但每个情节都源自某些模式。本书可以帮你了解这些模式，然后你可以选择一个并应用于自己故事独有的情节。

将模式应用于自己的作品

如果你写作经验丰富的话，就知道模式的价值了。如果你每天都坐在那里花很多个小时写作，你创作的成果就会远远多于灵感来袭时才写作。我们像指望结构一样指望模式。

作品的内在结构也是如此。通过构建模式，你为自己的作品搭起了一个脚手架。写小说的时候你可以构建两种主要模式，二者是相互依存的：情节模式和人物模式。一旦确定了情节模式，你就获得了引领行动的动力；一旦确定了人物（在情节模式中行动的人）模式，你就获得了了解你所塑造人物内心和动机的动力。

世上情节的确切数字

问："有多少种情节？"

答案一："谁知道？成千上万，甚至没准数百万呢。"

答案二："69 种。"

答案三："全世界只有 36 种情节。"

答案四："两种情节，没了。"

答案一（谁知道？）是我们在课堂上和写作教材中常常听到或看到的答案。情节有无数种可能，所以肯定有无数种情节。这和我说过的将模式运用于具体的故事并不矛盾。

答案二（69 种）是鲁德亚德·吉卜林的观点。他觉得答案一所说的无数种情节中，只有 69 种才是情节。实际上他说的是模式。

答案三（36 种）是卡洛·戈齐的创造，他在一本讲情节的书中将情节予以分类。他也是在数模式。今天当我们读那本书的时候，约有一半的情节已被摒弃不用（因为这些情节已经无可救药地过时了），所以如果对戈齐的话加以改写加工，就可以说只有 18 种情节。

答案四（两种）自亚里士多德时代至今一直在流传。我将在第三章里谈论这两种情节，因为它们是其他所有故事的基础。这个答案比其他答案更进一步，因为它将模式概括为两种。（稍后再详加探讨。）

在某种程度上这些答案都是对的。一定不要相信情节数量可以归结为哪个神奇数字，因为我觉得没人能条理清晰地用一到几的数字将人类的全部感受和行动打包分类出来。这些人所说的其实是一回事，只不过方式不同而已。

换种说法就是，你可以随便用多少种方法来将情节打包分类，你打包的方式也就决定了你最后的数字是几。不管是 1 还是 100 万，没有任何一个神奇的数。本书讨论的是 20 种，但这绝不是世上仅有的 20 种。它们只是最基本的 20 种情节，任何一个积极创新的人都可以发现更多。情节是个很难把握的东西，没有谁总是能说清。

从根本上来说，情节是人类行为的一个蓝图。数千年来在人们身上已经呈现出多种行为和情感模式。这些模式是做人的基本原则，在过去五千年中没有变化，在未来五千年中或许也不会变化。在宇宙层面上，五千年犹如白驹过隙，但是对于我们这些勉强能活 80 岁的凡夫俗子来说，五千年是很长的一段时间了。

在人类历史上这也是很长的一段时间。这些行为模式中有些甚至可以追溯到更久远的时代，到人类诞生之初甚至之前。我们将这些行为称为“本能”：母性本能、生存本能以及自卫本能等。这些都是原始行为，我们自身行为的一大部分均属于此。还记得那个孩子被压在车下的妈妈吗？为了救出孩子，她不顾一切，以惊人的力量抬起汽车将孩子解救出来。为了保护那些我们挚爱的人，有时候我们必须不遗余力、超常发挥。这是一种基本的行为模式，无论何时何地，每个人身上都有。

或许你稍加思索也能想到一些其他的行为模式，但是行为本身不会构成情节，而只是构成情节的第一步。

首先，你得明白故事和情节的不同。

《鲸鱼丈夫》与《噎住的杜宾犬》

先有故事才有情节。很久以前，人们住在临时搭就的房屋里，追逐着猎物每日迁徙，或者是赶着牛羊季节性地迁徙，到了晚上就围着篝火讲故事。那些故事所讲的或是猎人的勇猛，或是羚羊的敏捷，或是狼的狡诈，又或是海象的蛮力。故事按照事情发生的顺序来讲述。

情节则源于公元前的宗教仪式，慢慢演变成我们今天所知道的古典戏剧。情节是一个具有行动和反应模式的故事。

在太平洋西部地区的印第安人中间流传着一个叫《鲸鱼丈夫》的故事：

> 一个渔夫捕上一条奇怪的鱼，交给妻子处理干净。她干完活后就在海里洗手。突然一只虎鲸跃出水面将那个女人拖进水里。虎鲸将渔夫的妻子带到它海底的家里做奴仆。
>
> 渔夫在他的朋友鲨鱼的帮助下，追到虎鲸海底的家中，鲨鱼施计吹灭了虎鲸家的灯，为渔夫救出了他的妻子。

现在对比一下《噎住的杜宾犬》和《鲸鱼丈夫》。杜宾犬的故事唤起我们的期待并带着我们步步深入，而《鲸鱼丈夫》这个故事则没有这种效果。《噎住的杜宾犬》构建了一个统一连贯的叙述，按照顺序发生的事件环环相扣、浑然天成。《噎住的杜宾犬》将“谁”、“什么”以及最重要的“为什么”这些问题交织在一起。在《鲸鱼丈夫》中，我们只看到了“谁”和“什么”这两个问题，但是却没有“为什么”。

太多重要的问题在《鲸鱼丈夫》中没有答案：

- 那条奇怪的鱼和虎鲸的出现有什么关系？（不知怎么的我们希望这两件事之间有关联。）我们怀疑虎鲸就是因为那条奇怪的鱼才带走了那个女人，但是我们却找不到答案。我们可以猜测，或许那条奇怪的鱼是虎鲸的妻子，所以虎鲸是来报复的。我们希望第二个活动（虎鲸掳走了渔夫的妻子）的发生是因为第一个活动（渔夫掳走了虎鲸的妻子）。但是却没有任何线索，也没有任何关联，表面上没有任何因果关系。
- 虎鲸为什么绑架渔夫的妻子？是为了报复吗？或者只是因为它

孤单寂寞或是卑鄙无耻，又或是它需要一个新主妇？

- 鲨鱼怎么会和渔夫联手呢？鲨鱼有什么可以对付虎鲸的？鲨鱼从哪里来？它为什么会帮忙？没有答案，也没有线索。

平心而论，对于最初讲故事和听故事的人们来说，这个故事或许有其内在的含义，但是在这里它似乎不能满足我们对一个故事的期望。

这些期望就是情节的内容。

故事与情节

小说家 E. M. 福斯特经常思考写作的问题。在他的《小说面面观》这本书中，他试图解释故事与情节的不同。“国王死了，王后也死了。”两件事，一个简单的叙述。这是故事。

但是如果你把第一个活动（国王的死亡）和第二个活动（王后的死亡）关联起来，让一个行动成为另外一个行动的结果，我们就构建了一个情节：“国王死了，然后王后死于悲伤。”

再加点悬念：“王后死了，没有人知道为什么，后来才发现是因为国王去世，她伤心过度。”

所以，故事是事件的罗列。听众想知道接下来发生了什么。

情节不止是事件的罗列。听众会问各种各样的问题：“为什么会这样?”

故事是一系列像绳珠一样的事件。（这件事发生了，然后那件事发生了，然后……）

情节是一系列不断构建统一行动和行为模式的因果关系。情节让读者不停地问“为什么?”。

故事只需要有好奇心，想知道接下来会怎么样就行。

情节需要能记住已经发生的事，这样才能推理出事件与人物的关系，才能设法预测结果。

两位英国绅士

下面这个故事选自萨默塞特·毛姆的写作笔记。毛姆说他喜欢这个故事但是总也想不出怎么用到自己作品中去：

> 两个年轻的英国人在印度一个隔离的茶园工作。其中一个人——我们称他为克里夫——每次投递都会收到几封信，但是另外一个人——我们称他为杰弗里——从来没收到过一封信。
>
> 有一天杰弗里提出拿五英镑跟他的朋友换一封信。（那个时候五英镑可是很多钱。）
>
> “当然可以，”克里夫答道，然后把他那些信摊在桌上，放到杰弗里面前，“随你挑。”
>
> 杰弗里仔细看了看那些信，然后挑了一封。那天晚上吃饭的时候克里夫随口问他的朋友他买的那封信里面写了些什么。
>
> “不关你的事。”杰弗里答道。“至少告诉我是谁写的吧。”克里夫说。杰弗里还是不告诉他。
>
> 两个人争论起来，但是杰弗里就是不让步。一周后克里夫提出花两倍的价钱把信买回来。“休想。”杰弗里说，然后就走开了。

毛姆认为这个故事是有缺陷的，他的评论很有意思：

“我想要是我属于现代派故事作者的话，我会就这样写，不管它。可是这有违我的原则，我认为故事要有自己的形式，除非你能给故事一个令人信服的结局，否则你就没办法赋予它形式。”接下来怎么样了呢？

没人知道。你构思出一个结尾：克里夫潜入杰弗里的房间，想把信偷回去，但是杰弗里走进来，惊讶地发现克里夫在翻自己的东西。两个人打起来，然后克里夫不小心杀死了杰弗里。他后来在杰弗里的财物中找到了那封信，就拿出来看……信里怎么说？

咱们试试几个不同的结局。

结局一

你想要一个讽刺性的转折，像欧·亨利和居伊·德·莫泊桑一样写故事。所以你决定这么写：这封信是克里夫在伦敦的服装经销商写的，告诉他他的新衣服已经做好了，马上就到……

原来这只是一封微不足道的信，杰弗里根本不值得为此丧命而克里夫也不值得为此受煎熬。克里夫被自己的想象力给害了，杰弗里也被自己的固执给害了。

但是这个结局不能让我们满意。为什么呢？因为我们期望这封信不止是这么点鸡毛蒜皮的小事，我们期望能通过这封信进一步看到这两个人的个人生活。我们期望这封信里面有些什么秘密。

结局二

这封信是杰弗里在伦敦的女朋友写的，说自己将来茶园给他一个惊喜，因为克里夫是他的好朋友，所以想请克里夫帮忙安排一个意外会面。这个结局更具讽刺性，因为他的女朋友确实得到了一个意外会面，但不是她想要的那种。我们忍不住想克里夫会如何向她解释她男朋友的死亡。

这个结局也解释了为什么杰弗里会选那封信（因为他肯定会看到他女朋友的名字和信封上写的寄信人地址）。这还解释了为什么杰弗里会拒绝给克里夫看那封信。那封信里面有一个秘密。

或许这个版本的结局更符合毛姆的说法：一个让人无法质疑的结果。因为一切都解释清楚了，我们也满意了。

《两位英国绅士》和《鲸鱼丈夫》的不同之处在于，《两位英国绅士》是一个近似于情节的故事，它只需要一个结尾让故事变得完整。

爸爸亚里士多德

我们的生活只是故事，并非情节。生活通常是由一系列松散的事件、巧合和偶然组合在一起的。现实生活有太多的不确定性，很少能够得到毛姆喜欢要的那种“让人无法质疑”的结果。难怪生活比小说还离奇。

在小说中，我们喜欢秩序胜过无序，喜欢逻辑胜过紊乱。最重要的是，我们喜欢目标一致，这样才造就了故事的完整。假如生活中完全没有那些多余和巧合，假如我们的一切经历都与一个主要目标相关，那岂不是很妙？（或者，会很妙吗？我严重怀疑。）《两位英国绅士》没能满足我们的期望就是因为这个故事没到“那个程度”。换句话说，这个故事看起来不完整，还只是个缺少结果的片段。

亚里士多德——戏剧理论的鼻祖——提出过戏剧的一些基本共性，差不多三千年来都没什么变化。他提出的统一行动这个概念是情节的核心；他也谈了因和果，这件事发生是因为那件事发生了；等等。

我要重复的话（借亚里士多德之口）在你们听来或许简单到近乎可笑，但是忍耐一下，因为很多人恐怕从来没有真正领会这一根本原则：

统一行动构成一个完整故事，有开头、中间和结尾。

在之前讲的三个故事中我们都谈到了三个步骤。第一个步骤构成了开头，第二个步骤构成中间，第三个步骤当然就构成了结尾。

在开头部分

开头，通常称为设置，是对形势的第一反应，这个反应以一个必须解决的问题的形式呈现出来。

在《噎住的杜宾犬》中，就是那个女人回家后发现狗被噎住了。

在《鲸鱼丈夫》中，就是丈夫被虎鲸掳走了妻子（而且，我们假定，他希望她回来）。

在《两位英国绅士》中，故事的开头部分设置了两个人的场景，其中一个人收到来信，而另外一个却没有。

故事的开头应对你的人物角色及其需求做出界定。亚里士多德说主人公要么需要快乐，要么需要痛苦。当你问自己“我要写的人物要什么?”时，你便踏上了情节之旅。这个需求被称为意图。在我们探讨过的那几个故事中，《噎住的杜宾犬》里那个女人想救她的狗；《鲸鱼丈夫》里的渔夫想救回他的妻子；《两位英国绅士》中的杰弗里想得到那封信。对某样东西的需求就产生了动机——一个人物为什么会这么做。

在中间部分

一旦你确定了主人公的意图，故事就进入了第二阶段，亚里士多德称之为情节的上升。主人公追逐自己的目标。那个女人带着她的狗去看兽医；渔夫在鲨鱼神秘的帮助下前往虎鲸的家；杰弗里提出从克里夫那里买一封信。这些行动直接源于意图。

行动无疑是源自开头部分的事件。起因，现在是结果。

但是主人公现在遭遇了问题，让她无法成功实现自己的意图。亚里士多德称这些障碍为“逆转”。逆转导致紧张和冲突，因为它们改变了主人公实现目标的必经之路。在《噎住的杜宾犬》里，当兽医打来电话时逆转就出现了。在《两位英国绅士》里，当克里夫提出买回那封信但是杰弗里拒绝时，逆转就出现了。可是《鲸鱼丈夫》里没有逆转，这就是为什么它不能被称为情节。渔夫和鲨鱼没有遇到抵抗就实现了他们的意图。没任何阻碍。没有冲突，也没有紧张。

在逆转之后，亚里士多德提出了他称之为“认识”的东西，也就是随着故事情节发展，主要人物之间的关系因为逆转也发生了变化的时候。在《噎住的杜宾犬》里，当那个女人逃离她的家时，认识就出现了；在《两位英国绅士》里，当两个人因为那封信打起来时，认识就出现了。

逆转是一个事件，但认识是主人公因为那个事件而产生的情感上不可逆的变化。

注意逆转和认识都是源自所讲述的故事，而不是完全出于意外。在《鲸鱼丈夫》中，以鲨鱼的形式出现的帮助毫无出处。在古代这被称为 Deus ex Machina，这是拉丁语，意思是“机械降神”。在古代剧作中，剧作家就是靠神仙出马来解决情节问题的。你会看到主人公们经历各种艰难曲折、进退维谷，突然某个天使或神仙从天花板的洞里飘然下凡（就连坐在后排的观众都能看出来是绑在一根绳子上），挥着他的魔杖，要么解决所有人的问题，要么送他们去死。我们早就看腻了这种做作的结局。任何太方便或是太偶然的情节（有时候被称为白痴情节）都会让我们厌烦。马克·吐温说得最好：“故事的人物应在可能性范围内行动，让奇迹一边去吧。”

在《噎住的杜宾犬》里，出面相助的是兽医，他在故事里已经出现过了。

在电影剧本中，好莱坞的剧情结构往往是程式化的。通常主人公会经历两次大的“逆转”（有时候称作情节点）。

在结尾部分

最后阶段就是结尾，包括高潮、情节下降以及结局。结尾是前面两个阶段发生的所有事件的一个合乎逻辑的结果。至此所发生的一切事件都导致最终的结局，一切真相大白、水落石出。我们知道了那个被咬掉手指的盗贼；我们知道了那封信的内容。一切——谁、干什么以及在哪里——都有了解释，并且一切都顺理成章。

2 共同特性

剧中情节多是罪恶，阴森恐怖，丧心病狂。

——埃德加·爱伦·坡

在某种意义上，情节就像是个容器，什么都可以装进去。构思好故事的框架，加上所有合适的细节，然后就像混凝土或凝胶一样，一切就绪了。

另一方面，正如我在第一章谈到的那样，情节是一种凝聚力。不管你用什么来比喻情节——形式也好，路线图也好，力量也好——情节的重要性是不言而喻的。如果没有情节，你就等着东拉西扯吧，永远不知道自己在说什么或者是打算说什么。

三千年来情节的构建已经赋予我们一些被看作通则的共性。和其他的通则一样，这些共性也经常被打破。可是巴勃罗·毕加索说，如果我们想知道如何打破规则的话，我们首先得了解这些规则，他说的一点没错。所以，正是本着这个精神我才来介绍这些共性。

让压力来推动你的情节

没有压力就没有情节，有的只是一个很短的故事，或许还是一个非常乏味的故事。还记得“男孩遇到女孩”那个基本的情节场景吗？如果没有压力（或者冲突）这个故事大概会这样发展：男孩遇到了女孩，男孩请求女孩嫁给他，女孩说行，故事结束。

有什么意思呢？你问自己。主人公的意图（或目标）就是娶那个女孩，而她说行。那又怎样？

所以现在加上压力。

男孩遇到女孩。

男孩请求女孩嫁给他。

女孩说不行。

“为什么不行？”他追问。

“因为你是个酒鬼。”她答道。

压力来自她的拒绝，我们也得到了解释。他接下来的所作所为就构成了因（遭到拒绝）导致的果，只要意图被拒绝，结果就是压力。

通过对抗制造压力

反派人物的作用就是要阻碍主人公实现其意图，这种对抗可以有很多形式。这个反派可以来自外部，是另外一个人、地方或者物体，比如敌人、对手或是竞争者；也可以是内在的，存在于主人公的性格里面——他或许一直在努力克服某种疑虑、恐惧或缺点（比如酗酒）。

在“男孩遇到女孩”中，对男孩来说，女孩拒绝了他的求婚就等于建立了一种反应。他可以走开（这就会是故事的结局），也可以决定做些什么来争取她的同意（这是之前的因导致的果）。那个女孩拒绝与他走上红地毯是一种局部压力，意味着这只是冲突时刻的结果。离开了带来压力的那个环境，局部压力就没什么效果了。需要有某种尽善尽美的技巧才能把女孩最初的拒绝写成一整部小说（虽然这只够写篇短故事）。一部小说或剧本是由多个局部压力组成的，但是也可以由对情节本身更重要的压力组成。如果那个男孩认定他确实要娶那个女孩，认定必须要力争她的同意，那就意味着他要克服自己酗酒的恶习。作为酒鬼的压力（想喝酒而非不想喝酒）就是持久的压力了。女孩拒绝求婚带来的直接压力径直将我们引向更大的冲突，即男孩性格中促使其酗酒的某种因素。我们认为他酗酒是因为某种内在冲突，并且想知道那种冲突是什么、他又是如何处理的。所以，另一方面，男孩想娶他心仪的女孩，但是为了做到这点他必须戒酒。而想戒酒的话他就必须战胜自己，这或许才是这个故事真正的冲突……

随着对抗增加让压力也增加

在我们刚刚谈到的那个简单的故事中，你已经看到因果之链的构建，以及它和冲突的关联，这带来了你所需要的压力，让故事得以进一步发展。但是一个故事需要持续的压力。当你让故事向高潮发展的时候就需要增加压力了。那就意味着你不能只靠局部压力了，你需要更激烈的冲突才能支持故事。回到我们的故事中来：

那个男孩决定戒酒，但是没那么容易。（如果戒酒容易的话，这个故事就没那么有趣了。）现在我们开始着手处理有关人物的根本问题。这个人是谁？他为什么会喝酒？他能克服酒瘾吗？这些都是读者们会问到的问题，作为作者你的工作就是用有趣并且有创意的方式来处理这些问题。注意，我们是着重把这个男孩当作主要人物来处理的。他的意图很明确：戒酒，娶那个女孩。女孩的拒绝造成了局部压力，也设置了故事的开端。重要的冲突存在于男孩内心，看他能否对付得了他内心的恶魔。

我们想让读者也参与进来——换句话说，我们不想让故事变得索然无味——所以我们一路给主人公设置了一系列的障碍，这加剧了对抗。每一个冲突都增加了对抗的强度。当局面变得不可收拾，故事将有个结果的时候（不管是好是坏），读者们会觉得已经身不由己地走向剧变、高潮。这一点仅靠局部压力是难以做到的，因为局部压力不能加剧冲突。局部压力所能做的只是沿途创造势均力敌的障碍，过上一阵子，这就会很乏味了。那些构成情节基础的剧烈冲突，是从根本上构成人物的冲突。

如果我们改写故事，只包含局部压力，那我们的故事就不会有太大进展：

男孩遇到女孩。

男孩请求女孩嫁给他。

只要他还是个酒鬼，女孩就拒绝他。

男孩去了匿名戒酒所，并且康复了。

女孩同意嫁给男孩。

嗯，这里有个萌芽一样的东西。我们有了一个故事，但是我们还没有情节。主人公有了一个意图，可是被拒绝了，然后他必须做点什么才能实现自己的意图，但是他的任务完成起来并不怎么困难——他去了匿名戒酒所，然后嗖的一下，他就康复了。任何去过像匿名戒酒所那种地方的人都知道这不可能是真的。但是至少你现在可以看到一个具备了开头、中间和结尾三部分的结构：

开头：男孩遇到女孩，并且向她求婚。因为他是个酒鬼，女孩拒绝了他。

中间：男孩去了匿名戒酒所，然后康复了。

结尾：男孩女孩结婚了，从此幸福地生活在一起。

那么问题在哪里？你如何充实这个故事情节才能加大对立？

故事开头部分的冲突只是局部的：女孩拒绝了男孩。但是中间部分的压力是什么呢？结尾部分的压力是什么呢？没有。男孩只是解决了问题。危机没有加剧。

想要写出一个行得通的情节，你要做的不仅仅是增加局部压力，还要在研究危机中主人公性格时，在更深层次上加大压力。仅仅提供一个动机让故事得以发展是不够的，你必须通过剧情发展的每个阶段不断地考验主人公。

我们来看一个简单的例子，即由阿德里安・莱恩导演、迈克尔・道格拉斯和葛伦・克萝丝主演的电影《致命诱惑》。这是一个迂回曲折的男孩遇到女孩的故事。故事核心非常简单：迈克尔・道格拉斯饰演的人物和一个女人发生了一夜情，她对这段关系纠缠不休，尽管他想尽办法去摆脱这个心理失衡的女人，她还是染指了他的家庭并带来毁灭性的后果。

第一幕（设置）

男孩遇到女孩。男孩已婚（局部压力）。在一个周末，男孩趁老婆不在家时与女孩上床。当男孩打算回家时，女孩割腕自杀。

第二幕（纠纷）

在纠纷方面，这部电影的有趣之处在于这些纠纷呈现出升级态势。葛伦・克萝丝饰演的角色开始以各种小动作干扰迈克尔・道格拉斯饰演的人物的生活，比如打电话或者不期而至的拜访。当迈克尔・道格拉斯饰演的人物继续把她向外推的时候，她的行为越来越不友好，也越来越不顾一切。迈克尔・道格拉斯饰演的人物意识到这威胁了他的婚姻，于是开始拼命掩盖。但是随着矛盾的升级，那个女人的行为也越来越激烈——她甚至怪诞到杀死了他家养的兔子，这时矛盾达到顶峰——他意识到这不仅威胁到了他的婚姻，还威胁到了他的家人。生存模式发生了重大变化。那个精神错乱的女人接着绑架了对方的孩子，导致其妻又惊又吓出了重大车祸。对这部电影加以分析不难看出，每当有事情发生，风险就会加大。行动的后果就像滚雪球，故事的开头平淡无奇，是一个男人背叛了妻子，随后渐渐演变成和一个女精神病患者的斗争，她为了得到她喜欢的男人不惜痛下杀手，压力和冲突也愈演愈烈。

第三幕（结局）

在最后一幕中，那个女精神病患者闯进他的家里，想杀死他妻子。这段三角关系中的人物先后出场、大打出手：妻子、丈夫、情妇。有趣的是这部电影有三个不同的结局，看你看的是哪个版本了。标准的结局展现的是那个女精神病患者被杀死了，但是在所谓的“导演的编辑”版——这个版本是租给人看的——中结局大相径庭。在这个版本中，情妇自杀了，还伪造现场，看起来像是丈夫谋杀了她。（让人不禁想起阿尔弗雷德·希区柯克执导的《蝴蝶梦》，在那部电影中，妻子也是这么对待丈夫的。）还有第三个结局，妻子找到证据表明情妇实际上是自杀的，她将证据交给了警方，因为警察逮捕了她的丈夫。

如果我们分析第三幕的结构，就能看到每种结局中事件的发展如下：

第一步：情妇死亡。

第二步：因为“谋杀”她，丈夫被捕。

第三步：妻子找到证据让丈夫免于谋杀指控。

这就是因和果。然而在电影院放映的那个结局只包含第一步。那或许是最好的办法，或许不是。在这里我只是想表明压力和冲突是如何贯穿故事的始终、如何在每一幕里重新激发又不断加大风险的。

改变——故事的意义所在

我们希望事件的发生可以影响到主人公，这样会迫使他的性格发生改变。在书的结尾处，你故事的主人公应该和开头有所不同，否则你的人物就是静态的。有意义的事件以有意义的方式改变人们。在《致命诱惑》中，改变是微乎其微的：我们推想迈克尔·道格拉斯饰演的人物吸取了教训以后再也不会背叛他的妻子了。这个人物是平面的、静态的。如果我们能看到行为的后果改变了他的性格，这个故事可以更好。可是我们只能依赖事件过山车式的跌宕起伏来保持我们的兴趣。相对于探索事件对一个家庭短期和长期的影响来说，电影制片人们对廉价的刺激更有兴趣。

咱们回到那个基本的“男孩遇到女孩”情节吧。这个故事中有哪些有意义的事件?

一个也没有。我们被期望去相信，那个男孩具备了想要那个女孩这个简单的动机便足以让他去克服根深蒂固的酗酒问题。你或许会说，爱情能战胜一切啊，难道你不知道吗?当然，爱情可以，但是没有任何迹象表明女孩采取任何行动去帮助他渡过危机。我们相信爱的力量，但是我们也知道现实世界是什么样的，并且想看到对抗——例如爱情对他的伤害。那样一来冲突就有了一个很好的来源。但是我们的故事里面没有一点这样的痕迹。

经历了故事中这些事件后，主人公应该有些改变。“男孩遇到女孩”中的男主人公或许会更优秀（倘若他能克服他的障碍），或者会发现自己是酒精的奴隶，却没有力量或动机来解决问题。这两种结局中的任何一种都可以让主人公了解自我。在故事的最后他完成了转变。这才能真正考验你故事中的事件。不仅要问自己接下来会发生什么，还要问自己这件事会给你故事的主人公的性格带来什么样的影响。

当事件发生时，确保这件事是重要的

表面上看，这一点或许是平淡无奇的，但很多作者要么是忘了这句话的真正含义，要么是压根儿就没明白。

我们写作的时候，往往沉浸在自己创造的世界中。那些人物在说话、穿梭往来、做自己的事情。要当一个有说服力的作者，一定程度上我们先要能够说服自己，让自己相信我们塑造的人物都是真实的。

正是因为我们间接参与了这个虚构的世界，我们往往会让这些人物“走自己的路”、说自己想说的话、做自己愿意做的事。在写初稿时，我会让人物有自己的思想。不过除非你是个非常训练有素的作者，否则他们最后会各行其是。一旦人物有了自己的生命，他们就很难控制了。他们可能不会赞同你的情节观念，也可能会有自己的日程安排，让你对他们的冒失无礼目瞪口呆。他们挑战你、奚落你。你本想让他们在纽约出席董事会，可他们却突然出现在密西西比州绿袖的养猪场。他们突然改变行动，介入一些和你的情节无关的情境中。一方面你咯咯直笑，因为你的人物有这样的活力拖着你前进，另一方面你战战兢兢，因为他们好像下定决心对你不理不睬。最后你认识到你必须停下来问自己：“这儿谁说了算？”

更糟糕的是，当你再次阅读自己写的东西时，你觉得这些东西确实不错。事实上，它们可能还比你以往写过的东西都好。你该怎么办？

答案很简单，但是往往也太痛苦。当你写作的时候，你也可以信马由缰、放纵自己，因为你发挥的是你创造性自我的精华部分。但是要用怀疑的眼光去看你创作出来的东西。情节是你的指南针。你应该大致知道自己的前进方向，如果你写了些和情节发展没有明确关系的内容，则应提问一下。问自己：“这个场景（或对话、描写）对情节发展有具体的作用吗？”如果答案是有，保留它；如果答案是没有，放弃它。小说比生活简洁得多。生活中一切都可以发生，但小说是有选择性的。你作品中的一切细节都应该和你的写作目的相关。其余的，不管写得多精彩，都得拿掉。

这个说起来容易做起来难，比如当你写得最好的某个部分不能满足情节需要时，你得鼓起勇气说：“这个必须得去掉。”而这很难很难。

说到接纳多余内容，小说比剧本宽容多了。确实有很多小说大师很钟爱那些题外话。劳伦斯·斯特恩写过一部很棒的小说《项狄传》，他称那些题外话为阅读的“阳光”。如果把这些题外话从书里面删掉，“那你不妨把书一块删掉呢！——书里的每一页都将被一个永恒阴冷的冬天统治……”陀思妥耶夫斯基则宣称他无法控制自己的作品。“每当我写小说的时候，”他悲叹道，“我会往里面塞很多各自独立的故事和插曲，因此整个故事不够均衡协调……为此我总是提心吊胆，因为我一直都知道它是这个样子的。”好吧，你会说，如果他们可以这样，我为什么不可以呢？

首先，你不是一个19世纪的小说家。文学的框架在过去的一百多年中已经改变。书本变得越来越紧凑、越来越薄。这反映了我们生活的时代。作为读者，我们不想耗费时间东游西逛，我们要求作者直奔主题、紧扣主题。

安德烈·纪德指出艺术的首要条件是，它不包含任何不重要的事物；一本紧凑的书直奔主题并且切合题旨。海明威说，先去写，然后把所有的好东西都去掉，剩下的就是故事。（海明威说的“好东西”指的是作者情有独钟的所有材料——不是适合拿来写故事的每份材料。）契诃夫也有同样的观点，他说，如果你在第一幕里面提到了一把霰弹枪，那么到了第三幕里一定要开火。小说里任何东西都不是偶然存在的。你所创造的这个世界比你生活的世界要有组织、有秩序得多。所以，如果你觉得有一段话写得特别好，或是有一个场景特别感人，很想保留，但是这段话或这个场景和情节关系不大，那你就问问自己：“这个作品好到了读者会不介意岔道的程度吗？”那就是个取舍权衡的问题：你走岔道的次数越多，你一直努力制造的紧张气氛就被稀释得越厉害，戏剧效果就越差。小说跨度比较大，能容忍多次跑题；可是剧本就不能容忍了，基本上不允许有跑题现象。

只要是一个训练有素的作者，凭着直觉就知道需要紧紧围绕情节写作。但是任何一个真正称职的作者都会时常地折服于自己所塑造人物的魅力，而被人物左右。

让因果关系看似随意

我一直想说清楚的一点就是你作品中的每件事都不是无缘无故发生的，一个因导致一个果，这个果又变成下一个因。如果你认可这样的一个前提——好的作品就是因和果——我们就可以进入下一个阶段了，好的作品看起来很随意，但实际上是有原因的。

没有哪个作家希望自己的小说看起来太刻意，像是挂着个写着“情节”二字的霓虹招牌。你不想让自己的因看起来太刻意，这样读者就不会为故事的魅力所折服。你希望自己所写的内容看起来是你所创造的那个世界自然而然的一部分。至于契诃夫说的那把霰弹枪，我们知道那把枪是重要的，到故事结尾它的重要性自然会得到证实。我们还知道如果那把枪和情节不相干的话，它就不会被写进去。但这并不等于说作者应该逼着我们接受这把霰弹枪，作者向读者介绍这把枪时，应该是若无其事、漫不经心的，应该以读者几乎注意不到的方式介绍。但是当这把霰弹枪在后面的某一幕变得重要时，读者应该记起曾在第一幕见过它。

雪莉·杰克逊的短篇小说《彩票》更充分地说明了这一点。小说的标题足以让我们望文生义。这是一个关于彩票的故事。我们读了这个故事，就知道有一个镇长久以来每年发行一次彩票，我们关注彩票的运作方式和参与人员。彩票是这个故事的主题，我们没有任何理由怀疑这一点。可是到了故事的结尾，我们惊讶地发现彩票的中奖者将会被镇上的其他人乱石砸死。杰克逊的写作手法类似于变戏法。我们本来应该朝另一边看，却在她的诱导下看着这边。当我们阅读的时候，我们更多地关注彩票的运作方式，而不是那张彩票实际代表了什么。到了结尾我们才知道真相，这让我们猝不及防、目瞪口呆。

福特·马多克斯·福特，《好兵》的作者，清晰地解释了这一概念。他说作者应当考虑的首要问题就是故事。如果你偏离了故事的主题，你写出的就是福特称之为“冗长乏味的章节”，被他称为“一小块让思绪沉重的土地”。或许现实生活中有一个很棒的场景，你很想写进故事里，小说是个庞大的工程，又兼容并包，所以你觉得自己把什么写进去都行，不会对书有什么不好。只要这个东西是好的，对吗？错了，福特说。如果它不能推进故事的发展，它就不应该放在这里。别拿离题万里的话让读者分心。你这样做只会淡化戏剧效果。“一部好的小说能让读者心无旁骛。”福特说。专心、专心、专心。

当然，你可以貌似跑题。这些貌似离题的话实际上对故事是很重要的。“那叫作，”福特说，“隐藏你的艺术的艺术。”福特认为，作者没法强求读者专心，如果你给读者一个从书中走开的借口，他会走开的，因为总是有其他的趣事在吸引人们。所以你应该给读者提供一些貌似偏离主题的内容，但实际上并非如此，所有的片段都严丝合缝，一个也不能少。“一丝一毫都不能偏离你的目标。”福特警告说。

福特的核心概念是，你的作品应该是貌似跑题的（也就是说，让因果关系看起来随意些），这么做是为了让读者放松。但是作为作者，你永远要在读者意料之外构建故事、推进情节。

我用电影的术语来解释一下吧。在第一幕我们已经摆好了道具，那把霰弹枪就挂在后墙上。导演可以使用特写镜头让人一眼就看到枪，也可以使用中景镜头把枪掩藏在房间的其他物品中间。特写唤起人注意这把枪，只要看过一次神秘谋杀案的人都清楚会发生什么事。但是如果导演的风格比较委婉，没有让人一眼看到枪，它也就显得不那么重要了。直到后面，当这把霰弹枪再次出现时观众才认识到它的重要性。

这个规则也同样适用于对话和人物。只有将小说中的因果关系表现得随意些，读者才能认可小说与人生何其相似。

只有作者才知道事实并非如此。

你要确保幸运女神和机遇是买彩票时才有的事

我不时会听到有作者说："我很喜欢当作家，感觉就像上帝，你创造一个世界，然后想在里面干什么就干什么。"

这就是生活与艺术的不同之处。

生活是一片混沌中穿插短暂的有序。日复一日，我们完全不知道将要发生什么。我们可以有计划，可以有日程，知道我们 12 点半要和姑嫂妯娌在西部咖啡店共进午餐，但是，用罗伯特·彭斯的话来说，事情往往功败垂成。这些只是我们对这天安排的猜想，但每个人都可以证实的一点是，实情是，生活就是一场赌博。随时都会发生点事干扰你的安排。因此"预测无法预测的事"应该成为我们的座右铭。假如我们的生活中有一连串的因果关系，在考虑当前情况时就需要不断地调整。只有上帝才知道每时每刻所发生的情况是什么。我们的生活都是随机改变的，我们得不停地适应发生在身边的事。生活中小概率事件和难以置信的巧合比比皆是。一个人赢得美国乐透大奖的机会只有亿万分之一，但是确实有人中了。在生活中我们期待事情出乎意料。

在小说中，我们却不能容忍。

这就是"上帝之手"的悖论。如果你是上帝，你可以无所不能，至少在自己创造的这个世界中，不是吗？嗯……不尽然。你必须在很多条条框框内发挥。第一条限制就是你必须创造一个有自己的一套规则的世界，权且称之为游戏规则吧，这些规则要自始至终保持一致。即使是爱丽丝从镜子进入的那个世界也有自己的规则，一旦我们理解了这些规则，这些规则就有自己存在的意义了。

第二条限制就是当这个世界有什么事件发生时，它一定不是无缘无故的。当然，你可以辩称，我们的世界也是这样，任何事情的发生都不是无缘无故的，但是如果我们不明白为什么这件事会发生，我们就把它归因为偶然、运气、巧合。但是小说里面没有偶然。在故事里的某个地方，某件事发生的理由必须显现出来。读者不会容忍小说中出现未知数。

所以你算不上是上帝，毕竟你还是要遵守游戏规则的，即使这些规则是你自己制定的。你设定了游戏，你就得接受。没有从天而降的解决方案。（还记得马克·吐温的警告吗？他说别管什么奇迹。）你的读者不会允许你捏造出他们认为荒诞不经的解决方案。别老想省事，让人物刚好在合适的时间出现在合适的地点。

博览群书的人这时候会跳出来说："哈，那莎士比亚呢？还有狄更斯，他比所有人都做得过分！为什么他们没事而我们就不行呢？"

的确如此，莎士比亚和狄更斯笔下的人物总是在正确的时间出现在正确的地点。他们无意中听到别人谈话；他们发现证据；他们总是在最适当或最不适当的时间看到了什么。这都是可以理解的，因为我们明白是这些方法让情节得以发展，而且我们对人物的兴趣超过了情节本身。毕竟这些作品都是关于人物的（注意标题：《奥赛罗》、《李尔王》、《哈姆雷特》、《大卫·科波菲尔》和《马丁·朱述尔维特》）。总之，当时这样的做法是被普遍接受的惯例，而现在的情况已经完全不同了。我们对小说的要求更多了，我们不想要过分刻意的情节。

务必让你的核心人物来完成高潮部分的核心活动

情节的精华就是问一个问题。比如，在《哈姆雷特》中，这个问题就是当哈姆雷特得知克劳狄斯害死了他的父亲时，究竟要不要杀死国王。在《奥赛罗》中，这个问题就是那个摩尔人要不要重燃他对苔丝狄蒙娜的爱。在《大鼻子情圣》中——不管是原版还是经过史蒂夫·马丁改编的版本——这个问题也如出一辙：他会如愿以偿地向罗克珊倾吐衷肠吗？在《罗密欧与朱丽叶》中，我们想知道罗密欧能否在他和朱丽叶的婚姻中得到幸福……情节提问，而高潮则回答这个问题——这个问题的答案经常是一个简单的是或不是。在哈姆雷特和西拉诺的故事中，答案是“是”。在奥赛罗和罗密欧的故事中，答案是“不是”。

高潮是一条不归之路。问题在第一幕中提出，之后在第一幕和第三幕中发生的一切导致最终的结果，即高潮。

然而在你写高潮的时候，务必要记住第一条规则：一定让你的主要人物来完成核心活动。让主人公待在舞台的中央，不要让她被其他事件淹没并对她产生影响。太多时候主人公在结尾就消失了，深陷周遭那些削弱情节目的的环境与事件中。

也千万别让你的反派人物或是次要角色来执行高潮部分的主要行动。你的主人公应该采取行动，而不是被采取行动。罗密欧杀死了提伯尔特；哈姆雷特杀死了波洛尼厄斯；奥赛罗相信苔丝狄蒙娜真的把他送的手绢给了伊阿古；西拉诺挫败了德吉什。这些事件直接导致了最终事件：罗密欧、朱丽叶、哈姆雷特和苔丝狄蒙娜等人的死亡以及西拉诺赢得罗克珊的芳心。

那么这些就是情节的一些基本共性。现在咱们着手处理情节本身的类型吧——全部只有两个。

3 强大的力量

> 人们的故事只有两三个，只是他们一遍遍地自我重复，就像这些故事压根儿就没发生过。
>
> ——薇拉·凯瑟

在为写这本书做调查的过程中，我读遍了任何对情节有一定见解的人写的全部作品。过了一段时间，我就感觉自己像是在读烹饪书，每个作者都给你一个成功的秘诀。

我可不是要打击其他作者，因为他们中的佼佼者往往会说些有价值的内容。事实上你会在这部书里发现他们的评论比比皆是。

所有作家的共同之处就是一个方法。一旦掌握了那个方法，有些人就会写本这样的书。这些书应该命名为《这是适合我的方法》，因为那些敬重某些作家的读者往往会把他们的方法奉为圭臬。这些方法或许对这些作家来说是可靠的，但是有个广为流传的错误假设就是，如果它对某个人适合，那么就一定适合其他所有人。

并非如此。

每个人都有属于自己的方法。作者必须知道自己的创作方法和思维模式，才能发现哪种方法最适合自己。像弗拉基米尔·纳博科夫这样一丝不苟、井井有条的作家在开始写作前，就会把要写的内容写在索引卡上，从头到尾按顺序排列出来。其他的作家，像托妮·莫里森和凯瑟琳·安·波特，会从结尾开始写。“如果我不知道故事的结局，我就不会开始。”波特这样写道，“我总是先写最后一句，最后几段，最后一页。”

其他作者却觉得这是个糟糕的主意。但是《发条橙》的作者安东尼·伯吉斯在描述他自己的写作方法时，可能说过这个方法最好：“我从开头开始写，然后写到最后就停下来了。”

我说这些可不是为了迷惑你，而是让你想想自己的写作习惯以及别的作家所提出的建议有什么价值。但是下次你再看到某个伟大作家说什么，就记住萨默塞特·毛姆说过的话：“写小说有三条规矩。不幸的是没人知道这些规矩是什么。”

对任何作者来说，技巧就是找出对自己有用的方法，然后去行动。就情节来说，也是如此。

到底有多少个情节呢？真正的问题是：“到底有多少个情节重要吗？”

不见得。

重要的是你对故事的理解，以及如何创作出一个适合这个故事的情节。

生死之间

探讨故事情节最好还是从头开始。只有这样你才能理解作为所有情节出发点的那个进化树。这可不像研究某个业已作古、成为化石的史前祖先；恰恰相反，作为所有其他情节起源的那两个基本情节依然是全部文学著作的基础。如果你理解自己情节的真髓，你就会更明白如何着手去写。

在但丁的《神曲》地狱篇中，地狱每层里面都只有两种基本罪。一种叫 forza，是指暴力犯罪，另外一种叫 forda，是指欺诈。位于地狱最底层的不是那些因为暴力犯罪而受到诅咒的人，而是那些犯了欺诈罪的人，或者说犯了思想上的罪的人。不管如何，在但丁心目中，思想上的罪远甚于躯体上的暴力犯罪。

但丁深明人性。这两种罪源自人类两个最基本的功能。暴力源自力量、肉体；欺诈来自才智、头脑。身体和头脑。那么对待故事情节，我们也应该把它们分为两类：身体的情节和头脑的情节。

这种二元性在伊索寓言故事中体现得很清晰。狮子，公认的力量的象征，代表着权力、能力和肉体。从来没人会把狮子描绘得特别聪明。强壮就够了。

另一方面，狐狸被描绘得聪明、机智并且狡诈。它的优势不在于身体而在于心智。我们似乎特别愿意看到在这些寓言故事中，身体弱小的动物智胜身体强壮的动物。在神话故事中，我们也同样乐于看到懂事的孩子智胜令人恐惧的怪物。我们更喜欢心智技能——甚于身体技能。

希腊喜剧和悲剧中使用的面具体现了同样的思想。皱眉表情的面具代表悲剧，悲剧是力量的表演。微笑表情的面具代表喜剧，喜剧是欺诈的表演。喜剧的基础就是欺骗：张冠李戴、一语双关、乱七八糟。费德里戈·加西亚·洛尔卡也确认了这一点，他说过，对于那些愿意感受的人来说，生活是一出悲剧，对于那些愿意思考的人来说，生活是一出喜剧。

莎士比亚的喜剧也证实了这一点。喜剧往往取决于对语言的理解，所以这是 forda 的一种形式。这正是马克思兄弟的天赋所在：他们插科打诨、颠倒逻辑。

奇科：“在一和十之间选个数字。”

格劳乔：“十一。”

奇科（惊愕地）：“对。”

这话讲不通。但是在马克思兄弟的世界里，不知怎么的，在一和十之间就是能找到十一。（注意到没有？如果你试图解释笑话，笑话就一点也不好玩了。）这种妙语完全是心智上的——和马克思兄弟很多最搞笑的方式如出一辙。当然，他们出演的身体喜剧也同样精彩，但即使在身体层面也有心智活动。查理·卓别林的天赋也在于此。我们理解他的喜剧中那些较深层面的感伤和心智上的未言之意，这种理解让喜剧看起来又搞笑又悲伤。

这样我们就有了两个情节：forza，身体的情节；forda，头脑的情节。

动作情节

你即将开始一项艰巨的写作任务，面前别无他物，只有一沓白纸。你已经用纳博科夫称之为“清晰预览”的方法构思出一个想法，或者只是模糊地知道自己打算写什么，准备用伊萨克·迪内森所说的“刺痛”开头。阿道司·赫胥黎说，他只是朦朦胧胧地知道自己打算写什么。威廉·福克纳说，他在写作伊始只是有一段回忆或是印象什么的。很好。不管你是胸有成竹还是心中无数，没人帮得了你。

基于你的“清晰预览”或是“刺痛”，你应该问自己这两种情节哪个更适合你的想法。这是一个动作故事，即靠行动来支撑的历险故事吗？还是说，你的故事更多的时候在讲述内心活动和人性？

大部分面向大众市场的小说和电影都属于第一类。公众对历险故事可以说是永不厌倦的。不管故事的主人公是马特·海姆和詹姆斯·邦德还是印第安纳·琼斯和卢克·天行者。巴诺书店的书架上摆满了沉甸甸的这类书。在机场和海滩我们会愿意读一本好的惊悚小说，不管这本书是汤姆·克兰西、罗伯特·陆德伦、迈克尔·克莱顿还是众多作家中的哪一位写的。因为动作片洋溢着身体的活力，我们沉迷其中。动作富有速度和激情，我们也喜欢过山车一样跌宕起伏的剧情。这些书和电影的主要看点就是动作。作为读者或是观众，我们最关心的就是“接下来会发生什么?”这些作品中角色和思想的作用差不多只沦为基本必需品——能推进情节的发展就够了。但这并不是说就不能有任何角色发展；只是说如果让你把书定位为动作故事或是角色故事，你会选择动作，因为在一定程度上动作支配了角色。

在动作情节中并不牵涉什么重大的道德或智力问题。而且，在结尾部分，主人公或许不会有太大的变化，这样便于写续集。动作情节是个解谜情节：我们接受挑战，去解开某个谜团。我们由此收获了悬念、惊讶和期待。科幻小说、西部小说或电影、爱情故事和侦探小说通常——但并非总是如此——属于这一类。这些方面的大作家——比如斯坦尼斯拉夫·莱姆、雷·布莱伯利、阿瑟·柯南·道尔和罗伯特·路易斯·斯蒂文森——的作品多是让人思考而非仅凭直觉理解的。

头脑情节

更关注头脑情节的作家探索内心、人性以及人与人的关系（周围发生的事件）。这属于检验信仰和态度的内心之旅。头脑情节讲的是思想，故事中的人物几乎总是在寻求某种意义。

显然，严肃的文学作品更倾向于这种情节，而不是动作情节。头脑情节审视人生的意义，而并非以某种空想的方式描绘人生。同样，这并不等于说在头脑情节中不可以包含动作。只是在权衡心与身、内与外时，前面二者在一定程度上占主导地位而已。

生命的意义与《三个臭皮匠》

我此前说过悲剧所包含的是身体的情节，而喜剧所包含的是头脑的情节，以此来区分悲剧和喜剧。这是最初希腊的划分方式，但是在过去的三千年里，情况已经大不相同，今天，悲剧既可以是身体情节，也可以是头脑情节，而喜剧似乎依然牢牢地根植于希腊的传统。

一位伟大的喜剧作家曾经说过："死很容易，喜剧很难。"相比而言，有戏剧性也很容易，可是毫无疑问，有趣就很难。如果讲得不好，世界上最有趣的台词听起来也可能索然无味。我们经常听人说时机非常重要。

弗洛伊德就犯过这样的错误——试图去分析幽默，我可不会重蹈覆辙。喜剧之所以这么难是因为它很需要诉诸人的思考。喜剧是混乱的，它将现有的秩序颠倒了过来。双关语的概念就是利用读者或观众要理解幽默必须知道的另外一个概念。

当然，有一种闹剧体现的是纯粹身体上的幽默。比如《三个臭皮匠》，似乎没有一点智慧的光芒。可是不管多么依赖肢体语言，他们的喜剧针砭时弊、嘲讽社会。不仅仅是因为他们丢馅饼，更重要的是他们对着谁丢馅饼：那些衣着得体、一本正经的女士，放贷的银行家，那些我们每天都得打交道的衣冠楚楚的人物。他们的表演与我们想象的一致。一个优秀的喜剧作家要能为我们将这一切紧紧联系在一起，并让我们的情感得以宣泄，因为我们真的也想丢出这些馅饼。不管喜剧有多么世俗，在思想上还是有暗流涌动的。

安东尼·伯吉斯指出，真正的喜剧小说讲的是人们明白自己在宇宙中微不足道。

不可思议的《三个臭皮匠》。

选定一个情节

一旦你决定了要去写一部小说或是剧本，你的下一个决定就是你的故事将遵循两个情节中的哪一个，因为这决定了你要做的其他一切。

你的故事是由情节推动的吗？如果是，故事的结构就比那些具体的人物要重要。人物的存在只是让情节发展。阿加莎·克里斯蒂的小说就是由情节推动的。米奇·斯皮兰和达西尔·哈米特的小说也是如此，虽然他们的风格迥然不同。这些作家都知道自己会写什么样的书。

如果你的故事是由人物来推动的，情节结构就没有人物本身重要了。人物推动的电影讲的是人，尽管它们的确也有情节，但这些情节不处于核心位置。我们对人物更为着迷。我们对卡夫卡塑造的格里高尔·萨姆莎更有兴趣，而不是他怎么就莫名其妙变成了一个讨厌的臭虫。同样，我们对安娜·卡列尼娜、爱玛·包法利、哈克贝利·费恩、杰伊·盖茨比这些人物更有兴趣，而不是他们背后的情节。

开始写作时就要搞清楚你的写作重点是什么。是动作？还是人物？只有做出决定，你才知道你书中的强力是什么，最终才能在动作和人物之间达到一种平衡，你将有一个中心，不至于总摇摆不定。如果你选择了动作情节，动作就是强力；作品中属于思想的那一面就是弱力。反之亦然，思想的情节可以是强力，而与动作有关的辅助部分就成为弱力。有了一个主要的力，两种写法都可以，只要你觉得合适，什么比例都无所谓。

决定了强力和弱力，你的故事就会比例适当、前后一致。通过确定这两股力量的关系，故事情节的比例就合理了，通过在整部作品中保持那样的关系，故事情节就前后一致了。

一旦做出决定，你就有了起点。

4 深层结构

> 没有平淡的话题，只有无趣的作者。
>
> ——H. L. 门肯

至此，你已经做了两个决定。你有了一个初步的想法，你也已经选定了故事情节的强力。接下来怎么办呢？

在你设法找出哪种情节模式最适合自己的故事之前，你必须展开你的想法，这样才可以展开故事的深层结构。

深层结构就像强力一样，引导你展开自己的想法。

深层结构的中心概念就是道德。千万别多想，不要以为我打算告诉你写作应该以某种方式反映耶稣基督的十条戒律或是愉快、洁净的生活。我在这里所用的“道德”这个词的含义比我们在社会生活中惯用的简单得多。

每一部文学作品和电影都包含着一个道德体系。不管作品是高雅还是滥俗的，里面都包含着一个道德体系，这个道德体系让我们感知这个世界，让我们明白世界该是什么样子。不管是通过直接还是间接的方式，虚构的故事告诉我们该如何为人处世，让我们明白是非曲直，也让我们知道哪些行为是可以接受的、哪些是不可以接受的。这个道德体系仅在那部作品创建的世界中有效。虚构的作品可以反映我们大多数人所认同的道德标准，也可以暗示欺骗、偷盗、通奸之类的行为是可以甚至可取的。作奸犯科者不但不会受到处罚，事实上，还会得到奖励。

有时候或许是作者粗心大意，或是懈怠懒惰，没有领会或展开那个道德体系，它只是暗含其中、模糊不清，但无论如何，它都在那儿。在糟糕的作品中，我们没有重视这些道德体系，或看上去未加考虑。在比较严肃的作品中，作者关注自己道德体系的影响，道德体系就成为重要的精神食粮，也成为作品所要传递信息的一部分。不管你写的是爱情故事、推理小说还是《芬尼根守灵夜》的续集。但是阿尔贝·加缪的作品和《历史丑角》或《黑影》中的浪漫故事就有着天壤之别了，前者的作品包含的是复杂的道德体系，而后者则包含的是过度简单化的道德体系。

你的作品也至少会含蓄地提出这样一个问题："换作是我，在这种情况下该怎么办?"因为每个作者都有自己的立场（观点），所以由你来告诉你的读者哪些行为是对的、哪些是错的。

就拿小说和电影《原野奇侠》来说吧。

《原野奇侠》是一部道德剧。在故事开头，舍恩从荒山中横空出世（在故事结尾也同样去向不明），这让评论家们将他比作边疆版的耶稣基督、希腊神阿波罗、赫拉克勒斯以及游侠骑士。舍恩是个神秘的人物，但是他行事果敢，并影响了农场主，两人合力勇斗贪婪、残暴的牧场主。即使是当舍恩受到农场主妻子玛丽安的诱惑时，他也坚守着自己的道德体系。玛丽安和舍恩之间那些微妙的感受、触电般的瞬间让我们回味不已，但是他毫不动摇。舍恩本人就是一个道德模范。他惩奸除恶，给整个山谷带来了信念。

舍恩的品行和基督教的伦理是一致的，这种伦理认可得体的行为。也有一些作品或许会暗许离经叛道的行为，奸恶之人未必会被惩处，有时候他们还会出人头地，毕竟犯罪还是有可能获得某种利益的。

作为作者，我们有权选择我们想要描绘的任何道德体系，有权从那个体系中得出我们想要的任何结论。但是我们真的要打动什么人的话，我们必须得令人信服。

说起来容易做起来难。

一旦涉及作品的核心道德，我们读的大多数作品就经不起推敲了。如果你打算认认真真写本书，你肯定想让角色的行为合情合理、足够令人信服，可以影响读者今后的人生。任务艰巨。可是如果你只想写本仅供娱乐的书，你的目标就简单些了：你只是想让这种行为在书中的世界里合乎情理，不一定非得延续到现实世界、改变生活。只有最伟大的作品和最有天赋的作家才有这样的才能去从大的方面影响我们的人生；好的作品（相对于伟大的作品而言）会从小的方面影响我们；而即使是糟糕的作品也会影响我们。

这个情理是什么？你怎么才能让作品令人信服呢？情理就是作品深层结构的核心，你必须得知道如何打造这样的情理才能做到令人信服。

谈谈劈腿

应对纷繁芜杂的现实世界的一个办法就是把一切都简化为“是”或“不是”的问题。我们将世界分为对立的两面，还徒然想让事物非黑即白。

我们也知道现实世界并非如此简单，很多时候我们生活在一个灰色地带。但是我们的思维模式往往执着于对立的两面，这让我们无法摆脱。一切都是非善即恶、非丑即美、非明即暗、非上即下、非富即贫、非弱即强、非乐即哀、非正即反的。我们将世界一分为二是为了更好地理解这个世界，是为了简化问题。所以我们忽略无数种状态，假装只存在两种状态。

我们不难认识到，如果我们想认真对待爱、幸福等事物的实质，这种看法就行不通了，就必须放弃非黑即白的思维方式，去审视灰色地带了。可是这么做的问题在于，没有什么简单可行的办法。

关键就在这里。

简单的方法确实……简单。这些方法反映的是老套的想法。善对恶。一个人物心地善良、勇敢、真诚、身负使命，而另外一个却心地险恶、懦弱、虚伪、一心阻挠那个好人达成自己的目标。我们太熟悉这个套路了——实际上，我们熟到无须读完整个故事。我们知道谁会赢谁会输，我们甚至知道为什么会这样。不会有太多意外。好人斗恶人。因为读者知道他们应该支持好人、鄙视坏人，作者确实不好节外生枝，除非读者真的有悖常情，她一直力挺那个小子——可是他却没成功？这绝对是好莱坞一大禁忌。

这样做没任何挑战。作为作者，你尽可以向我们展示你的花拳绣腿（动作），但是花拳绣腿的背后却空无一物。当然，没人会在意印第安纳·琼斯或詹姆斯·邦德的道德世界。他们是好人，好人打坏人，就这些。去掉了动作，就没什么内容了。

作者的任务是进入灰色世界，那里没有明确的答案，甚至不存在正确的答案，在这样的世界里，决策总是有风险的，因为你无法确定这些决策是否正确。那些持过分简单化观点的作者没兴趣去理解人类生活中错综复杂的一面，也不愿意去理解我们做出决策有多困难。

我们在之前的章节谈到的深层张力（不同于局部张力）源自一些不可能的情境，在这样的情境中没有明确的对与错，没有明确的赢家和输家，也没有明确的是或不是。让你的主人公左右为难、进退维谷，这样才能赋予作品真正的张力。

如何才能左右为难

我们每个人都有根植于自己道德体系的一己之见。如果你是个神仙，能按自己的意愿来打造这个世界的话，你的小说就会映现出那个世界。在你的世界里，犯罪必然会受到惩罚。在你的世界里，芝加哥小熊队有可能赢得世界职业棒球大赛；底特律雄狮队有可能斩获超级杯。有那么多机会让你娓娓道来——至少在纸上，真让人难以置信。你是神仙，还记得吗？你可以为所欲为。

如果你还心存妄想，当什么万能神，现在该丢掉了。作者不是神，而是奴隶。你要听命于你塑造的人物，要顺从于你创作的故事的前提。如果你非得用一个模型来表示作者的身份，那么他可以是裁判，可不是什么神。

冲突取决于相互冲突的力量。在一个角落里，你有一股力量（由故事主角代表），这股力量有一个目标：要赢，要解决问题，要解放……总是目标明确。在另一个角落里，你有一股阻力（由敌手代表），这股力量也有一个目标：阻挠主角。对故事情节来说，这至关重要，从我们开始读书识字起，这一点就已经深入人心了。小红帽的目标是去外婆家，而大灰狼的目标是吃掉小红帽。诸如此类。

力量相互冲突这一概念同样也适用于观念。故事里面如果不呈现一股有意义的阻力的话，那就是宣传品。

让我稍作解释。作为作者，你有一己之见——你的成见，如果你愿意这么说的话。比方说你是一位受到虐待的妻子，被一个控制欲强、恶毒残暴的丈夫虐待了十二年。当你开始写这些的时候，故事就会这样展开：

> 晚上下班他骂骂咧咧地回家了，把夹克往沙发上一丢就问："晚上吃什么？"
>
> "亲爱的，我给你做了好吃的橘汁烤鸭。"桌上摆好了家里最精美的瓷器和水晶器皿，还点上了蜡烛。一看就知道是她精心准备的。
>
> "鸭子！你知道我最讨厌吃鸭子了。你能长点心吗？给我做

个三明治。”

眼泪从她的眼角涌出，但是她忍了忍，默默地接受了他的辱骂。“哪种三明治？”

“无所谓，”他生硬地说，“再给我来杯啤酒。”

他打开电视，然后走开了。

够了。

我不需要继续讲下去。你知道接下来会怎么样，你知道故事会怎么发展。这些角色都已定义为某种类型。她就是那种默默忍受、心地善良的贤妻，而他则是那种吵吵嚷嚷、惹人厌烦的粗鲁的丈夫。你迫不及待，希望他遭到报应、受到惩罚。

但这只是宣传品。

宣传品？

在这里作者的观点很明显也很片面。我站在妻子这边，对丈夫和妻子的行为都进行了夸大其词的描述，让人觉得难以置信。他们就成为这一类型的人物。“如果你从描写一个人开始，你会发现你创造了一个类型，”F·司各特·菲茨杰拉德如是写道，“如果你从描写一个类型开始，你会发现你创造了——零。”这样的作者只是在试图解决个人恩怨。创作小说或许有益身心，能帮作者消除仇怨，但是如果你打算写成后给别人看，就不能用这样的写法了。作品的本意是讲述一个故事，而不是清算旧账或者解决自己的个人问题。

当然，你也可以宣传说教，因为作者有理由这么做。作者就是站在讲台上，告诉我们谁好谁坏、谁是谁非。上帝知道我们在现实世界中已经听够了大道理，不需要再去看书或看电影来听别人继续说教。如果你借由角色去说你希望他们说的话，那你的作品就是宣传品。如果你的角色说的是他们自己想说的话，那你的作品才是小说。以撒·巴甚维斯·辛格称角色也有自己的生命和逻辑，作者要依此行事。你要让角色符合情节的基本要求，在这个意义上，你可以操纵他们。你不能让他们无情地轧过你。在某种意义上说，你为你的角色建造了一个围栏，让他们在里面东奔西跑。栅栏将他们限制在情节的边界里。但是他们在围栏里面想跑到哪里，则是每个角色的自由了，在情节的限制内他们可以做自己想做的事，成为自己想成为的人。

豪尔赫·路易斯·博尔赫斯说得很好："我的很多角色都是傻瓜，他们总在玩我，对我不好。"

与其说像神，不如说像奴隶。

那么，你怎么才能避免写出宣传品呢？首先从你的态度开始。如果你有旧账需要清算或是有观点需要阐明，或者一心希望全世界的人都以与你一样的眼光来看待事物，去写篇散文吧。如果有志于讲述故事——一个能够吸引我们、让我们着迷的故事，一个展现这个混乱世界异彩纷呈生活的故事——那就写小说吧。

不要从结论入手，要从前提入手。从一个情形入手。

回过头继续说我们那对已婚夫妇。她是个圣人，而他却是个魔鬼。不太有意思，为什么呢？太片面了。这个故事没什么新意。我们会支持圣人，因为我们不会同情或理解魔鬼。我们的情感反应和主人公一样平淡："可怜的人，她为什么要容忍这些？拜托，宝贝，反抗啊！"对他，我们则会说："你这个蠢货、残忍的家伙，狗娘养的，你会遭报应的。"那个故事处于自动驾驶模式，根本不需要作者或读者。

那个故事的致命缺陷就是太过片面了。她太好了，而他则太坏了。真实的生活不是那样子的。作为人类，我们都有光明和阴暗的一面，真实的刻画会毫无偏见地将这些都呈现出来。妻子的阴暗面是什么？对这种可怕的状态她该承担什么样的责任？他呢？是的，他既残暴又满口脏话，可是他怎么就成那个样子了呢？虽然方式不同，他和她一样，也是这种状态的受害者。当你不再偏袒一方，开始把他俩看作普通人时，你就会逐渐理解他们为什么会是现在这个样子了。区别就在于作者愿意去写情形，愿意公正地去写情形。如果人物愿意，他们可以自己一决高下，但你只是裁判，你必须保证情形才是你最关心的。千万不要让人物控制了情形，使之发展到一边倒的地步。一定要让他们一起待在圈里，并给他们同样多的时间。约翰·契弗指出："之所以会出现人物不受作者控制这样的怪事——吸毒、变性或是成为总统——只能说明作者太蠢，完全不了解、没掌握自己这门手艺。一个作者无助地追在自己犯傻创作出来的人物后面，想想就让人觉得丢脸。"控制情形的应该是裁判，而非人物。

有一部电影可以供那个夫妻故事来参考，学习如何将二人生活努力恢复秩序，那就是罗伯特·本顿执导、达斯汀·霍夫曼和梅丽尔·斯特里普主演的电影《克莱默夫妇》。这个故事非常感人，因为里面没有坏人。两个主人公都是左右为难，故事里也没有明确和"正确"的决定。乔安娜·克莱默"遗弃"了儿子和婚姻，但是我们都理解她为什么会有那么极端的行为，后来当她回来争取孩子的抚养权时，我们也理解她为什么回来。我们同情双方，对他们共同的痛苦，我们也感同身受。怎么都不容易。没有谁是我们全然赞同的，也没有谁可以让我们用手指着说："都是因为你！"

我们在《克莱默夫妇》中看到的就是对立的观点：妻子的观点和丈夫的观点。两种观点互相碰撞。这种碰撞给了我们冲突。对立的观点意味着你不只是要给出一个论点，而是要给出两个不同的、彼此冲突对立的论点。这就是左右为难、进退维谷的真髓。

托尔斯泰完美地展现了这一点：最精彩的故事不是"善对恶"，而是"善对善"。《克莱默夫妇》就是一个"善对善"的故事。体现"善对善"的诀窍就在于对立观点的质量。

如何创造对立观点

对立的观点的存在都是因为其不可调和性。

对立的观点出现是因为问题没有明确的答案，只有暂时性的操作性措施，可能只在某一时某一处有效，但并非处处有效。我们这个时代绝大多数的重要事件都是不可调和的：堕胎、安乐死、死刑、离婚、抚养权、同性恋、复仇、诱惑——仅举几例。今天美国不可调和的观点里最热门的当属堕胎。在这个问题上有两种观点存在，一种是堕胎是不正当的，因为这会杀死一个未出生的孩子，还有一种是堕胎无可厚非，因为胎儿不能独立生存，因此不能被视作一个生命。这里我们只是简单地援引了两种观点，实际情况当然要复杂得多，问题的关键是看待这件事的时候有两种迥然不同的观点。在这里没有绝对的解决方案，只有暂时性的，那是最高法院在诸如罗伊诉韦德等案件中的判决，即便如此，这些判决也要受到审查，还有可能被改判。当然，我们也有自己的信念：堕胎到底错不错，我们会支持其中一方的观点。但是作者在写小说的时候应该支持某一方吗？如果你认为应该，你写的就是宣传品了：你创作的角色在为你想传达的观点服务。如果你认为作者的责任是尽可能把故事讲得精彩些，而不是说教，那你就别无选择，只能呈现出一个包含双方观点的情形了。只有那样你写的人物才能左右为难、进退维谷。

两种观点都应合乎逻辑。如果你想认认真真地将事件的双面展示出来，让人物置身其中、进退两难，重要的一点就是双方的观点都应合情合理。不要把精力都放在你喜欢的解决方案上，然后只是象征性地为反面观点说几句不痛不痒的话。那是作弊。只要你为一边的观点说话，就要为另外一边做同样的努力。如果你不这样，读者就会看穿，你也会失去冲突的来源。

两种观点都应有理有据。我说的有理有据指的是言出有据。我们应该承认这些观点，把它们看作我们现实生活中真正可能的观点。我们再说说堕胎这个话题的不可调和性，然后假设有一个女人，很不幸地纠结在这两个观点之间。她的名字叫桑迪，一个笃信宗教的女人，一个天主教徒。她信奉了一生的教义告诉她堕胎是弥天大罪。她信奉教会的教导，在灵魂深处也认为堕胎是坏事。

然后，桑迪被强奸了。这次暴力事件让她的情感受到了沉重的打击。

然后，她发现自己怀孕了。

法律规定，如果她要求，她有权堕胎。桑迪痛恨体内的那个胎儿，它每天都在提醒她所遭遇的可怕罪行。一想到怀着强奸者的孩子她就无法承受。这个孩子会一直提醒她发生过的一切。但是她信奉的宗教却说如果堕胎她将受到诅咒。

如果不堕胎，她会在今生受到诅咒；如果堕胎，她将在来生受到诅咒。经典的势不两立。两种观点都合乎逻辑，又都合情合理。她如何才能自救？还是应该牺牲自己，生下这个孩子？她可以把孩子送给别人养——但是孩子毕竟也有一半是她的骨肉。她越是想找到一个解决方案，就越是发现希望渺茫。这就是冲突的真正根源。

两种观点都应让人兴致勃勃。仅仅合乎逻辑和有理有据本身是不够的。这只是思想方面。如果想让观点引人入胜，还得能从情感上吸引我们。作为作者，你关注的不是教你的读者在这种情况下如何做“正确”的事，而是让读者设身处地为主人公考虑，让读者“同情”桑迪，理解她所处困境的复杂性，这样读者才明白问题不好解决，时运不济摊上这事的某人、任何人都会苦不堪言。

这就是引人入胜的观点的真髓。

总之，要展开深层结构，你就必须展开一个争论，争论的两面互相排斥、不可调和，而且都同样合乎逻辑、有理有据并让人兴致勃勃。

有时候做对事反而错了，而有时候做错事反而对了

我们来仔细研究一下善与恶的问题。

有两个世界。一个是“理想”世界，另一个是“现实”世界。我

们希望生活在“理想”世界里。在这个世界里，善是善，恶是恶，善与恶泾渭分明。出现状况时，决定显而易见，结果明白无误。然而……

我们生活的世界里明确的决定很少有，或许明白的结果更少。大多数时候都是一池浑水。“理想”世界的黑白分明不复存在，取而代之的是“现实”世界里多达百种深深浅浅的灰色。我们知道在不同的情况下我们该如何行动，可是真的遇到这样的情况，就没那么容易、没那么清楚了。

有时候形势让我们不得不重新思考什么是对、什么是错。我们都经历过这样的情形，做正确的事显然是不合时宜的，而做错误的事显然是合适的。开始可能只是些简单的事情，例如说点善意的谎言来减轻某人的痛苦。最后可能会决定做点惊天大事。那个时候，“为达目的不择手段”、“规则是用来打破的”这些话就派上用场了。

如果你作品里面的道德涉及传统的对与错，以及我们在生活中时常会遇到的基本道德困境，那就仔细研究这些困境吧。忘了那些简单的解决方案，那些方案基本不起作用。更糟糕的是，如果主人公在为一个复杂道德问题而纠结，却只能得到一些老生常谈的方案，这对他来说也没什么安慰。我们生活在“现实”世界里，困扰我们（以及我们的主人公）的大多是简单方案无法解决的问题。

在灰色地带里，对立面被包容，行动没有对错。因为没有天然的绝对最优解决方案（“这么做准不会错”），所以一定有人为的或有可操作性的方案，在这些特定情形下对你的主人公有作用。在我们的社会里，什么是“对”通常是人为任意规定的（比如说，由法院或是社会共识决定的）。但是生活中我们时常遭遇一些情形，奉公守法反而就不对了。这就造成了道德上的两难境地。你遵守法律吗？还是会为了你所认为的更大利益去犯法？你的底线在哪里？你怎么去画这条线？

这才是我们每天都会面临的问题。

不管你用什么方法来写你的故事，或者使用哪种道德体系，要设法展开你的想法，这样你才能让不可调和逐步加剧。对待问题的两面都要一致、公正。

5 三角关系

除了决定事件，人物还有什么作用？除了说明人物，事件还有什么作用？

——亨利·詹姆斯

本章讲的是人物和情节之间的关系。将人物和其他因素分开来讨论有点奇怪——就像是讨论汽车引擎的时候，不是讲合到一起如何运转，而是逐一探讨每一部分——由于人物和情节的关系，对人物的一些考虑值得探讨。在前面几章我们多多少少讨论过人物，因为我希望你明白这些主要元素是如何相互依存的。在写作的时候，这些元素是分不开的。我没听说过哪个作家会一打开文字处理软件就说："好，今天上午我准备写写人物。"然而大多数的书却是如此对待这个主题的："好，现在我们来谈谈人物吧。"亨利·詹姆斯说的对：当人物有所举动的时候，他才是人物，而人物的举动就成了情节。二者是相互依存的。

我们先来看看人物在情节中的作用力。

人们是彼此关联的。当阿尔弗雷德（A）走进房间看到碧翠丝（B）时，他一见倾心。阿尔弗雷德约碧翠丝出去，她却让他走开。故事就开始了。在这里人物有两个作用力。但并不是因为有两个人才有两个作用力的，而是因为这里最多才有两个人物，所以最多只可能有两种情感互动：A 和 B 的关系，以及 B 和 A 的关系。

现在加进去第三个主人公——查克（C）。碧翠丝爱查克，不爱阿尔弗雷德。这种情况下，人物之间的作用力就不是三个了，而是六个，因为存在六种可能的情感互动：

A 和 B 的关系；

B 和 A 的关系；

A 和 C 的关系；

B 和 C 的关系；

C 和 A 的关系；

C 和 B 的关系。

现在再加进去第四个主人公——达纳（D）。查克爱达纳，不爱碧翠丝或是阿尔弗雷德。现在的人物作用力就变成了十二个，有十二种可能的情感互动：

A 和 B 的关系，以及 B 和 A 的关系；

A 和 C 的关系，以及 C 和 A 的关系；

A 和 D 的关系，以及 D 和 A 的关系；

B 和 C 的关系，以及 C 和 B 的关系；

B 和 D 的关系，以及 D 和 B 的关系；

C 和 D 的关系，以及 D 和 C 的关系。

作为作者，你肯定不需要处理所有可能关系的方方面面。但是你会发现你添加的人物越多，就越难跟上他们，就越难驾驭他们的行为。如果你添加的人物过多，就有可能会时不时地“搞丢”他们——实际上，忘记他们——然后当你想让他们回来的时候，看起来就有点牵强、有点做作了。确定一个自己能驾驭得了的人物的数量。这个数字应该能让人物之间充分互动，这样读者才会兴致盎然，但是也不能太多，否则你会觉得自己眼花缭乱、目不暇接。

千万不要想着再去添加第五个主人公了。如果你这么做，人物的作用力就变成二十个了。（听起来很像19世纪的俄国小说，是吧?）

显然，如果有二十个作用力的话，想要跟上全部的情感关系和互动，即使并非不可能，也是很难做到的。想一想，作者需要同时去应付二十种人物之间的互动，确实是个难以置信的沉重负担。应付十二种还是有可能的，但是需要娴熟的技巧：你得让主人公不停地进进出出，除非是重要的对抗场面和故事的高潮，通常情况下任何时候一个场景里面不能超过三个主人公。

现在我们走到另外一个极端，看看最初那个只有两个主人公和两种人物作用力的场景。我们只能看到阿尔弗雷德在碧翠丝面前的表现，以及碧翠丝在阿尔弗雷德面前的表现。这种情形无法让我们灵活自如地去塑造人物性格。当然，也有这么干的，而且干得还不错，尤其是在舞台上。但是只有两个主人公会限制你对人物的刻画，你得是个才华横溢、别出心裁的作家才能克服这个障碍。

这为我们带来了三次法则。如果你留心结构——不管是经典的寓言故事、神话故事、民间传说还是电视上放映的小成本电影——你会发现三这个数字有着巨大的影响力。三角人物关系是最牢固的组合，也是故事中最常见的。事件也往往都是成三地发生。男主角克服障碍的时候做出三次尝试，前两次都失败了，第三次才成功。

这不是什么神秘的数字命理学。实际上这么做的道理是明摆着的：平衡。如果男主角第一次做一件事就做成了，故事就没什么张力了。如果男主角做了两次，第二次成功了，故事有点张力，但是不足以构建一个故事。三次刚刚好。四次就索然无味了。

人物也是如此。一个人物不足以有充分的互动。两个有可能，但是没有不确定的因素用以增加趣味性。三个刚刚好。既有了不可预知的因素，又不会太过复杂。作为作者，不妨考虑一下数字三的好处。

既不会太简单，也不会太复杂——刚刚好。

这为我们带来了经典的三角关系：三个主人公，六个作用力。现在你就有活动空间了。帕特里克·斯威兹、乌比·戈德堡和黛咪·摩尔主演的浪漫爱情喜剧片《人鬼情未了》给了我们一个明确的模式。在影片中，斯威兹和摩尔饰演的角色相爱；他在抢劫案中遇害，然后变成一个幽灵，但是无法与她交流。

戈德堡出现了，她是一个冒牌灵媒，她发现（这让她比任何人都惊奇）她真的可以和逝者（斯威兹）交流。这把她吓坏了，她根本不想这样。斯威兹说服她，必须和摩尔谈谈，因为她现在身处险境（因为那个害死他的人）。

如果故事的安排是斯威兹饰演的角色可以从来世和摩尔饰演的角色直接交谈，故事就没有什么真正的张力了。可是因为他必须通过一个完全不可能的第三者（我们发现她有过行骗记录），情节就突然有了深度，也具备了喜剧的可能性：

1. 斯威兹必须说服戈德堡，让她相信自己是个幽灵，再从来世和她交谈，然后——

2. 戈德堡必须说服摩尔，让她相信她真的可以同她去世的男朋友交谈。

故事中六种人物互动都出现了：

● 摩尔与戈德堡直接关联，与她去世的男朋友间接关联（通过戈德堡）。

● 斯威兹与戈德堡直接关联，与他尚在人世的女朋友间接关联（还是通过戈德堡）。

● 戈德堡（作为灵媒）直接和斯威兹、摩尔二人关联。

人物的三角关系是这样的（见图5—1）：

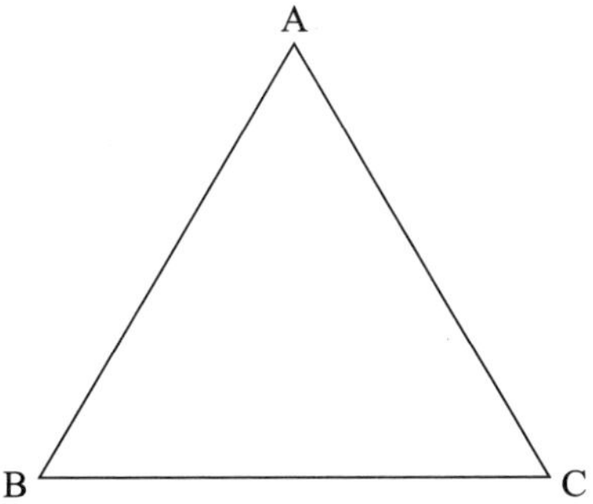

图 5—1 人物的三角关系（一）

结构严密、情节曲折动人。

或者再举一个鬼怪故事的例子，达夫妮·杜穆里埃所著的哥特式浪漫爱情小说《蝴蝶梦》（后来被阿尔弗雷德·希区柯克拍成电影）。故事情节很简单：忧郁、心事重重又神秘的马克西姆·德温特带着一个天真无邪、痴爱他的新娘回到了他的庄园，庄园里处处都是他已故妻子丽贝卡的影子，尤其是管家——一个阴险的女人——曾经（现在仍然）对那个去世的女人忠心耿耿。德温特也因为他那已故的美丽妻子忧心忡忡，无法回报新任妻子对他的挚爱。

在《蝴蝶梦》中，已故妻子的幽灵并没有真的在庄园里游荡，但是我们却能感受到她，身边的一切都在提醒我们她的存在。新任妻子（很奇怪她在电影中居然连名字都没有）无法走出已故妻子无所不在的阴影。更糟糕的是，管家居然设下圈套想毁掉新任妻子。

三角关系的三个点都展开了：

● 马克西姆·德温特和管家以及新任妻子的关系（他和二者的关系都受到丽贝卡的影响）。

● 管家和德温特以及新任妻子的关系（还是都受到丽贝卡的影响）。

● 新任妻子和她的丈夫以及管家的关系（你猜对了，全受到丽贝卡的影响）。

丽贝卡，在影片中没有一个闪回镜头，幽灵也不曾出现过，却影响了片中的每个人、每件事。所以这个三角关系看起来有些不一样，因为三个主要人物都受到了一个从未出现过的第四个人物的影响。因此，这个三角关系应该是这样的（见图5—2）：

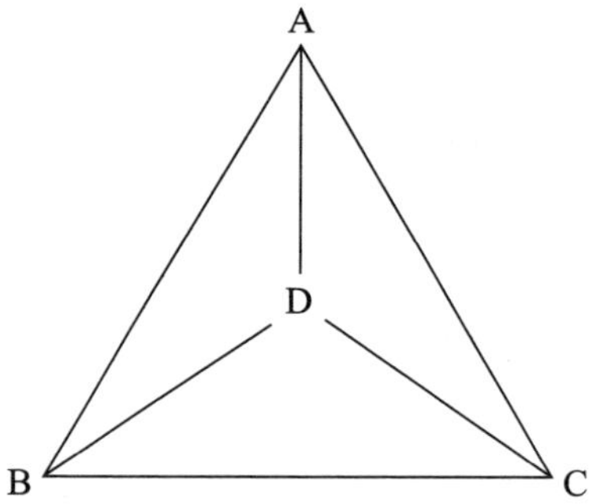

图5—2 人物的三角关系（二）

从情节的错综复杂性上讲，《蝴蝶梦》更胜一筹。《人鬼情未了》简单、直白、富有智慧，但是人物缺乏深度。我们喜欢这部作品主要是因为其中通过幽默体现出的智慧，而《蝴蝶梦》尽管有着哥特式的色调（悬崖、风暴和巨大而空洞的城堡），却更能挖掘人性。

所以，当你要展开作品深层结构中力量的交锋时，首先要确定你希望人物作用力处于何种层面。问问自己多少个主人公最适合你的故事：两个？三个？四个？还要明白有两个、三个或四个主要人物会是什么结果。

作用力二重奏

情节与人物，二者相辅相成、不可分割。在展开故事的时候，一定要牢记读者想理解你的主人公为什么会那么做，即他们的动机。要理解一个人物为什么会做出某个选择而不是另外一个，就必须有逻辑上的关联性（行动/反应）。但是你也不能让人物的一举一动皆可预测，那样一来故事也就很容易预测了（“无聊”的委婉说法而已）。

有时候人物的行为举止应该让我们大吃一惊（“她为什么会那么做?”），但是，在我们审视这个行为之后，我们应该可以明白为什么会这样。不能因为存在因果上的逻辑关系，就非得说那么明白。

亚里士多德觉得人物会因为他们的行为变得开心或是痛苦。这个过程就是情节本身。发生在主人公身上的事件改变了她。那个改变或许会让她更开心或更难过（也许更有智慧）。亚里士多德把情节看得比人物更重要。今天我们并不完全认同这一点，但是确实需要通过人物的行为来理解这个人。行动等于性格。一个人物怎么评价自己并不是那么重要。《网络风云》以及《医生故事》等电影的作者帕迪·查耶夫斯基说，作者的第一要务是创作一系列的事件。一旦你确定了这些事件（情节节奏），你应该创作能够让这些事件发生的人物。“人物成型是为了让故事更真实。”查耶夫斯基说。

你的人物通过行动才会鲜活起来，而非无所事事、空口白话地告诉我们她的人生感悟或是当前的危机。不要只动嘴，要行动起来。然后，相对于故事中的其他人物，你的主要人物就会血肉丰满起来。

在《阿拉伯的劳伦斯》中，有一幕揭示了主人公的内心。那一幕的目的是为了展现劳伦斯的决心，不管付出多大的代价，都要实现自己的目标。他内心充满了近乎病态的恐惧，担心自己的能力不足以达成目标，无法统一四分五裂的阿拉伯。他并非你所熟知的典型的大男子主义类型的人，要出手征服世界；实际上劳伦斯害怕任何疼痛。对他而言，和朋友们闲坐着、说说“哎呀，伙计们，我不知道自己能不能干得了这活”会容易得多。空谈廉价。

电影中的那一幕要紧张得多，没有一个字的对白。纯粹的动作。劳伦斯独自一人，他点着了一根火柴，用手指一直捏着，直到烧到自己。在这个故事的背景下，这可不是虚张声势。我们知道劳伦斯怕疼，所以当他用火柴烧痛手指，借此克服恐惧的时候，我们能够理解。后来，当劳伦斯被土耳其人俘虏并严刑拷打时，这个场景在电影中变得非常重要。

那么，情节是人物的一个功能，人物又是情节的一个功能。二者一旦割裂开来，就失去了意义。行动是它们的共同基础。没有行动就没有人物，没有行动也没有情节。

结语：在本书后面的部分我把情节分为基于行动的情节和基于人物的情节。你或许会问自己，我刚刚说过人物和行动是不可分割的，现在怎么就这样区别对待了呢？嗯，显然人物和行动是可以分开的，这种划分是基于你的重点。作为作者，如果你更倾向于写关于事件（行动）的故事，创作人物也是为了让行动发生，那你写的就是基于行动的情节。你的重点不在于人物，而在于事件。但是，如果你写的故事里面人物才是最重要的元素，你写的就是基于人物的情节了。

6 20种经典情节：序

> 唯有亚当一人，在讲述绝妙故事的时候，能做到前无古人。
>
> ——马克·吐温

本书余下的部分将用于探讨20种经典情节以及它们的构建。听起来或许会有点奇怪，因为之前我告诉过你们只有两种经典情节，好像现在突然变异，功力增加了十倍似的。身体的情节和头脑的情节依然没错，这20种情节都是这两种基本情节的例子。在这两种基本情节之外，你想出多少种情节都无所谓，不管是戈齐说的36种情节，还是吉卜林说的69种，诸如此类。正如我之前所说，只不过是个包装的问题。我提出的20种经典情节，只是想表明从forda（头脑的情节）和forza（行动的情节）中衍生出的不同模式类型。

关键词是模式，行动模式（情节）和行为模式（人物），交织在一起构成全部。接下来要说的经典情节都属于一般范畴，比如复仇、诱惑、成熟和爱，从这些范畴中可以源源不断创作出无数的故事。但是我在此列出这些情节的目的并非是要给出一个大家可以效仿的模板（尽管你愿意的话也可以这样做），而是让你对模式有所了解。作为当代作者，我们都承受着不小的压力，期望能匠心独运、能突飞猛进，尽管没有一个人知道那意味着什么。这些情节模式都存在已久，但这不等于它们不再有效，恰恰相反，时间证明了它们对我们的价值和重要性。我们今天使用的情节依然是那些世界上最古老的文学作品曾经使用过的情节。在所有艺术形式中，不受时尚影响而发生改变的因素不多，情节就是其中之一。在某个特定的历史时期，我们或许会更喜欢某种情节类型，但是情节本身并没有任何改变。

探索开始

那么追求创意意味着什么呢？找到一个从未有人用过的新情节？显然不是，因为情节是基于人类共同的经历的。如果你找到一个从未有人用过的情节，那你就超出了人类共有行为的范畴。创意不适用于情节本身，但是可以适用于我们展现情节的方式。

每个情节似乎都有自己的特点、自己的味道。如果你真的打算当一个作家，你必须向前辈学习。这就是为什么我在讲述经典情节的每一章节都给出了大量的例子。你读的越多，就越能理解这些模式的本质。你会明白什么时候可以对情节进行加工改造、什么时候不可以。你会明白读者想看到什么、不想看到什么。你会知道每个情节的“规则”，然后会知道如何打破这些规则、赋予情节新的特色。我还没遇到过哪个作家，不管他有多伟大（即有创意），说自己不曾借鉴过别人的想法。莱昂内尔·特里林说得很清楚：“不成熟的艺术家抄袭，成熟的艺术家偷窃。”（这有点奇怪，因为T. S. 艾略特也说过：“不成熟的诗人偷窃，成熟的诗人剽窃。”谁偷谁的呢？）

每个人都有不同程度的偷窃行为。如果莎士比亚、乔叟和弥尔顿尚在人世的话，他们得花一半的时间在法庭上解释他们故事的来源和出处。（那个时候偷别人的故事还是可以的，只要你能做得更好。）我们都有自己的故事来源，而且都严重依赖这些来源。

然后就大胆地往前走吧。情节属于公共领域。只管随心所欲、想怎么用就怎么用。找到最适合自己故事的情节。尽管改动情节去适应自己的具体想法。不要一成不变。塑造、成型、形成。但是千万别忽略这些情节长久以来形成的总体节奏。情节中的基本动作是什么？如果你着手去删除一些动作的话，你的做法可能弊大于利，因为这些情节已经历了几个世纪的发展和完善。

学会使用情节的秘诀不是照抄，而是根据自己故事的需要改写。当你详读经典情节的时候，试着把自己的想法和这些情节使用的基本概念对应起来。很有可能你的想法会和两个、三个甚至更多的情节匹配。

那就意味着你需要再进一步地塑造自己的想法。这是你必须做出的第一个重要决定，会影响到你所做的其他事情。所以，当你读这些重要情节的提纲时，问问自己："这个情节从故事和人物方面能否给我需要的东西？我的想法是否和情节匹配？"如果不能完全匹配，别烦恼，正如我描述的那样，情节差不多只是"中间路线"，而且非常灵活多变。但是每个情节确实都有一个基本的推动力，这就是指引你讲述故事的力量。务必要让自己对这个力量满意，如果不满意的话，读读其他情节，然后判断哪个最适合你的想法。

对大多数作者来说，塑造想法是一个持续不断的过程。他们不会在开始写作之前就把一切都安排筹划好。作者的蓝图不用非得像建筑师的蓝图那样完善。你应该有个想法，知道自己想怎么处理那个想法（情节），但是在写作的过程中，你的想法可以改动一次、多次甚至上千次。不要为此而焦虑不安。如果你觉得确实需要有个引导，就用本书中提供的经典情节提纲，这样你就会明白自己需要什么才能完成每个情节的主要活动。告诉自己："好吧，在第一幕中，应该发生点事情，这样我的主人公就不得不重新开始她的人生。应该是点什么事呢？我怎么写才能让人信服呢？"本书将为你提供一些指导方针，使用它们，改写它们，但是别被它们束缚了手脚。

别觉得为了自己的需要改写情节有什么不好的。这些情节展示给你的只是它们的基本模式。你写作的时候，会对这些模式进行修饰——在这个过程中，这是很自然的事。

7 经典情节1：探寻

> 虽然很多事怪得让人难以置信，但是没什么事怪到不可能发生。
>
> ——托马斯·哈代

顾名思义，探寻情节就是主人公寻找一个人、一个地方或是一件东西，有形的或是无形的。这有可能是圣杯、瓦尔哈拉殿堂、长生不老、亚特兰蒂斯或是中王国时代。主人公专门（而非顺便）在寻找一样他希望找到的东西，借此给他的人生带来重大转变。

这类情节的历史分布区间非常大，从大约四千年前写的巴比伦创世史诗《吉尔伽美什》，到《堂吉诃德》，再到《愤怒的葡萄》。这是世界上最经久不衰的情节。

或许你会忍不住说《夺宝奇兵》和《印第安纳·琼斯》以及《圣战奇兵》也都有探寻情节，因为印第安纳·琼斯在寻找约柜和圣杯（或者不管当时的工艺品是什么）。大错特错。

阿尔弗雷德·希区柯克常常谈起他电影中的麦加芬母题。麦加芬母题是一个对角色来说似乎很重要可对导演来说则微不足道的物体（因此对观众来说无足轻重）。在《西北偏北》中，麦加芬母题就是那个藏有微缩胶卷的哥伦布发现美洲大陆前的雕像；在《惊魂记》中，麦加芬母题就是那些赃款；在《美人计》中，则是酒瓶中的铀。《夺宝奇兵》中的麦加芬母题就是约柜本身，在《印第安纳・琼斯》和《圣战奇兵》中则是圣杯。在探寻情节中，寻找的对象不仅仅是行动的理由，对主人公来说也至关重要。探寻的过程，以及是否成功得到寻找的对象则塑造了人物。在斯皮尔伯格执导的电影中，印第安纳・琼斯在经历考验和磨难后没有什么改变。他探寻的过程对于作为个人的他来说没有影响，几乎可以说他是始终如一的。因此，《印第安纳・琼斯》的情节不是真正的探寻情节。

探寻情节虽然有大量的动作，但在很大程度上依赖它的主角。你必须有一个血肉丰满的人物作为主人公。可是，不管印第安纳・琼斯一次次死里逃生的经历多好看，作为个人来讲他缺乏真正的深度。

主人公要寻找的目标在很大程度上反映了并且往往会以某种方式改变他的性格，因此影响了人物的变化，在故事的结尾人物的变化还是很重要的。吉尔伽美什动身去寻找长生不老之术，他沿途的发现从根本上改变了他；作为一个异想天开的游侠骑士，堂吉诃德动身去纠正这个世界的错误，去寻找他的达辛妮亚・台尔・托波索女士。《绿野仙踪》中多萝西的追求就简单得多，她想找到家；《愤怒的葡萄》中乔德一家在加利福尼亚寻找新的生活；《吉姆老爷》中的主人公要找回失去的荣誉；《消失的地平线》中康韦要寻找他的香格里拉；伊阿宋当然是想找金羊毛。假如把他们寻找的目标去掉的话，这些故事就散架了。在每个故事中，主人公在故事结束的时候都和开头时大不相同。

在《浴血金沙》中，弗雷德・C・多布斯——亨弗莱・鲍嘉饰演的角色，在墨西哥的偏远山区搜寻金矿。在本片中，寻找的目标显而易见：金子。但是应该注意的是在这个寻找的过程中贪婪之心如何改变了他的性格。

探寻情节的特点就是情节绕来绕去，主人公总是在四处奔波、寻寻觅觅、上下求索。吉尔伽美什不止是漫游在巴比伦的雪松林里，他最终还到了幽冥地府；堂吉诃德的行程遍及西班牙各地；多萝西起初在堪萨斯，最后却到了奥兹仙境；乔德一家从俄克拉何马州启程，动身前往加州乐土；吉姆老爷出航，从孟买到了加尔各答；没人确切知道伊阿宋去了哪里。

在这类情节中，主人公始于家园，最后往往也终于家园。吉尔伽美什、堂吉诃德、多萝西以及伊阿宋都找到了回家的路；乔德一家和吉姆老爷没有找到，或许是因为他们没有一个可以回归的家园。

这趟行程的目标，而非寻找的目标，是智慧。这些故事中的所有人物都对世界以及自我有了新的认识。有时候他们得胜归来，因他们的历程而更富智慧；也有时候他们幻想破灭、抱病而归。伊阿宋得到了金羊毛和那个姑娘，多萝西和小狗托托回到了堪萨斯。但是堂吉诃德却因为他招惹的麻烦饱受诟病，放弃自己的目标回到家中，也否定了一切。吉尔伽美什沮丧地发现人终究难免一死。加州的现实也没能让乔德一家真正心满意足。但是在每个故事中，都有值得汲取的经验教训——一个塑造了主人公的经验教训。

从本质上说，这些故事都是插曲性的。主人公可能从家里出发，但是她会为了寻找她渴望的目标而四处奔波，沿途遭遇各种各样的事件。这些事件应该以某种方式和最终目标的实现有所关联。主人公必须要问路、发现并破解线索、付出代价，然后才能得到入场券。

探寻的主要部分就是寻找本身以及主要角色沿途积累的智慧。她必须做好心理准备去接受这种智慧，因此寻找就成为一系列连续的课程。她只有学完一门课程之后才能继续进行下一门课程。

探寻情节的结构

第一幕

在第一幕中（布局环节），主人公位于起源地，通常是家里。一股力量促使他采取行动，或是出于必要、或是应邀。

在《伊阿宋智取金羊毛》中，伊阿宋原本一直和一个人首马身的动物（半人半马）快乐地生活在山顶，后来发现他的叔叔——那个坏国王——窃取了原本属于他的王位。于是伊阿宋前去要回自己的宝座。

但是吉尔伽美什在故事的开头忙着修建巴比伦的城墙。他并非真的亲自动手修建城墙，是让全城的居民加班加点去完成这项工程。人民疲惫不堪（而且酬劳很低），于是向众神祈愿，请求众神派遣使者来制止这个疯子。其中有一个天神认为也该教训一下这个国王了，于是就用黏土创造了一个勇士去和这个国王搏斗。

堂吉诃德也是从家里动身的。他读了太多的骑士文学作品，突发奇想，幻想自己就是一个骑士。于是他穿上曾祖父的盔甲、骑上一匹羸弱的老马，开始了他的第一次冒险之旅。

同样，多萝西也是不满现状的。作为一个孤儿，她和埃姆婶婶以及不苟言笑的亨利叔叔一起生活在农场，但是她想离家出走。她还想摆脱那个讨厌的邻居——高驰小姐，因为她一直威胁说要杀了她的小狗。

在每个故事中，都有某些东西促使主人公采取行动：伊阿宋渴望成为国王；吉尔伽美什要捍卫自己，不受来自地狱的黏土武士的攻击；堂吉诃德渴望成为一名骑士，在这个冷漠的世界一显身手、有所作为；多萝西决定离家出走。作者们不会花太多笔墨告诉我们主人公姓甚名谁、为什么郁郁寡欢、又打算如何应付处置。在每个故事中，探寻往往始于采取行动的直接决定。

然后故事就进入了一个过渡阶段。决定采取行动就会直接导致离家后的第一个重大事件。

伊阿宋出现在国王的宫殿里。那一时期的很多故事中都会有神谕警告人们提防只穿一只鞋子的人，所以当伊阿宋脚穿一只鞋子出现时，国王马上就知道他的身份了，他一面假装欢迎他的到来，一面却想方设法要除掉他。他们举行了一场盛宴，然后国王给他讲了金羊毛的故事。

让国王意想不到的是，伊阿宋一口答应取回金羊毛。国王认为这个主意不错，为了鼓励伊阿宋，他还提出如果伊阿宋成功取回金羊毛，他就将王位归还给伊阿宋（他觉得伊阿宋不可能圆满完成任务）。伊阿宋组织了一组船员，这个情节介于《豪勇七蛟龙》和《十二金刚》之间，然后动身去寻找金羊毛。

堂吉诃德经历了同样的磨难。他首先在路上遇到了一些旅行商贩，他向他们发出挑战，要求决斗，结果被人痛打一顿。这是他作为骑士接受的第一次考验，结果以惨败收场。他必须回家养伤。与此同时，因为担心堂吉诃德的心理健康，他的朋友将他所有的书都付之一炬。无疑，这让堂吉诃德坚信他的书被一个邪恶的巫师扣押。

吉尔伽美什面临其他一些问题。因为他不善待百姓，一位女神派一个名叫恩奇都的黏土人来到人间教训他，让他长点记性。恩奇都以保镖的身份出现在神殿。他不许吉尔伽美什进入神殿。还没人胆敢对吉尔伽美什说个不字，于是他向恩奇都发出挑战，要求进行巴比伦式的决斗。

二人想要一决雌雄，但是不分胜负。恩奇都与吉尔伽美什惺惺相惜，相见恨晚，结为知交。他们一同前往讨伐那个可怕的巨人芬巴巴。

多萝西最初的冒险同样怪诞。她离家出走到了狂欢节，但是马弗尔教授——巡回演出团的老板——说服她回家去。她还没能回到家，就被一个堪萨斯“龙卷风”卷走了——和房子、狗一起被卷走了。

当房子最终落地的时候，多萝西发现自己置身于灿烂辉煌、装饰艳丽、色彩缤纷的奥兹仙境。她第一眼看到的就是小矮人们，他们正在欢快地唱着“叮咚，坏女巫死掉了”。看来是多萝西的房子落在那个女巫身上了。

在每个故事中，第一个事件，即激励事件，促使主人公动身离家。只是他本人有想离开的动机是不够的，必须有什么事刺激到了他。或许主人公心中对要不要离家尚有疑虑（就像堂吉诃德和多萝西），但是激励事件让局势得以扭转。它确定了主人公、主人公的“大本营”以及离开的理由。

激励事件还充当了第一幕和第二幕之间的桥梁。

在你改编这个情节，为自己的剧情打草稿的时候，一定要表现出你的人物在从一种状态向另一种状态转变。我们在这里讨论的所有人物开始的时候都是处于一种少不更事、天真无邪的状态的，对接下来要发生的事情，他们也不完全明了。他们以为自己知道想要什么，可是经历却让他们有了完全不同的认识。

你的人物应该清楚她在寻找什么。或许只是一个愿望，离家出走、开始新生——这个情节常常运用于青少年身上，父母和学校让他们觉得窒息。无论如何，要让你的人物强烈渴望去什么地方干点什么。你的人物应该对自己想实现的目标有一个鲜明的意象（这个意象或许准确无误，或许大错特错）和强烈的渴望。除此之外，她还要有很强的动机，加上很多关键因素，这让她不得不采取行动。一定要让人物有恰到好处的动机，才能继续探寻之旅。

人物的意图——实现自己为自己设定的不管什么目标——不同于动机。意图是人物想达成的目标；动机是他想达成此目标的理由。在第一幕中我们就应该对主要人物有相当多的了解。我们想理解是什么驱使他继续这场探寻。这场经历几乎铁定要改变一切——但是至少现在我们知道主人公“从何而来”。

还有朋友的概念。主要人物很少单枪匹马、独行天下。吉尔伽美什有恩奇都；堂吉诃德有桑丘·潘沙；伊阿宋有他的阿尔戈英雄；多萝西有铁皮人、狮子和稻草人。这些朋友通常都是在第一幕靠后部分才出场的（激励事件引发的结果）。前面的例子中没有一个主人公一出场就带着所有的朋友，都是一路走来结识了这些朋友。这让我们有时间关注主人公，不会因为有了配角而让事态复杂化。

这些故事中，大多有一个帮手角色，一个能够帮助主人公达成探寻目标的人或物。这可以是《亚瑟王之死》中兰斯洛特的湖上夫人，也可以是《绿野仙踪》中的好女巫葛琳达。在神话故事中，往往是一个动物——从蟾蜍到鸽子的任何动物——帮助主要角色找到她在搜寻的目标。主人公不是孤家寡人，得有人对她施以援手。

如果你打算用一个帮手朋友或是动物的话，最好在第一幕引入这个角色。否则就有可能有人指责你胡编乱造，总是恰逢其时地推出一个角色救主人公于危难之中。在第一幕就打好基础，在第二幕中持续跟进就是。

第二幕

听起来很简单，中间把开头和结尾连接起来。第一幕提出问题，第三幕回答问题。第二幕只需要让故事有趣就行。

《绿野仙踪》的第一幕提出这样一个问题：多萝西会找到回家的路吗？第三幕回答了这个问题：是的。

伊阿宋会找到金羊毛吗？是的。

吉尔伽美什会找到生命的秘密吗？是的，但是这对他没什么好处。

堂吉诃德会找到他的达辛妮亚·台尔·托波索女士（其实她的真实身份只是一个丰满的农妇，腌咸猪肉很有一套）吗？是的。

（注意到了吗？每个故事里面都用了寻找这个字眼。这是探寻情节的底线描述。）

所以第一幕提供了问题，第三幕提供了答案。就剩下第二幕了。在文学作品中，两点之间并非直线最短。

第二幕是香料、调味剂。如果我们刚看到第二幕就已然知晓答案，这个故事就乏味无趣了。办法是让读者始终好奇。没有中间部分，过山车就不好玩了。如果车子刚刚开动，就进站到头了，你会有上当受骗的感觉。我们最喜爱的恰恰是整个过程，那些跌宕起伏和意想不到的曲折变化、突然加速以及七上八下的忐忑不安。

故事也是如此。过程和结局一样重要。与过山车一样，连接开头与结尾的有一个特定的路径。只有连贯起来，整个行程才有意义，沿途的每一步都有助于理解角色或是探寻的目标。

多萝西并非去了一个通宵营业的餐馆，在那儿结识了一些来自奥克兰的自行车手。伊阿宋也不是从公元500年的雅典奥运会上登上战车的。这些事件和他们的故事风马牛不相及，它们或许能制造一些大场面，但——你知道那一套。

伊阿宋和他的阿尔戈英雄启程前去寻找金羊毛，但是在他们到达之前，必须向众神（也向读者）证明他们会不负众望，证明伊阿宋拥有力量和智慧，可以成为国王。要做到这些并非易事。

吉尔伽美什的前方也是道路坎坷。在第二幕中，在两个生气勃勃的搭档联手杀死巨人芬巴巴，第一次证明自己的强大之后，恩奇都开始不断做死亡的噩梦。二人和天神们纠缠不清，事情的发展也让众神心中不快，最后恩奇都死了。吉尔伽美什极度伤心。他决定去寻找乌塔那匹兹姆——一个掌握了生命秘密的人——这样就可以让他的朋友起死回生了。

《堂吉诃德》这本书结构松散。塞万提斯是个讽刺作家，他花了些时间去嘲讽当时的诸多文学和社会习俗。《堂吉诃德》好像就没有一个固定的方向，就像是塞万提斯无法驾驭这个主题。但是这本书却描绘了那个时代和人的全景画面。我们关注那个疯狂的老人，因为每个事件都让我们看到了唯物主义与唯心主义的冲突、西班牙人性格的本质、疯狂和灵感、主人公的基本特征。（即使堂吉诃德是作为一个决心拯救世界的游侠骑士踏上冒险之旅的，他真正要探寻的目标还是他的达辛妮亚女士，哪怕这只是他头脑发热幻想出来的一个人物。）

多萝西的探寻在很多方面和堂吉诃德的很相似。不难看出那个拉曼查的伟大骑士和无脑稻草人、无心铁皮樵夫以及无胆狮子的相似之处。尽管他们的冒险之旅对各自有不同的寓意，效果其实是一样的。（我们并不认同堂吉诃德的幻想——我们只是在远处旁观——但是我们认同多萝西的幻想，并感同身受。）

多萝西的每个朋友都有自己的寻找目标——稻草人寻找他的脑子；铁皮樵夫寻找他的心；懦弱的狮子则寻找他的勇气。他们携手并肩、共同冲破恶女巫的种种阻挠，包括飞猴、可怕的树妖、还有催眠花。（或许这一切听起来匪夷所思，但是阿尔戈英雄们在旅途上的遭遇比这些还要离奇。）

当你开始第二幕的创作时，一定要想象一下什么样的磨难和障碍会让你的主流读者觉得最有趣、最有挑战性。设置障碍的技巧不仅仅是罗列出一些障碍让你创作的角色去跨越克服，这些障碍还要在某种意义上改变角色。这是能够让角色更明白自己寻找的目标、更了解自我的一些生活经历。任何探寻从根本上来说都是一个自我发现之旅，比如在《浴血金沙》中弗雷德·C. 多布斯的寻金之旅。弗雷德·多布斯不是他所认为的那种人。生活考验了他，可是他失败了。

你还需要让这些挑战一直都让人觉得有趣。如果你创作的人物要爬山，他遇到的障碍或许非常明显：一颗岩钉垮掉了，一场暴风雪来临了，山体滑坡封住了他的道路。但是这些障碍本身都只是外在的。重要的是这些障碍给人物带来了什么样的影响。他半途而废了吗？他消沉低落了吗？他决定孤注一掷、冒险一搏了吗？大山应该教会这个人物每一步怎么进行。

人物和事件的真正关系取决于你将二者结合的能力。

第三幕

情节就是个连连看的游戏。你写的每一个场景都是一个点。如果你是个出色的作者，读者会明白任何两点之间的关系，并将二者联系起来。当故事结束的时候，读者面前就有一个完整的画面了。

在第一幕和第二幕中（或者说戏剧性的阶段，如果你喜欢这个词的话），读者应该无法准确地映射出这个画面。你或许提供了线索（不过有些线索是为了转移注意力、让读者误入歧途的），但是你不会希望在故事一开始就被抓住把柄。如果这样，你的观众就会离你而去，或者简单粗暴地对你说："我早想到是这样了。"

在你作品的最后一部分真相浮出水面。在探寻情节中，一旦主人公达成（或是无法达成）寻找的目标，就到了水落石出的时候了。

在这类情节中，在目标实现后又出现额外的复杂情况也很常见。情况并非主人公所期待的那样，还有可能主人公一直以来在寻找的东西并非她真正想得到的。但那也恰恰是顿悟的一刻，主人公恍然大悟，明白了探寻的本质和意义所在。

伊阿宋通过他的勇敢和聪明（还有奥林匹斯山上他那些朋友的一些帮助）杀死了守卫金羊毛的恶龙。好，那就意味着他要回家、收回王位了，对吗？

不尽然。

伊阿宋回到坏国王那里，将羊毛丢到他的脚下，要求国王把国家的治理权交还给他。只是羊毛不再是金色的了。国王违背了赌约。伊阿宋指出赌约里面没有约定羊毛要保持金色，只是约定他要找到并取回金羊毛。

国王依然不同意。

伊阿宋只能自己动手了。于是当天晚上，大家都熟睡的时候，伊阿宋杀死了国王。

现在他拥有了一切：合法的王位、有魔法的美狄亚和不再是金色的羊毛。

你或许会问自己："为什么伊阿宋不直截了当地先把那个国王杀

死，这样一来省了多少事?”他是可以那么做，但是那样的话他就成不了英雄了。正是伊阿宋经受的考验才让他成了一个国王，而不是一个王位所有人。

这个故事和中世纪欧洲流传的很多童话故事没什么两样。我们都听说过这些故事：这些故事讲的总是一个年轻的男孩或是女孩，他（她）必须到外面的世界去寻找什么东西。正是因为接触了外面的世界——那个家外面的世界——才让他们获取了长大成人所必需的经验教训。伊阿宋获取了成长为国王所必需的经验教训。

多萝西也长大成人了。她不是要成长为一个女王，但是她会成长为一个成年人，就像她的朋友们要通过找到他们各自想要的头脑、心和勇气而成长为一个完整的人一样。

在多萝西战胜了西方恶女巫之后，她和她的朋友们遇到了大法师，尽管他答应帮大家，可其实是个装模作样的老骗子。不过那个男巫虽然看起来像狂欢节上的马弗尔教授一样可疑，却也相当聪明地指出了每个人已经拥有了他们想得到的东西，通过从女巫的魔爪中拯救多萝西这个行为，他们已经证明了自己。

这指的是除了多萝西以外的每个人，因为多萝西依然被困在奥兹仙境不能回家。

男巫答应用他的热气球送她回家，但是气球没载上她就起飞了，计划出了问题。多萝西最终在好女巫葛琳达的帮助下回到家中。她所需要做的就是说一句话——“天涯无处似家园”，然后砰的一声，她就回到了她堪萨斯的床上，回到了埃姆婶婶和亨利叔叔身旁。多萝西关于真正的幸福在自家院子里就能找到的想法，需要她的口头确认。她只要充满感情地大声说出来，就能立刻回家了。

吉尔伽美什在为他的朋友恩奇都寻找长生不老之方的过程中，到了阴曹地府探寻生命的秘密。他遇到了巴比伦版本的诺亚，对方向他讲述了大洪水的故事。那位老人是一个可怕的宿命论者，他告诉吉尔伽美什没有什么东西是永恒存在的，人生苦短，死亡是人生的一部分。他还告诉吉尔伽美什生命的秘密其实就是长在死亡之泉底部的一朵玫瑰。吉尔伽美什想方设法要得到的那朵玫瑰，却被一条邪恶的大蛇抢先吃掉了。

吉尔伽美什回到了家，心灰意冷、形单影只又备受打击。他向众天神最后一次请求，其中一位同情他的遭遇，就安排他会见他已经死去的朋友。恩奇都告诉吉尔伽美什死后的生活是什么样的：到处都是虫子爬来爬去、无人理会也无人尊重。吉尔伽美什接受了他的命运，因为他必须这样，随后他回到了自己的王国，第一次自觉终有一死。

堂吉诃德也同样心灰意冷地回到了家。像吉尔伽美什一样，他没有实现自己寻找的目标，于是他向身边这个残酷的世界屈服了。

当你将主要人物带向故事高潮的时候，当你让他直面你在故事中呈现给他的现实的时候，你要么塑造一个角色，让他拒绝接受教训（回到零点），要么塑造一个角色，让他接受教训，并从中汲取经验。相较于其他很多情节而言，这个情节尤其呈现了你所塑造人物从头到尾的变化。

备忘录

在你写作的时候，请谨记以下几点：

1. 探寻情节应该是讲寻找一个人、一个地方或是一样东西；展开密切平行的两点：主人公的意图、动机，他要找寻的东西。

2. 你的情节应该经常变换场地，见很多人，去很多地方。但是不要让人物像风一样飘来飘去。应该根据你计划的因果关系精心安排活动。（你可以让整个行程看起来没有什么在主导——让它看起来随意些——但其实是有内在的因果联系的。）

备忘录

3. 考虑如何将你的情节呈现为一个圆圈的形式——主人公通常在她开始的地方结束。

4. 在故事的结尾处，要让你塑造的角色由于探寻的过程而脱胎换骨。这个情节讲的是进行寻找的人物，而非寻找的对象本身。你的人物在故事进行的过程中也在发生变化。她变成了什么或是变成了谁？

5. 旅程的目的是表现主人公自我实现的智慧。通常这是成熟的过程。或许讲的是一个孩子上了成长这堂课，或许讲的是一个成年人上了人生这堂课。

6. 你写的第一幕应该包含一个激励事件，这让你的主人公开始真正的寻找。不要直接就开始一个寻找的任务，要确保你的读者明白角色为什么想去探寻追求。

7. 你的主人公至少要有一个旅伴。他必须和其他的角色有互动，这样故事才不至于太抽象或太局限于内心。你的主人公需要有人可以征求意见，需要有人与之争论。

8. 考虑加入一个帮手角色。

9. 你的最后一幕应该包含对人物带来的启发，或是在放弃寻找之后，或是在成功完成之后。

10. 你的人物所发现的通常和他起初要寻找的是不一样的。

8 经典情节2：探险

> 谁是原创？我们现在的所作所为、所思所想都已经存在，而我们只不过是个中间人，使用了别人传播的消息，仅此而已。
>
> ——亨利·米勒

探险情节和探寻情节在很多方面极为相似，但二者还是有本质的不同的。探寻情节是人物情节，是思想的情节；而探险情节却是动作情节，是身体的情节。

二者的区别主要在于焦点不同。在探寻情节中，焦点自始至终都是踏上旅程的那个人；而在探险情节中，焦点则是旅程本身。

全世界的人都喜欢精彩的探险故事。对于主人公来说，这是探索外面的世界；对于读者来说，这是间接到他们未曾去过的地方探险，比如费斯、新西伯利亚和火地岛。这就像坐在左岸的小餐馆里面吃饭，或者是在蒙古包外面守着羊群吃蒙古烤肉。探险就是异乡的一场艳遇。探险就是那些稀奇古怪、新鲜奇特的经历。探险就是做那些我们或许从来不会做的事、以身试险然后又全身而退。

主人公动身前去寻宝，但是按照探险的原则来说，财富不会在家里从天而降，都是远在天边。

因为探险的目的就是旅程本身，所以主人公是否有什么明显的变化并不重要。不像探寻情节，这并非心理故事。重要的是当下这一刻和接下来的那一刻。重要的是凝神屏息的那种感觉。

没人对我们大谈特谈什么人生的意义，人物也不会忍受后现代主义焦虑的煎熬。主人公完全适合探险：她被卷入这个事件，因为事件总是比人物重要。或许角色靠高超的技艺和过人的胆识能够取胜，但还是要靠事件来对她进行定义。印第安纳·琼斯、卢克·天行者以及詹姆斯·邦德都是由故事中他们的行动来定义的。

要进入的世界可能有不同的形式。想想看儒勒·凡尔纳的《海底两万里》，或者杰克·伦敦的《海狼》，甚至是丹尼尔·笛福的《鲁滨孙漂流记》。在这些故事中，世界的定义分别是海底、有着残暴船长的幽灵号帆船或是南美海岸的一个孤岛。世界可以有多种形式。这些地点一定要和我们所居住的世俗世界完全不同。读者对探险故事中地点的喜爱不亚于对角色行动的喜爱。

这个世界也可以是杜撰的，比如另外一个星球、一个沉没的大陆或是地球内部；或者也可以完全凭空想象出一个世界，比如《格列佛游记》里面的陆地。

布鲁诺·贝特尔海姆，那个解读童话故事的弗洛伊德精神分析家，详细讨论了孩子离开妈妈的怀抱、来到这个世界的恐惧。很多童话故事讲的就是这个：冒险探索未知世界。供成年人看的探险故事只不过是供孩子看的童话故事的延伸。

从前……

如果要研究探险故事结构的话，从童话故事开始是最好不过的了。人们往往低估了童话故事的意义和其技术性。它们不只是给小学生看的简单故事，它们是精心设计的小说，一丝不苟、语言简练、内涵丰富、极有象征意义。它们不包含各种复杂的说教情节，对年轻人的心灵很有吸引力。

童话故事使用的情节相对有限，但最常见的一种就是探险情节。格林兄弟收集的故事《三种语言》中的情节就是典型的探险情节。在故事开头有一个住在瑞士的老伯爵，他有一个儿子，可是老伯爵认为他是个傻瓜，并命令他离开城堡去学艺。探险通常是从家里出发的，一旦有了离开的理由，主人公就立马启程了。

尽管孩子可能不愿意离开家，但大人通常是急于让他们出去的。不管怎么样，都要有某种激励事件迫使主人公行动起来。在《三种语言》中，原动力在第二行里出现——父亲把他的儿子赶出家门。儿子别无选择，只能离开。简单些的理由（比如说出于好奇）就不够了；这个理由应该能推动角色。角色通常别无选择，只能行动。《海底两万里》中的尼德·兰出海是为了调查一个总是撞沉商船的巨大海怪。罗宾汉走上侠盗这条路是因为他和人打赌射杀了国王的一头雄鹿，只好溜之大吉。里梅尔·格列佛遭遇了海难，鲁滨孙·克鲁索也是如此，杰克·伦敦所著的《海狼》中的汉弗莱·凡·维登同样遭遇了海难沉船，不幸被残暴的海狼拉尔森船长救起。吉卜林所著的《怒海余生》也一样。甚至肯尼思·格拉姆所著的《柳林风声》中的鼹鼠也因为春倦症离开了它的地洞去草地溜达，在那儿它遇到了水鼠，于是水鼠带着它踏上了沿河之旅。

事不过三……你出局了

好了，我们回到城堡里，老伯爵已将他的儿子撵出家门，并且告诉他一定要拜个名师。那个男孩听话地跟着大师学了一年。一年后他回到家中，老伯爵问他学了什么。“我能听懂狗吠了。”男孩说。

老伯爵心中不快，于是送儿子到第二个老师那儿学习了一年，一年后男孩又回来了。他再次问儿子学会了什么。“我能听懂鸟语了。”儿子回答说。

这次老伯爵大发雷霆：“哦，你这个蠢货，你虚度这么多宝贵的时光，却还一无所获，你回到我面前就不觉得难为情吗?”他又送儿子到第三个老师那里，并警告他说如果这次他还不学点有用的本领，就别想回家了。

一年后，那个男孩又出现在城堡的大门口。（你在期待这样的模式吗?）

父亲问他这次学了什么。“亲爱的父亲，这一年我听懂了蛙鸣。”

这让老伯爵忍无可忍。他剥夺了儿子的继承权，并且下令把他带到密林里杀掉。仆人们把他拖走，但是不忍心下手，就放他走了。

现在那个男孩在森林里孤零零的，却不能回去；他必须向前走，进入这片陌生的领地，孤军奋战。

这一切活动构成了情节的第一部分。都是些基本元素：一个“望子成龙”的父亲；一个唯父命是从，但没有学会父亲认为他该学会的本领的儿子；父亲剥夺了儿子的继承权，这让局势无可扭转（因为父亲认为儿子已经死了）。

第一幕中有五个事件，都是单纯的因果关系，很容易看明白：最初的动力（“受教育”），先后三次拜师学艺（每次都以失败告终），最终被抛弃并被宣判处死。每一个事件都直接源于前一个事件。这体现了童话故事的魅力和惜字如金。

《三种语言》里的男孩没有踏入社会，相反，他每次都回到家里，表明他真的不想去，他只是因为父亲的愿望才这么做的。最后他的父亲把他赶了出去（从字面意义和象征意义两方面来说）。不再有父亲的命令和要求来指导，他现在必须自己采取行动了。这就是第一幕和第二幕的分水岭：孩子的动机已经不同了。

当你用这个情节模式来展开自己想法的时候，一定要记住，你应该展开一系列丰富多彩又令人兴奋的事件和地点，但是出于情节的考虑，它们还要互相吻合。就《三种语言》来说，那个男孩去的地方幽暗神秘，让我们着迷。而且他去每个地方都有充分的理由。我们直到故事结束才明白这一点，但是回顾整个故事，就可以清楚地看到他学会的每一门本领都能派上用场。

不要让你的角色只是经历一个又一个不相干的站点。设法讲成一个故事。你可以不受探寻情节的种种限制，在探寻情节中每个事件都以某种方式对主人公构成了挑战，也对他的性格产生了影响。但是在探险情节中，主人公可以只是享受整个事件的过程。但是千万别丢掉因果关系。在书中你的主人公依然是个重要人物，而且读者总是会试图寻找地点和事件与人物之间的某种关联。

现在我们开始第二部分。

那个男孩（我们姑且称之为汉斯吧）来到了一座巨大的城堡，请求借宿一晚。城堡的主人并不好客，说他可以睡在附近一个旧塔楼的废墟里，但是要当心，没准儿会被野狗吃掉。

他去了塔楼，而且因为学过狗的语言，还偷听了野狗们的谈话。他发现这些狗之所以发疯是因为被下了咒语，被迫在这里看守塔里的一大笔财宝。他跟主人说，他知道怎么取出这些财宝，还知道如何解除把狗圈禁在这里的咒语。主人被打动了，答应如果汉斯能取出财宝就收他为养子。汉斯交出财宝并新认了一个父亲。

第二部分结束。

注意到了吗？作者是怎么追溯到第一部分的素材然后又在第二部分加以发挥的？在第一部分奠定旅行的基础，然后在第二部分才真正开始旅行。当你展开一系列事件（以及为主人公设置的困难）时，记住一定要不断让读者受到挑战。对异域风情和人物的描写或许有趣，但是说到某种故事你还是得不负众望。不然就相当于堆砌了很多华丽的辞藻却言之无物。为你的角色营造有趣的情境，但是一定要让这些情境和主人公的某个意图有所关联。或许只是个年轻人去找意中人那么简单的事，或者只是一个女人去寻找走失的老父亲，这是故事的核心，不要偏离这个核心。其余的都只是些表面功夫。或许激动人心、精彩纷呈，但仍然只是些表面功夫。

第二部分的活动取决于第一部分的活动。在《三种语言》中，我们知道汉斯怎么恰好懂得狗的语言。汉斯第一次自己采取行动，他有效地利用了自己所学的本领。还要注意对汉斯性格的深入了解：他没有将财宝据为己有，而是交给了城堡的主人，主人为了回报汉斯，将其收为养子。汉斯用一个有人情味的父亲换掉了那个不近人情的。

然而重点并不是汉斯。重点是探险。为了概述这个故事，我省去了汉斯与群狗的接触，但其中是有害怕、恐惧、着迷以及发现（财宝）这些元素的。正是从这些细节中我们才感受到了探险的色彩和力量。情节是绵延不绝的，随后汉斯并没有去追求一个女人或是与守卫一座桥的食人魔搏斗。这些场景对情节没有任何意义。汉斯只是做了推动情节必须做的事情。

水晶球

但是这个故事会走向何方呢？应该说有两个显而易见的元素。汉斯从三位名师那里学会了三样本领：听懂狗语、蛙语和鸟语。第二幕里包含的情节涉及狗。因此第三幕必须包含涉及青蛙和鸟的情节。

在已经亲身感受了这个世界后，汉斯决定前往罗马。他欣然离家，这次带着父亲的祝福（与第一幕中父亲的暴力驱逐截然相反）。

他途经一片沼泽，听到许多青蛙在呱呱叫，当他明白这些青蛙在说什么后，他开始若有所思、非常难过。

他继续他的旅程，到了罗马，此时教皇刚刚去世，红衣主教们在任命教皇继位者的问题上僵持不下，他们决定等待神迹。

他们没等多久。那个年轻人一走进教堂，两只雪白的鸽子就飞下来，还落在他的肩膀上。红衣主教们一看就知道那是神迹，就当场问他是否愿意做下一任教皇。汉斯觉得自己不配做教皇，但是鸽子们劝他答应下来。

于是他答应了，被任命为教皇，并被奉为神明。这就是在沼泽地的那群青蛙和他说过的话：他将成为下一任教皇。

第三幕兑现第一幕和第二幕的承诺。汉斯先后经历了几个状态。开始的时候是愚蠢的汉斯（第一幕），渐渐成为城堡主人的养子、年轻的伯爵（第二幕），最后成为教皇（第三幕）。每个阶段都取决于前一个阶段。他还先后有了三个父亲。开始的时候是第一幕中那个不负责任又心胸狭隘的父亲，渐渐升格到第二幕中一个善解人意又乐意付出的父亲，又升格到成为上帝象征意义上的儿子。

探险情节中的主人公通常在故事发展的过程中没有太大的变化。读者只关心事件链和接下来发生的事。是的，汉斯成为教皇了，但是我们没发现汉斯有变化的迹象，他甚至不会说拉丁语，当天做弥撒的时候，鸽子们还得提示他。尽管他变得更自立了（这才是故事的要点），他仍然是老样子。我们也没看到更高层次的精神意识，没察觉到他的人格得到升华。

很多时候，探险故事里会有一段罗曼史。但是在《三种语言》里没有，那是因为对于未来的教皇来说有个女朋友太不合适了，但是在很多其他的神话故事（以及成人冒险故事）里，主人公沿途总会邂逅几位异性。国王和王子一定要有他们的王后和公主（反之亦然）。

冒险情节中的第三幕有什么作用呢？像大多数情节一样，你在第一幕提出的问题在第三幕有了答案。汉斯在这个世界里会有所发展吗？是的。而正是通往“是的”的这条道路让我们兴致盎然。事实上，这个“是的”对读者来说也许没那么重要。探险情节是个过程情节：旅程给我们带来的快乐至少和故事结尾处问题的解决带来的快乐一样多（如果不是更多的话）。

如果你决定用这个情节的话，就做好功课。因为你的成功很大程度上取决于你的叙述听起来是否令人信服——你确实了解你所讲的东西——你要么应该对事件以及事件发生的地点有第一手资料，要么就需要花费时间在图书馆查阅这些细节来增加真实性。让人信服的是细节——不仅是知道地名，还要知道那些合在一起能描绘出那个地方的外观、气味和味道的小细节。让自己沉浸在那个地方。让自己淹没在细节中。只有到了需要的时候你才知道自己需要什么，所以要认真做笔记。在你读到一个细节的时候，你觉得不重要，可是此后当你写作的时候突然发现这是最完美的细节，但是你怎么都想不起来是在哪本书里看到它的，没有什么事情比这更让人沮丧了。如果你认真做笔记（包括书名和作者姓名），你总能回去找到它。

对于细节，你没什么捷径可走。没有细节的话，你只是泛泛地画出了草图，这无法令人信服。下一次你读探险书的时候，看看这些细节在创造时空方面有多重要，看看一个优秀的作者如何自然地将这两个元素合二为一，让它们看起来浑然一体。

备忘录

在你写作的时候，请谨记以下几点：

1. 你的故事重点应该是旅程，而非踏上旅程的那个人。

2. 你的故事应该涉足大千世界，涉足新鲜陌生的地方和事件。

3. 你的主人公应该动身前去寻宝，财富不会在家从天而降。

4. 你的主人公应该被某人或某事激励才开始探险。

5. 和故事开头激励主人公的因果关系一样，每一幕的事件都取决于同样的因果关系。

6. 在故事结束的时候，你的主人公不一定非得有什么重大改变。

7. 探险故事通常含有罗曼史。

9 经典情节3：追逐

英国乡村绅士飞奔在一只狐狸后面——不能出口的在全力追赶不能入口的。

——奥斯卡·王尔德

有两个游戏似乎总能让孩子们为之神往：捉迷藏和触碰捉人游戏。试着回忆一下，做寻找的那一方并且找到每个人的藏身之处时的那股兴奋劲儿。或者如果你是藏起来的那一方，想想没被抓住的那股兴奋劲儿。这个游戏考验的是聪明（你能藏得多么隐秘）和勇气。

触碰捉人游戏也差不多。追逐和被追逐，总是试图智胜对方。我们对这种游戏永远兴致勃勃。对大人和孩子都一样，能找到被藏起来的东西让人发自内心地感到兴奋。随着我们日渐长大，对于如何玩这个游戏，我们也越来越富有经验，但是内心的激动丝毫未曾改变。这是纯粹的兴奋。

追逐情节就是文学版的捉迷藏。

这个情节的前提很简单：一个人追逐另外一个人。你只需要两个演员：追逐者和被追逐者。因为这是一个身体情节，所以追逐比参与者更重要。

就结构而言，这是最简单的情节之一了。在剧情的第一个阶段，一旦比赛的指导方针确定下来，情境也就布置好了。各就各位……我们得知道谁是坏人、谁是好人，以及为什么一个要追另外一个。（不一定都是好人追坏人，经常恰恰相反。）正是在这个阶段，你定下比赛的赌注（死亡、坐牢、结婚等）。预备……你还需要一个激励事件让追逐开始。跑！

剧情的第二个阶段就是纯粹的追逐了。在这个阶段，我们或许比在其他任何情节中都更依靠改变和反转。在追逐的过程中，你要想方设法制造意外，让读者一直被追逐的过程所吸引。

剧情的第三个阶段追逐就结束了。被追逐者要么是永远逃之夭夭了，要么是永远束手就擒了。（或至少有"永远"的假象。很多电影的续集就靠着一次又一次的追逐重新启动。）

好莱坞一直以来都很偏爱追逐情节，或许是因为拍成电影很好看。斯蒂芬·斯皮尔伯格就是以这种情节成名的。他的第一部电影（电视电影）是《决斗》，在片中，丹尼斯·韦弗遭遇无情的追逐——被一辆卡车。我们始终看不到也没有发现到底是谁在驾驶这辆卡车，好像有人完全出于卑鄙的动机这么干的，因此给人一种阴森恐怖的感觉。没有条理，也没有逻辑性，也不需要有——我们就是喜欢那辆半挂车试图撞击韦弗饰演角色的惊险刺激，我们也喜欢看到韦弗如何一次次从追逐者车轮下逃生脱险。

然后就是伯特·雷诺兹和杰基·格里森主演的《横冲直撞斗飞车》。他们那些稀奇古怪的滑稽动作让美国公众开心了很多年。甚至斯皮尔伯格的第一部故事片——《秀格兰德快车》——也是一部追逐电影。除了追逐，这些电影也不装什么严肃。如果没有被抓到的可能性的话，超速行驶（反正是拍电影）也没什么刺激的。坚定不移的格里森和他那个傻头傻脑的侄子千里迢迢追了大半个美国，徒劳无功想把那帮窃贼绳之以法。在这些喜剧片中，被抓住了也没什么意思，因为没有追逐就一无所有了。

《悲惨世界》中的沙威警长对冉·阿让穷追不舍，夏洛克·福尔摩斯在整个系列故事中对莫里亚蒂穷追不舍。作为追逐者，你想抓住被追逐者；作为被追逐者，你想逃脱追捕。作者的任务就是要有足够的聪明才智让追逐的过程惊心动魄，这样读者就不会觉得厌倦。追逐双方都是为追逐而活，也都被追逐界定。作为读者，我们期望看到很多肢体动作，于是，当追逐者将被追逐者逼得走投无路的时候就出现了很多机智的闪躲和花招。

被追逐者也不能把追逐者甩开太远，因为追逐的紧张激烈就因为两个人物近在咫尺。回忆一下触碰捉人的那个游戏吧。你在追赶一个人，而她使尽浑身解数想从你身边逃开。你越追越近。你追得越近情况就越紧急。她想溜走，你紧追不舍，就在你触手可得的那一刻，紧张气氛到达了顶点。这时候突然砰的一下，发生了一点事情，要么是因为被追逐者急中生智，要么是有了外界的干扰，煮熟的鸭子飞了。

这类情节比较经典的例子就是大笨狼怀尔和跑路鸟之间的关系了。二者都是为追逐而活的。所有人都知道跑路鸟随时都可以骗得大笨狼怀尔团团转，然后把它甩掉，可唯独大笨狼怀尔自己不明白这一点。大笨狼怀尔不断努力，内心深处希望上帝迟早会眷顾它。跑路鸟嘲弄了一番它的对手，让它近在咫尺，却在最后一刻一溜烟跑掉了。这就是追逐者和被追逐者之间的基本关系。

想想你看过的其他一些追逐片：《大白鲨》（人对动物）、《法国贩毒网》、《活死人之夜》、《终结者》、《异形》、《午夜狂奔》、《拦截目击者》、《寻找宝石》，以及任何一部血淋淋的电影，比如《黑色星期五》、《月光光心慌慌》和《猛鬼街》。还有一些只是为了追逐而存在的人物：尤其是蝙蝠侠和超人。

在这类电影中也有些经典影片，比如《雌雄大盗》和《白鲸》。我把电影版的《白鲸》归为这一类是因为它主要讲的是亚哈船长一心要追逐白鲸的执着。那份执着凌驾于其他一切之上。不像小说深入全体船员的内心世界，电影更多的是关注追逐过程。

然后还有有史以来最好的追逐电影之一——《虎豹小霸王》。从故事一开始，布屈·卡西迪和圣得西就在奔波逃命。这一对搭档人称“穿墙帮”，在联合太平洋铁路以打劫为生。实际上，他们屡屡得手，以至于铁路公司的总裁决定亲自将他们二人抓获。布屈和圣得西想到一个绝妙好计，打算对一列火车实施两次抢劫：去的路上抢一次，等回来的路上再抢一次。谁会料到强盗们如此大胆呢？

他们抢劫了来时的火车。布屈去了妓院寻欢作乐，而圣得西去看他那个离经叛道的教师女朋友。然后他们又打劫了返程的火车。

这个计划事与愿违。一队警察在后备车厢里等着他们，追逐就此展开，直到故事末尾才结束。

追求追逐情节

追逐情节的要素相当标准：有人跑，有人追。这是简单的（但很强大的）身体运动，能激发简单的（也同样强大的）情感。不管这场追逐是一支队伍进行的标准追逐，还是像《猎杀红色十月》中那样的潜艇追逐，都并不重要。一个故事和另外一个故事的不同在于追逐本身的质量。如果你采用的是标准的陈词滥调的话，追逐就没有读者想要的兴奋刺激。如果这个地方太过常见，你就很难让读者专心致志。

让追逐一直都扣人心弦的秘诀就是要让一切不可预料。如果你回想我们之前关于模式的讨论，你会记得它们对展开情节有多重要。但是在像这样的一个情节中，你肯定不希望模式太明显。你希望情节迂回曲折、惊险刺激，这样读者才会一直惴惴不安。千万不要去迎合读者的期望。假如你诱使读者认为某个事件将要发生，一定要善加利用。那个事件要与你一直营造的模式相吻合，但还是要有点出人意料。这种情况下，要让读者同时既对又不对。他认为某事会发生（也确实发生了），但又不是他所预料的那样。这就是别出心裁，也是作者要做的头等大事。找到做事的新方法，或是在原有的方法之上有一个新的转折。要让你的想法焕然一新，每只手里都应当握有一张万能牌。

当然，单单是追逐本身的激情和活力就足以吸引我们了。《警网铁金刚》中的飞车追逐场面是有史以来拍得最精彩的：当汽车在旧金山的街头飞驰而过的时候，你甚至能感觉到身子在座位上向前倾斜。《法国贩毒网》中，布鲁克林的本森赫斯特街区的飞车追逐场景同样震撼，在该片中，道尔在高架铁道下驾车追逐火车。这些场景只是在身体上吸引了我们，但并非精神上的吸引。

但是飞车追逐只是飞车追逐。现在这已经成为一种惯用手段了。所以，你要是想让自己的追逐情节独一无二、与众不同，需要怎么做呢？如果你熟悉艾德·麦可班恩和埃尔莫·伦纳德的作品，你就知道如何利用突发事件让简单的动作充满悬念。因为读者永远都不知道那个动作会引发什么样的后果，所以任何动作看起来都无法预料。他们的角色做任何事都有可能让本已脆弱的心理和法律失衡。伦纳德写的 *Fifty-two Pickup* 就是这类作品一个很好的例子。

亚里士多德说行动限定了人物。没错。一个人的所作所为都反映了他是什么样的人。但是亚里士多德那时候还没听说过好莱坞。

有时候行动不再限定人物，行动纯粹就是为了行动。尽管在斯蒂芬·斯皮尔伯格和乔治·卢卡斯拍摄的电影中有很多动作，但是这些动作很少揭示主要人物的内心世界。我们也不在乎这个。我们在乎的是这些动作是否惊险刺激、引人入胜且独一无二。这就意味着要想方设法避免落入俗套。这也意味着紧张情绪要像一根绷紧的线，贯穿故事始终。这一点不仅适用于电影剧本，写追逐小说也是如此。这种情节在很多方面靠的就是陈词滥调，所以重要的是你如何赋予老故事一个新的创意，让这些老故事重新唤起我们的兴趣。

《虎豹小霸王》之所以好看是因为它彻底逆转了传统的西部片。

坏蛋成了好人，他们风趣又可爱。他们没有留着五天都没刮的胡子、没有臭烘烘的味道、不随地吐痰也没有欺男霸女。他们打破了人物旧有的模式。（《雌雄大盗》里面的主角也是如此。）布屈生性浪漫，是个乐天派，他乐观地看待一切事情；相对而言圣得西就比较实际，是个现实主义者，但依然迷人、富有魅力。两个人都心地善良却不太适应这个社会。他们的行为刺激了我们，他们的喜剧观吸引了我们，他们所处的情境也是独一无二的。还记得那一幕吗？这一对搭档被追到了绝壁之上，走投无路只能跃下悬崖，跳进汹涌的激流中。就其基本形式来说，我们之前也看过这一幕。那些名副其实的亡命之徒纵身一跳。

但是威廉·戈登加了一点料让这一幕令人难忘：圣得西不会游泳，我们到最后一刻才发现这一点。这一幕很紧张但是也很好玩。因为他不会游泳这件事只适用于这个场景，所以我们对这个人物并没有什么新的重要认识。但是它之所以好玩是因为对话很搞笑，这个情景也有一个我们之前没有看到的角度。

这也就说到了追逐情节的一个决定性特点：限制。为了加强追逐过程中的紧张情绪，在某些时候会不可避免地让被追逐者陷入困境或身陷囹圄。就像布屈和圣得西在绝壁之上的那一幕，他们前无去路、后有追兵。逼得越近，就越紧张。有些电影，比如《异形》系列，在使用这个原则方面就做得特别好。主要人物蕾普利就总是被紧追不舍，要么是在太空飞船上，要么是在环境恶劣的星球上。她无处可逃。《九霄云外》发生在一个太空站上，《拦截目击者》则发生在火车上，都是如此。限制你的行动，哪怕是到了得幽闭症的地步，这样你才会增加故事的紧张感。

关于限制空间再说一句：尽管限制人物的活动范围可以增加紧张感，但是过度限制有时候也会让故事进展困难。比如说，阿加莎·克里斯蒂在《东方快车谋杀案》中充分发挥了火车的优势。剧中人物不能离开火车，但是他们有足够的空间移动、隐藏并且实施行动。如果你打算进一步限制行动的话，比如说，限制到火车上的一节车厢，你就有可能剥夺人物的自由，让他们无法走动。还有其他一些很好的例子也来自电影。《虎胆龙威》用了整整一栋办公大楼，史蒂文·西格尔主演的《魔鬼战将》则用了一艘战舰，这两个片子都很好看。但是韦斯利·斯奈普斯主演的《巡弋悍将57》使用了一架被劫持的飞机，就太过促狭，无法展开故事情节。在飞机上没有足够的空间可以活动，也没太多的事可做。

备忘录

在你写作的时候，请谨记以下几点：

1. 在追逐情节中，追逐比参与追逐的人更重要。

2. 确保被追逐者一旦被捕获就会有真正的危险。

3. 你的追逐者应该有合理的机会抓住被追逐者，他甚至可以暂时抓获被追逐者。

4. 要多靠肢体行动。

5. 你的故事和人物应该惊险刺激、引人入胜而且独一无二。

6. 要让人物和情境打破常规，避免落入俗套。

7. 尽可能在地理空间上对情境加以限制；追逐的范围越小，紧张感就越强。

8. 剧情的第一阶段应该有三个环节：(1) 确定追逐的基本规则；(2) 确定赌注；(3) 以一个激励事件开始比赛。

10 经典情节4：解救

> 拯救我的灵魂免于沉沦，拯救我的爱人勿使葬身狮腹。
>
> ——赞美诗35：17

和探险情节一样，解救情节中的主人公一定要到外面的世界去。和探寻情节一样，解救情节中的主人公也在寻找某个人或某样东西，和追逐情节一样，主人公通常在追逐反派。解救情节和其他情节一样，是个身体情节——故事靠的是行动而非人物微妙的心理活动。但是相似之处到此为止。解救情节是我们探讨的第一个严重依赖三角关系中第三者——对手——的情节。

故事依赖的是三个人物之间的关系——主人公、受害者和对手——三人各司其职。人物为情节服务（而不是情节为人物服务），这是身体情节的情况。因为行动牵涉三个主要人物，作为读者，我们更关注行动，而不是三个独一无二的人物本身。冲突因寻找而起，主人公试图夺回自己失去的东西。

在探讨主要人物各自的作用之前，咱们先探讨一下情节本身的作用。

这个情节的核心道德论点是最鲜明的：反派是错的，主人公是对的。读者往往从追逐的过程中获得最大的乐趣，并且似乎满足于故事背后肤浅的道德观。在这种情况下，就很难让一个论点的两面同样合情合理、同样令人信服也同样合乎逻辑。

让我给你举个例子。作为一个电视撰稿人，我关注广播电视网愿意出品的那类故事——不是从影院看到的电影，而是他们自己出品的电影，通常称为本周电影。这些电影通常和时事有关，当天的新闻故事几乎肯定会成为一部电视剧。关于绑架儿童的电视剧都拍了好几部了。一个被法庭剥夺了孩子监护权的父亲绑架了孩子，然后就消失了。这是父亲、母亲和孩子之间的人物三角关系。主要矛盾是父亲和母亲之间的矛盾；孩子是受害者。

我看过的所有本周电影都是用传统的方式来对待这个话题的：一个主人公（好的父或母）、一个反派（坏的父或母）和一个受害者（孩子）。最常见的场景就是，法庭剥夺了父亲的监护权，于是心理变态、暴虐成性的父亲就绑架了孩子。为了主张身为父亲的权利（他的道德基石），他从家里或是学校绑架了孩子后就消失了。而母亲（也有她自己的道德基石）就在电影余下的部分中苦苦寻找她的孩子。听起来耳熟吧？

或许你还记得在之前的章节中，我（还有托尔斯泰）说过，最精彩的故事不是善对恶，而是善对善。假如你删去那个恶棍，也就是那个蔑视法庭裁定、残酷绑架孩子的坏爸爸，会怎么样呢？我认为有趣的故事——我还没在电视上看到过的故事——是父母双方在道德上对孩子享有同等权利。然后会怎么样呢？那才是我所说的左右为难。

但是在解救情节中，解救的概念似乎就隐含了对与错、是与非。这是“解救”这个词固有的含义。被解救即被人从囚禁、危险、暴力或邪恶中救出。在我看来，那些较为有趣的故事似乎缺乏了这些元素，因而解救几乎是不可能的。你会看到，除非是作为以追逐和解救为主要焦点的动作情节，这种情节在某种程度上不会有人物性格的发展，而要写出有趣的故事，这又是必需的。

现在我们来谈谈三个主要人物各自的作用吧。

主角

情节活动往往把重点放在主角身上，因为他是所有寻找任务的执行者。情形简单明了。主角对寻找目标有某种情愫。这种情愫为展开搜救提供了动机。

最强烈也最常见的情愫是爱。王子想解救公主。丈夫想解救妻子。一个母亲想解救她的孩子们。就像被雇来找人的雇佣兵一样，这种情愫的理由可以不那么理想完美，但是在他们的动机中总是会显现出某种理想主义的概念来。即便是在像《七侠荡寇志》（基于黑泽明所著的《七武士》）这样的故事中，那些久经沙场的职业杀手同意营救墨西哥那个不知名的小村庄，使之不受土匪侵扰，也是出于正义感。不管动机是什么，都是一种要拨乱反正的道德驱动力。

通常主人公必须要到天涯海角才能找到他找寻的目标。这可以是字面含义，就像必须动身前往邪恶王国的王子，也可以是比喻的说法，就像那个主人公，必须动身前往一个未知地点（比如另外一个城市）。关键是主角去的是他不熟悉的地方，这让他处于不利的位置。他必须消除这些影响解救活动的不利因素。对主人公而言，相对于在自己熟悉的地方与坏蛋搏斗，在坏蛋的地盘上与之搏斗并取胜显然更能彰显自己的强大。这样做也更扣人心弦。在这样的情形下主角从情感上更关注对手，而不是他失去的那个人或那样东西，这会让情节看起来更像是他和反派人物的竞争或是决斗。

亚历山大・普希金写过一首题为《鲁斯兰与柳德米拉》的诗，后来被米哈伊尔・格林卡改编为一部同名歌剧。故事一开始就是柳德米拉和鲁斯兰的婚礼，柳德米拉是基辅大公弗拉基米尔的女儿。这是一场盛大的婚礼。喜宴过后新婚夫妇入了洞房。可是二人还没来得及洞房花烛，突然一阵电闪雷鸣，邪恶的魔术师切尔诺摩尔将柳德米拉从鲁斯兰的怀中掳走了！

大公知道此事后勃然大怒，他承诺，不管谁能救回他的女儿，就将其许配此人。鲁斯兰现在就必须到外面的世界，与神秘的巫师对抗，并救回他的爱人，以证明自己的价值。

与其说这是柳德米拉或是弗拉基米尔的故事，不如说这是鲁斯兰的故事。他才是主人公，必须执行必要的任务才能找回他失去的爱人。

反派人物

大部分关于解救的文学作品讲的都是绑架。我们非常熟悉这个模式。那个邪恶的魔术师绑架了美丽的姑娘后，将她带回了自己的城堡，想要霸占她。这种模式几千年来没怎么改变。在现代文学作品中那个邪恶的魔术师改头换面、有多种伪装，可我们很容易就能把他辨认出来。或许他魔力尽失，但性格中邪恶的那部分依然没什么改变。

当然了，反派人物的位置没有主角那么重要。因为必须进行寻找的是主角，也因为我们通常追随的是主角而不是反派人物，所以我们通常只是时不时地遭遇反派人物，这会让我们明白他的能力以及主角想要成功必须克服的困难。对手越强大，胜利就越有意义。因此，这个坏蛋必须在主角努力解救的过程中不断地捣乱。这两个对头的较量让故事惊心动魄。不管是《朗涅夫斯卡娅夫人》剧中的标题人物，还是《救援者》中的约翰·韦恩，前者是想方设法不让罗巴辛毁掉樱桃园，后者则想方设法从“刀疤”考玛切罗手中救出娜塔莉·伍德。

这并非就是说坏蛋的出现是偶然的，因为主人公与他遭遇的时刻都非常关键。（稍后我会在本章探讨他们之间的相互作用。）设置反派人物的目的就是要将主人公认为理所当然属于她的东西夺走。这个反派通常都很聪明（狡诈），这让他可以一直骗到他的对手，直到第三幕为止。

受害者

解救情节的冲突主要存在于主人公和反派人物之间。受害者是人物三角关系中分量最轻的。当然了，没有受害者，故事也就不存在了，但实际上，对情节来说，受害者完全是附带性的，大多数时候受害者只不过朦朦胧胧地反映了主人公追寻的目标而已。在威廉·戈登创作的《公主新娘》中，需要解救的是那个公主，我们只需要知道她既美丽又纯洁就够了。在某种程度上，受害者就像希区柯克说的麦加芬母题：她是每个人都在寻找却没有一个人真的在意的角色。我们不太关心她的感受，更不会关心她在想什么。就这个意义而言，受害者更像是一个物而非一个人。我们知道长发公主有一头美丽的长发，但是我们还知道她的什么？我们只知道由于父母的过错，她被一个女巫囚禁起来。我们不知道她有没有从中学毕业，有没有兄弟姐妹，是否有什么远大理想等。重要的是她在那里，这样一来国王的儿子就可以想办法去解救她了。（他失败了。）

在这个三角关系中，受害者的分量最轻。

结构

在探险情节中，主人公或许会遭遇一系列与情节关系并不密切的事件。但是在解救情节中，尽管主人公动身前往外面的世界，可是她密切关注一项任务（解救某人的任务）。探险情节的要点在于要让主人公有所领悟，而解救情节的要点则是拯救某人或是某样东西。

解救情节的剧情分三个阶段，这相当于三幕结构。

第一幕是分离。由于反派人物的缘故，主人公被迫与受害者分离，这就是激励事件。第一幕确定了主人公和受害者，以及他们之间的关系，这样我们才能理解他们为什么一定要在一起。绑架一般都是在第一幕结束的时候发生的（作为第一次逆转）。切尔诺摩尔将柳德米拉从洞房掳走。金刚抢走了安·瑞德曼（菲伊·雷）。

第二幕是追逐。主人公痛失所爱，于是追逐反派人物。主人公的行为和去向取决于反派人物的行动。如果反派人物生活在黑暗帝国，主人公就必须前往那里。如果反派人物藏身在堪萨斯中部的玉米田里，主人公理所当然也要一路追随。主人公沿途遭遇的障碍通常都是反派人物的杰作。陷阱圈套、阴谋诡计、故布迷阵、迷雾重重，诸如此类。真正的英雄坚持不懈、克服一切障碍，但是也要历尽艰辛。冒险英雄很少会遭受致命伤害。即使是负伤，也不至于糟糕到难以继续行程；在追逐反派人物的过程中，她无坚不摧。因为读者至少从直觉上知道追逐的最终结果，所以作者要尽可能让这个追逐的过程有趣。那些陷阱圈套、阴谋诡计以及曲折艰难应该构思巧妙且出人意表。如果一切尽在预料之中，对读者来说就没什么可读性了。

艾迪·墨菲——《金童》中的天选之子，必须拯救那个每隔千世才转世一次的西藏灵童，他的使命就是战胜拐走金童的邪恶势力。艾迪·墨菲饰演的人物压根儿不像是个天选之子，但是形形色色的任务证明了他的价值和内心的正义感。通常每一项任务都将这个凡夫俗子往英雄之路上推进了一步。直到那时他才能具备天选之子的非凡神力。

第三幕是主人公和反派人物不可避免地正面交锋。通常是正邪两股势力扣人心弦的冲突对抗。你知道是什么样的。和第二幕一样，因为读者完全知道结果会如何，作者必须换种方法让读者觉得出人意表：对抗场景本身。这些对抗场景应该有趣且意外连连。当卢克·天行者最终与达斯·维德正面对抗，我们知道结果会怎么样。毕竟达斯·维德戴着顶黑帽子。意外呢？这是一场父与子的决斗。

还有一些其他方法让读者/观众觉得惊讶。在《搜索者》中，我们发现大家一直在全力解救的那个女人根本不想被解救出来。她不是被绑架的；她突然离家只是想离开她的丈夫。你可以让主人公以失败告终，这样读者就猜不中结局。那肯定会让人觉得意外，但是要当心，别让读者觉得失望。要那么做，你需要一个令人非常信服的理由才可以。读者会怀有某种期望，如果你并未一直为这样一个结局打基础，读者会全盘否定的。

解救情节有其经典人物和情境，或许比其他大多数情节都更程式化一些。但是千万不要低估了它的巨大感召力。像复仇情节和诱惑情节一样，这是最能打动情感的情节之一。通过战胜邪恶，它确定了世界的道德秩序，让混乱的世界回归秩序，也重申了爱的力量。

备忘录

在你写作的时候，请谨记以下几点：

1. 解救故事靠的是行动而非人物刻画的展开。

2. 你的人物三角关系应包含一个主人公、一个坏蛋和一个受害者。主人公要从坏蛋手中救出受害者。

3. 解救情节的道德论往往是黑白分明的。

4. 故事的焦点应该放在主人公对坏蛋的追逐上。

5. 主人公应该到外面的世界去追逐坏蛋，通常必须在坏蛋的地盘上与之展开斗争。

6. 你应该通过主人公与坏蛋的关系来为主人公进行定位。

7. 利用反派人物来夺走他认为理所当然属于他的东西。

8. 一定要让反派人物不断捣乱、妨碍主人公取得进展。

9. 受害者在人物三角关系中通常是分量最轻的，主要作用是迫使主人公与反派人物对抗较量。

10. 展开剧情的三个环节：分离；追逐；对抗和团圆。

11 经典情节 5：逃跑

> 噢，愿我如鸽生双翼，便可飞去得安息。
>
> ——赞美诗 55：6

之前两种情节（追逐和解救）和逃跑情节有诸多相似之处。逃跑情节也是身体情节，同样也致力于追捕与逃脱的技术性细节描写。这样故事中就不会再讲角色如何试图摆脱附体于自身的恶魔（比如成瘾、恐惧症和依赖症）。那些都是角色情节（思想的情节）。在这个情节中，逃跑是字面意义：主人公的意愿被违背了，所以他要逃脱。

这样的文学作品和电影比比皆是，比如安东尼·霍普·霍金斯爵士所著的《曾达的囚徒》、赫尔曼·梅尔维尔所著的《泰比》，欧·亨利所著的《红酋长的赎金》、威廉·海耶斯和威廉·霍弗所著的《午夜快车》（后由亚伦·帕克拍成电影），以及安布罗斯·比尔斯所著的《鹰溪桥上》，比如《逃离恶魔岛》、《人体入侵者》、《胜利大逃亡》以及《战地军魂》等电影。这也是童话故事中一个大家耳熟能详的主题：那个被女巫或怪物囚禁的孩子。

这种情节的推动力在很多方面都是解救情节的另一面。在解救情节中读者追随着解救者，受害者只是耐心地等待被解救。而在逃跑情节中，受害者是要自救。

这种情节的道德论往往是黑白分明的：主人公被非法关押。但是也未必都这样。有时候逃跑情节的本质只是两种鲜明个性之间意志的较量：看守人和囚徒。他们各自竭尽全力完成任务：看守人一心一意监禁他的犯人，囚徒千方百计要从牢笼脱身。约翰·卡朋特执导的《纽约大逃亡》中并没有什么意味深长的道德结构，甚至没有最基本的拨乱反正，但是就逃亡历险来说，非常好看。

作为对比，看看海耶斯和霍弗所著的《午夜快车》，片名就是“逃跑”的监狱术语。该片逼真地展示了在土耳其坐牢的恐怖情形以及人物为了活命就得逃跑的必要性。在片中，比利·海耶斯试图将大麻走私出土耳其而被逮捕。他向当局指认他购买大麻的地方，第一次试图逃跑却未能成功，被关进了监狱，那个地方简直是人间地狱。他的刑期是四年零两个月，按照他的律师的说法，算是从轻发落了。尽管海耶斯每天都要目睹同性犯罪、持刀伤人、虐待儿童等罪行，他还是决心服刑，等待出狱。起初他希望他的律师会上诉，但是却没什么动静。最后，在他刑满释放前的两个月，海耶斯被传唤。他本希望能提前释放，不料却惶恐地发现法庭打算把他当作一个案例，准备重新审理他的走私行为。他被判处三十年监禁——基本上和死刑差不多了——他又重新被投入监狱。

现在海耶斯知道除了逃跑他别无选择。

故事的剩余部分详细描述了海耶斯一次次的逃跑尝试。他制订计划，准备从监狱下面的地下通道出逃，但是地下通道走到尽头却无路可通，计划失败。经历了一系列让他如坠地狱的事件后，他最终得到了逃跑的机会，于是趁机逃脱。

逃跑情节：第一阶段

该故事具有逃跑情节剧情的三个阶段。在第一阶段，主人公锒铛入狱。罪行或许属实，或许莫须有（主人公相应地有罪或无罪）。在

《午夜快车》中，量刑与罪名不符，因此，作为读者我们为量刑过重感到不公，于是站在了比利·海耶斯这边，在这些禽兽中间，他还算是个体面的人。

在《鹰溪桥上》中，佩顿·法夸尔站在亚拉巴马北部的一座铁路桥上，俯瞰着桥下湍急的流水。他双手被绑在背后，脖子上套着套索。他即将被联邦士兵绞死。与比利·海耶斯几年的狱中折磨相比，这种情况就是几分钟的事。要么是法夸尔被绞死，要么是他奇迹般地逃脱。这种冲突很清楚，形势也很危急。

在梅尔维尔所著的《泰比》中，托比和汤姆在马克萨斯群岛的一个岛上弃船潜逃，最终却沦为一个食人族部落的"客人"，部落里的人对两位英国客人十分着迷。他们没有马上把他们的客人吃掉，但是也不打算让他们离开。

在欧·亨利所著的《红酋长的赎金》中，山姆和比尔绑架了一个富人的独生子约翰尼，将他带到了山洞中。情况看起来相当明了：如果那位父亲想让孩子回来，他就得支付一笔赎金。

逃跑情节：第二阶段

逃跑情节的第二阶段讲的是牢狱生活以及逃跑计划。在剧情的第一阶段或许也会有那么一次越狱行动，但通常以失败告终。要么是逃跑计划受挫，要么是成功了，可是主人公又被抓回来、重新投入囚牢。

情节问题很简单：主人公能逃走吗？剧情的第三个阶段给出了答案，但是多数情况下，读者应该可以提前猜出结果会是什么样。简单的道德结构结果就是这样。如果显而易见是善与恶之间的角逐，我们肯定不会愿意看到邪恶占上风。对读者来说，为主人公摇旗呐喊半天最后却看到他铩羽而归也太让人不痛快了。读者更喜欢振奋人心的结尾，愿意看到胜利而不愿意看到失败。我们愿意看到比利·海耶斯逃走；我们愿意看到法夸尔以某种方式免于绞刑；我们愿意看到托比和汤姆免被烹食；我们也愿意看到约翰尼的父亲支付赎金、赎回儿子（尽管在看欧·亨利作品的时候，我们也会期望看到出人意料的结局；如果结局没那么迂回曲折的话，我们会觉得失望。）

在《鹰溪桥上》里，负责行刑的中士从支撑着法夸尔的木板上走了下来。法夸尔掉了下去，套索紧紧勒住了他的脖子。在坠落的过程中，作者讲述了他的罪行：作为坚定的南方支持者，他试图在北方军队到达前烧掉鹰溪桥。但是他被抓住了，并且被判处死刑。法夸尔梦想着摆脱套索、潜入水中，然后回到家人身边。

托比和汤姆试着自己逃跑，但是泰比食人族显然对他们有其他安排。汤姆患病，腿部肿胀，托比说服泰比食人族让自己为朋友寻求帮助，但是他在外出时，遭遇了另外一个敌对部落武士的袭击，于是被迫回到泰比部落中。

但是《红酋长的赎金》在第二阶段的开头却朝着奇怪的方向发展了。在山姆和比尔绑架了约翰尼之后，山姆出去归还马和马车，只留下比尔看着那个男孩。可是当山姆回来后，他发现比尔和约翰尼一直在玩一个猎人和印第安人的游戏。自称“红酋长”的约翰尼现在居然把那个抓他来的可怜的家伙给捆起来了！然后红酋长宣布等到早上他会剥了比尔的皮、严厉惩罚山姆。

这个讽刺性的转折已经初露端倪了。约翰尼才是抓人者，而比尔和山姆不过是他的俘虏。他恐吓这两个人，不让他们睡觉，还威胁他们说早上要对他们处以死刑。他先是用一个热土豆、后来用一块石头袭击他们。那两个人无法招架。

逃跑情节：第三阶段

第三阶段本身就包含了逃跑。通常第二阶段的周详计划都土崩瓦解了。（如果不是这样，剧情就太容易预测了。）万能牌就发挥作用了。意想不到的事情发生了。天翻地覆。在此之前的形势完全由反派人物牢牢掌控，但或是由于无端事件，或是由于主人公的精心安排，形势突然失控。原本明显处于劣势地位的主人公最终占了上风，而且，如果有道德上需要清算的旧账的话，现在就到了清算的时候了。

剧情的第三阶段通常是最活跃的阶段。因为第二阶段已然有了逃跑计划，第三阶段就是逃跑计划的实现本身，尽管大多数时候实现这些计划的境况和第二阶段筹划时迥然不同。

佩顿·法夸尔从桥上掉了下来，然后，“……突然，可怕的事情发生了。随着一声响亮的落水声，他周围的光线像子弹一样直直地射向上方；耳边响起令人毛骨悚然的呼啸声，周围又黑又冷……他知道绳子断了，他掉进了溪流中。”当他浮出水面时，他挣扎着把手解开。但是北方士兵对着他开火，迫使他又潜回水下。

湍急的水流带着法夸尔顺流而下到了射程之外。此时的他已经筋疲力尽，满脑子只想着他的妻子，他开始朝家走去。他走到家的时候，几乎已经站立不稳，他的妻子就在那里等着他。他伸出手去拥抱她。

这时候出现了故事的最后一句：“佩顿·法夸尔死了；他那折断了脖子的尸体悬在鹰溪桥后面的横木下轻轻摆动。”

原来这次逃跑根本是无路可逃。也或许是逃脱了，因为在法夸尔的心中他已经逃脱了。比尔斯能以这种结尾侥幸成功是因为写这个短篇故事就是为了达成最后一句的效果。我们不了解佩顿·法夸尔，所以我们也不太关心他。他的生或死对于情节来说无关紧要，情节之所以成功仅仅是因为结尾处根本性的转折。

欧·亨利在《红酋长的赎金》中也使用了相似的手法。当我们看到红酋长接管了捉拿他的人时，我们就能看到故事的走向。两个故事的不同在于，《红酋长的赎金》是为了喜剧效果而非戏剧效果。而佩顿·法夸尔的历程却枯燥乏味。我们跟着走是因为想看看会发展到哪一步。而对于欧·亨利的作品，我们跟着走是因为我们享受这个过程。一个十岁的小男孩面对两个绑架者能够扭转局势、反败为胜，当他们打算对他动手时还吓唬他们，想想就觉得好玩。

雪上加霜的是，约翰尼折磨起这两个抓他的人来是如此开心，以至于都不想回家了。

山姆最终寄出了勒索信。父亲的回答却是这样的：他会接回自己的儿子——假如绑架者付给他250美元的话！

与此同时，绑架者一直徒劳无功地想摆脱约翰尼。最终为了摆脱这个孩子，他们恼怒地付了250美金了事。情节的逆转很有喜剧性。

作为作者，你的责任就是通过不断地改变逃跑的条件让读者感到计划永远赶不上变化、总是会有意外发生。而这才是乐趣所在。

备忘录

在你写作的时候，请谨记以下几点：

1. 逃跑只是字面含义。主人公的意愿被违背了，所以他要逃脱。

2. 你所写情节的道德论点应该黑白分明。

3. 你的主人公应该是受害者（与解救情节不同的是，那里面是主人公来解救受害者）。

4. 你写的情节第一阶段讲的是主人公锒铛入狱，已经开始试着逃跑，但失败了。

5. 剧情的第二阶段讲的是主人公逃跑的计划。这些计划几乎总是被挫败。

6. 剧情的第三阶段讲的是真正的逃脱。

7. 在剧情的前两个阶段，反派人物控制了主人公；在最后一个阶段，主人公控制了局面。

12 经典情节6：复仇

你们要是用刀剑刺我们，我们不是也会出血吗？你们要是搔我们的痒，我们不是也会笑起来吗？你们要是用毒药谋害我们，我们不是也会死吗？那么要是你们欺侮了我们，我们难道不会复仇吗？

——莎士比亚《威尼斯商人》

弗朗西斯·培根称复仇为野蛮的公正。在文学作品中，这种情节的主要动机一清二楚：主人公因为真实的或是想象中的伤害对敌手做出反击。这是一个发自肺腑的情节，也就是说这个情节会在情感深处触动我们。我们因为不公正的行为怒发冲冠，希望看到这种现象被纠正过来。而且这种反击通常会超越法律的界限。这就是培根所说的野蛮的公正。有时候法律无法主持公道，所以我们只能亲力亲为。在《圣经》中就有这样的先例，我们听人说过无数次，以至于闭着眼睛就能说出来："以眼还眼，以牙还牙；以手还手，以脚还脚"（《出埃及记》21：24）。在等待正义到来的阵痛中，我们很容易忘记耶稣的回答："如果有人打了你的右脸，连左脸也转过来由他打；有人想要告你，要拿你的里衣，连外衣也要由他拿去；有人强逼你走一里路，你就同他走二里。"很美好的情操，但显然不符合人的本性——你要是打我，我就打你。（也有些故事讲的是那些想要报复却坚守信念的人，但是他们比我们大多数人高尚得多。）

复仇属于私自执法，时至今日，它的威力与一千年前比丝毫没有减退。

复仇主题曾是希腊人的最爱，但却是在 17 世纪伊丽莎白和詹姆士一世时期的悲剧中达到顶峰。

托马斯・基德于大约 1590 年所著的《西班牙悲剧》中讲述了赫罗尼莫的故事。在儿子被人谋杀后，他悲痛欲绝、时而发疯时而清醒。在发疯间歇的清醒时分，他发现了杀害儿子的凶手和动机，于是他策划复仇。耳熟吧？

还没想起来？那再给两点提示。被谋杀儿子的鬼魂要求父亲为他复仇。于是赫罗尼莫排演了一出戏，在戏中杀死了谋杀者。想起来了吧？

你说《安东尼奥的复仇》是吗？在这部约翰・马其顿创作的戏剧中，安东尼奥的父亲遇害后，鬼魂现身请求儿子为他复仇，安东尼奥在宫廷舞会上完成了复仇使命。

或者你可能会想到乔治・查普曼执导的《布西・德・昂不阿的复仇》，在剧中布西的鬼魂请求他的哥哥为自己被杀复仇？或是亨利・切特尔所著的《霍夫曼的悲剧》？还是西里尔・图尔纳所著的《复仇者的悲剧》？

很可能你想到的会是莎士比亚所著的《哈姆雷特》，这或许是最负盛名的复仇故事了。（还记得我之前说过莎士比亚的原创性吗？）当然，其他人也讲过同样的故事，但是谁都没讲得这么好。会说话的鬼魂复仇心切、装疯、戏中戏以及结局时的杀戮都是复仇悲剧常用的手法。

当代的复仇故事大多缺乏莎士比亚赋予哈姆雷特的性格和情感跨度。然而，复仇情节的模式三千年来并没有什么改变。故事的核心是主人公，通常情况下这是一个好人，因为法律不能让他满意，他不得不亲自动手复仇。然后就是反派人物，那个干了坏事的人，在事件的自然进展中，不知怎么他就逃脱了制裁和惩罚。最后就是受害者，那个主人公必须为之复仇的人。作为一个角色，受害者显然是一个牺牲品；他的存在只是为了唤起我们的同情，同情他，也同情主人公（他被夺去了爱、陪伴等）。有时候这个受害者就是主人公本人。罪行越是令人发指（强奸、谋杀、乱伦），主人公就越有理由寻仇。我们并不指望人物会因为某人从她的商店里偷走了一夸脱的啤酒或是在个人所得税申报表上多申报了扣除额就大张旗鼓地采取复仇行动。

复仇的第一条原则就是罪责必须相当——因此才有“扯平”这一概念。《圣经》中所给的依据不允许我们超出自己所承受的“以眼还眼；以牙还牙……”。出于原始朴素的正义感，我们能够实施同等的惩罚就已经心满意足了。不多，也不少。

这种情节的基本戏剧结构并未随着时间的推移有多少变化。从早期的希腊悲剧到现代的好莱坞情节剧，剧情的三个阶段始终如一。

剧情第一阶段：罪行

剧情的第一阶段主要是罪行。主人公和他的至爱亲人安居乐业，可是突然有一个可怕的罪行侵入他们的生活，终结了主人公的幸福生活。主人公无法捍卫自己不受罪行侵害。或许是因为他不在场，或许是因为他被限制了自由（而且更恐怖的是，他还被迫眼睁睁看着发生的一切）。

在有些故事中，比如我之前援引的那些老故事中，在故事开始之前，谋杀就已经发生。哈姆雷特的父亲已经遭到谋杀。一般来说，作者在描写一个场景的时候最好是晚点开始、早点结束；也就是说，不要絮絮叨叨告诉读者导致事件发生的每一个细节，事件发生后，也不要“徘徊不前”。只写场景最核心的东西。但是我不建议过分削减对场景的描写，以至于读者都无法目睹罪行的发生，因为对于读者来说，这或许是情感体验的一个重要元素。如果有人对我或我的家人做了坏事，而我想让其他人理解我的愤慨，那么对我来说，获取你们同情最有效的方法就是让你们目睹罪行的发生。这样的场景之所以震撼，不仅仅是因为其内容，也是因为它们能将读者和受害者紧密地联系起来。我们同情受害者。我们和她一样义愤填膺，和她一样渴望公平正义。如果读者还没进入故事时罪行就已发生，他们就不大可能感同身受。或许会心生怜悯，但不是感同身受。在这种情节模式中，你的一个首要目标就是建立读者与主要角色之间密切的情感联系。

主人公或许会指望有其他途径实现公平正义，比如通过警察，但几乎从来都不可能实现。于是他认识到，如果还想要公平正义的话，他必须亲自动手。

剧情第二阶段：复仇

当主人公谋划复仇计划的时候，剧情就进入第二个阶段了。他准备行动了。如果复仇行动只是牵涉一个反派人物的话，第二阶段或许既要涉及复仇的准备工作也会涉及追逐活动（寻找）。

在连环复仇的情况下，有好几个人需要为罪行付出代价，主人公或许在这个阶段就开始主持公道了。通常情况下会有一个第三方（为了构建完整的人物三角关系）试图阻止主人公达成目标。在《猛龙怪客》中，那个第三方就是调查案件的警官。在《拨云见日》中，则是调查案件的哈里·卡拉汉。在这两部作品中，警察都对主人公的际遇感到同情，最终都在一定程度上施以援手。在《不法之徒迈·威尔斯》中，三角关系的第三方则是一位印第安老人，因为他也曾是一名受害者，他既为作品增添了喜剧色彩又增加了历史的厚重感。

剧情第三阶段：对抗

剧情的第三阶段讲的是对抗。在连环复仇的情况下，最后一个得到报应的罪犯是罪行最重的：他要么是罪魁祸首，要么是最变态的一个，不论什么吧。对于主人公来说，这是胜利的时刻。一直以来她的动机都很单一，要么成功要么失败。在新西兰的一部令人震撼的复仇电影 *Ulu* 中，主人公是一个毛利人，在发现同村的人都惨遭英军屠杀后，他发誓"Ulu"——传统的复仇——单枪匹马同英国人作战。一个人对战一支军队。他的连环复仇一直都很成功，直到第三阶段他被捕了。他被处决，但死得很英勇。然而在大众文学中，主人公几乎总是会成功，而且一旦复仇得手，她就可以回归"正常"生活。

从情感上来说，复仇是一个非常强大的动机；它往往会完全支配主人公。剧情有些坚硬的棱角，由此引发的暴力事件会让有些读者觉得不舒服。虽然此类情节并非一定要有暴力，不过经典的复仇通常会涉及暴力，对此类故事的一个非正式调查也表明暴力是一个常见的主题。

但是复仇也可以采取非暴力的形式。比如，如果你想以这种形式创作一部喜剧会怎么样？就像含有暴力的情节一样，喜剧中也要求罪罚相当。有一些罪行没那么严重，不需要使用暴力来算账；比如说，让一个骗子也尝尝上当受骗的滋味就再合适不过了，例如在讽刺小说中。并非所有讽刺小说的情节类型都是复仇，但是很多是这样的。赢得普利策奖的剧作家大卫·马麦特就以讽刺小说和骗子小说而闻名。然而，就情节类型属于复仇的讽刺小说而言，最佳范例当属 1973 年由保罗·纽曼和罗伯特·雷德福领衔主演的同名电影。讽刺小说的活力和吸引力来自精心设计安排的骗局（通常不会按计划进行）。这些在剧情第二阶段展开的错综复杂的安排让我们开怀大笑；这些安排复杂、笨拙，而且看起来匪夷所思。

不幸的是，这些构思精巧的复仇小说只是例外而非常规。埃德加·爱伦·坡的短篇小说《阿芒提拉多的酒桶》就是一个绝妙的例外。小说中只有两个人物——蒙特梭和福吐纳托。因为这是一部短篇小说，坡就可以灵活地改变基本方案。

福吐纳托犯了罪。蒙特梭是受害者。罪名？侮辱。这是蒙特梭说的，我们最终也不知道怎么侮辱了他。他对我们说，“他（福吐纳托）对我百般迫害，我都尽量忍在心头，可是一旦他胆敢侮辱我，我就发誓要报仇了。”我们怀疑这个人脑子有病。

蒙特梭谋划着他的复仇计划。一定要完美，一定要让受害者明明白白知道他遭受了什么。在一次狂欢节上，一个“极度疯狂”的时候，蒙特梭诱骗福吐纳托进入他的酒窖品尝白葡萄酒。他用铁链将福吐纳托锁到墙上，然后把他封进一堵石墙，在那里他将在黑暗中一边等死，一边忏悔自己的罪行。

当然，福吐纳托和我们一样不明就里。这个报复只是因为一次假想的或是被过分放大的侮辱，以至于惩罚也被过分放大了。

这个故事之所以这么成功，其中一个原因就是使用了第一人称。蒙特梭认为我们会宽恕他的行为并且分享这个怪诞的完美复仇计划。尽管故事的大多数部分里他听起来还神志清醒，但是到最后，当福吐纳托在他砌的墙后尖叫时，他暴露了本相。他拔出剑，挥舞了一通，自己也开始尖叫起来，压住了受害者的尖叫。

寥寥数笔，疯狂就跃然纸上。恶魔般令人恐惧，但构思巧妙。但是我们不会与蒙特梭产生共鸣，我们立马就鄙视他了。这样一个故事本来几乎不可能被写成小说，坡写了四页已经相当不易了。

欧里庇得斯创作《美狄亚》时有过之而无不及。

把《美狄亚》放在经典情节18“可悲的无节制行为”中，大概更合理些，因为标题人物的复仇方式空前极端。但这依然是一个复仇情节，因此我把它放在了这里。

或许地狱里都不曾有怨妇这般的怒火，而美狄亚就是怨妇的化身。当她的丈夫移情别恋时，她发誓要报仇。但是像蒙特梭一样，她没有把握好分寸，违反了复仇的第一条原则：她对丈夫（以及对自己）的惩罚远远超出了这个罪行应得到的惩罚。美狄亚为自己的冷酷苛刻付出了代价，可即便如此，她也不会是个令人同情的人物。《美狄亚》是个警世故事，告诫人们不要情绪过激，并谴责怨恨的代价。

美狄亚的计划是杀死她的丈夫伊阿宋、他新的爱人格劳丝，以及格劳丝的父亲。但是，和蒙特梭一样，她希望伊阿宋为他犯下的过错受尽折磨。杀了他未免太便宜他了，所以她决定杀死格劳丝、格劳丝的父亲以及她自己的孩子们，从而让伊阿宋失去他爱的每一个人。

美狄亚向伊阿宋道歉，说自己之前不该大发雷霆，向他请求可否派她的孩子们给他新的爱人敬献礼物，以表忏悔。伊阿宋自然很开心地同意了。

美狄亚送给格劳丝的礼物是一件美丽的金袍，这是她的祖父太阳神赫利俄斯传下来的礼物。但是，在她把金袍交给她的孩子们带给格劳丝之前，她把剧毒药物浸在了金袍上。

当格劳丝试穿金袍时，毒药烧灼了她的肌肤，她痛苦不堪地死去。她的父亲想救她，但是自己也被毒死了。

与此同时，美狄亚的孩子回到了她身边。此时她母性的本能暂时干扰了她的复仇计划，她开始犹豫还要不要杀死他们。但是正如欧里庇得斯所说，美狄亚不是希腊人——她是个蛮族人——于是她挥剑杀死了她的孩子们。

伊阿宋气急败坏，当他猛敲美狄亚房门时，她抱着死去孩子们的尸体出现在阳台上。美狄亚坐上赫利俄斯送给她的战车逃走了，当她带着孩子们的尸体离开的时候，她嘲讽伊阿宋只能孤独痛苦地终老。即使她本人也必须遭受同样的命运，但总因复仇的快感好过很多。

坡和欧里庇得斯的例子都不算典型的复仇情节。在两部小说中，主人公都主张正义的权利，但是都有点做过了头。他们都是可怜的悲剧人物，但是他们得不到也不配得到我们的同情。他们的复仇只是泄愤。

1974 年，派拉蒙公司发行了一部由查尔斯·布朗森领衔主演的电影，致使舆论一片哗然。社会领袖和政治领袖们谴责这部电影是新法西斯主义；天主教会把影片贬为“C”级（有罪的）。但是来自世界各地各个种族、年龄、性别和经济阶层的很多人却对它很感兴趣，争相一睹为快。

这部电影就是《猛龙怪客》——终极复仇幻想的电影版，讲的是一个普通人单枪匹马、行使治安委员会职责寻仇的故事。该片又重拍过两次，情节基本上没做任何改动，票房收入则一直居高不下。

保罗·寇西（查尔斯·布朗森饰）是一个事业有成的大都市建筑师。他思想开明、家境富裕、妻子漂亮、家庭幸福。三个丧心病狂的庞克族却闯入他家公寓、杀死了他的妻子、强奸了他的女儿，从此他的女儿患上了焦虑症，他的世界被搅得一塌糊涂。警察对此却无能为力。

警方的无能让寇西怒不可遏，他决定自己动手。他开始出没于纽约的犯罪高发区，诱使劫犯对他开枪。当他们以为有机可乘要对他下手时，他就给他们一枪——动真格的。新闻媒体称其为纽约义务警员。他是一个媒体英雄；当他游走在大街小巷时，城市的犯罪率下降了。

警察抓住了他，但是并没有逮捕他，只是让他离开市区。（听起来很像老套的西部情节：受雇的治安官整顿城镇，但是镇上的居民烦透了整顿引发的暴力事件，于是请他走人。）寇西离开纽约，前往洛杉矶，在《猛龙怪客Ⅱ》中他的墨西哥女佣和他的花季女儿惨遭强奸杀害，他将在那里开始他的征程。（别问他的女儿从哪儿来的。）

作为动作情节剧，《猛龙怪客》系列巧妙地调动了我们的情绪。

我们对街头巷尾的那些犯罪行为极端厌烦；我们对城市中作奸犯科的那些人深恶痛绝，于是我们一直期待着会有那么一位身披闪耀盔甲的骑士出现，像马歇尔·厄普和狄龙在他们那个时代一样肃清犯罪、整顿城镇。与此同时，制度中要么是有太多的繁文缛节，要么其本身就不够完善，这都让我们无比沮丧。

于是就有了寇西这样的人。给他一个正当合理的理由（他被社会渣滓害得家破人亡），给他一把枪，让他放开手脚为所欲为。让我们间接参与到他的胜利中去。

我在电影院观看《猛龙怪客》时，观众看到坏人遭到报应时报以掌声或是欢呼。我还在莫斯科的影视俱乐部看过这部电影，俄罗斯人也非常喜欢。在某一时刻，布朗森饰演的人物成了我们的卫冕冠军。我们立马就支持寇西的愤怒和沮丧，因为这也是我们的愤怒和沮丧，当寇西在大街小巷四处寻觅、扫荡犯罪时，我们感觉自己也被净化了，这就是艺术的宣泄、净化作用。

评论家们担心这部电影会催生一大批盲从者，也效仿这种行为去当义务警员。当然，这样的情况并没有出现。但是这部电影的确催生了世界各地各种山寨版电影，足以证明它对大众的吸引力以及我们赋予它的力量、深度和情感。

有趣的是，小说《猛龙怪客》的作者还创作了一部名为《非法制裁》的续集，在续集中，他提出了自卫报复行为以外的其他解决方法。迄今为止还没有人购买这本书的版权去拍电影。

保罗·寇西和哈姆雷特都报仇心切。但是两人的相似之处仅止于此。保罗·寇西是一类男人的缩影。在故事的开头部分，他憎恶暴力，抱持典型的自由主义态度，可是到了故事的结尾，他却沉溺于暴力无法自拔。作为人物来说，他的确有了变化，但是这种变化并非来自灵魂深处，也没有经过深思熟虑。他只是顺其自然。

在整部戏中，哈姆雷特则自始至终都在苦苦挣扎。当父亲的鬼魂告诉他自己并非死于意外，而是被哈姆雷特的叔叔克劳狄斯所谋杀时，哈姆雷特并没有当即怒气冲冲要讨个公道。他是个头脑清楚的人。这个鬼魂真的是父亲的吗？这是不是派来折磨他的恶魔？他不知道要不要相信那个鬼魂。他需要证据。

哈姆雷特开始意志消沉。他不是一个残暴的人，一想到拿剑刺杀他的叔叔，他就觉得反胃。在《猛龙怪客》中，那些人物一旦被激怒就会轻而易举想到复仇，与之不同，哈姆雷特则承受了巨大的痛苦。他怀疑那个鬼魂、怀疑自我。他想做正确的事情，但是他真的不知道怎么做才对。

当一群演员到来时，哈姆雷特想出了一个计划，来搞清楚克劳狄斯是否真的有罪。他让演员们按照鬼魂所讲的那样，把父亲遇害的情境演了出来，然后观察克劳狄斯的反应。

克劳狄斯露出了马脚。他心神不宁匆忙离席。哈姆雷特现在可以断定那个鬼魂确实是他死去的父亲的，是克劳狄斯杀害了他的父亲。现在他责无旁贷、必须复仇。

然而当他遇到克劳狄斯时，他正在祈祷，哈姆雷特不能动手杀他。他给自己的理由是，如果在克劳狄斯祈祷的时候杀死他，他将承沐天恩。

克劳狄斯也并非傻瓜。他认为哈姆雷特正在密谋从他手中夺走王位，于是也策划要杀害哈姆雷特，但是却弄巧成拙、适得其反。

哈姆雷特犹豫不决、时而理智时而疯狂，却害了自己身边的人。这真的成了复仇过程中的灾难，把整个宫廷的人都卷进来了。他杀死了那个老人波洛涅斯（他以为自己杀的是克劳狄斯），于是波洛涅斯的儿子雷欧提斯发誓要为父报仇。克劳狄斯抓住这个机会挑起二人决斗，一边把赌注压在自己的侄子身上，一边给雷欧提斯的剑刃上淬了毒，这样即使是划伤对方也能置其于死地。然后，考虑到哈姆雷特在决斗的过程中有可能会口渴，为了万无一失，他还在哈姆雷特身边放了一杯毒药。

但却是哈姆雷特的母亲喝下这杯毒药丧命了。

雷欧提斯刺中了哈姆雷特，他中了毒。

哈姆雷特刺中了雷欧提斯。他在临终前告诉哈姆雷特是克劳狄斯在剑上下了毒。

哈姆雷特刺中了克劳狄斯，然后按照复仇悲剧的那套传统，哈姆雷特也死了。

故事的结局，全军覆没。（你们可以看到，莎士比亚依然受到希腊版本复仇悲剧的影响，比如《美狄亚》。）

虽然今天的复仇悲剧依然如同希腊时代的悲剧一样血腥残忍，但是主人公却历经磨难活了下来。那些古老复仇悲剧的关键之处在于复仇是需要付出沉重代价的。无辜的人遭受牵连、不幸殒命，主人公也几乎因为复仇毙命，即使如愿以偿、大仇得报也不可能心满意足。

然而，时至今日，主人公似乎可以自以为是、扬扬得意了。复仇行为让他觉得理所当然、如释重负。到了最后，他全身而退，还总能过得更好，如果说付出了什么代价的话，和过去的主人公经历的苦难相比，也是微乎其微的。

复仇是一个非常煽情（也有人会说非常危险）的情节。你营造一个急需公平正义的情景，操纵读者强烈的情绪。当有人侵犯了我们或是其他不应该被侵犯的人，我们会在内心深处予以回应。很多时候，受害者就像是普通人。就好比你对读者说："如果这件事会发生在这个人身上，它也可能会发生在你身上。"让人觉得不寒而栗。如果我们自己想要免遭此类暴行（谋杀、强奸、故意伤害等），我们就得呼吁尽快实现彻底的公平正义。在写这类情节的时候，你把自己放在了道德的制高点。由你来告诉大家什么是正当行为、什么是不正当行为。但是一定要当心，你所建议的或许只是野蛮的公正，而那是需要付出代价的。

譬如现在你打算写一个做假账的会计的故事。作为读者，我们可能并不会为这样的罪行感到义愤填膺。复仇似乎也并非势在必行。你会怎么办，把他交给税务局吗？你肯定不会砍他的头。所以你的复仇故事要留着写个恶劣的罪行——一个给主人公带来身心重创的罪行。即使是在《毒刺传奇》中，雷德福也是为了好友的死而复仇的。

这让我们回到了有关动机和意图的探讨。复仇是主人公的意图。但是主人公为什么要复仇呢，动机是什么？在展示反派人物的这一面时一定要当心。你是希望读者心生怜悯呢，还是希望表现寻仇扭曲了人物的价值观呢？一定要明白因（罪行）和果（罪行对受害者或是和受害者关系密切、渴望为之复仇的那个人造成的影响）。

这类情节剖析人性中的阴暗面。千万别让主人公在动荡激烈的情节中迷失自我。

备忘录

在你写作的时候，请谨记以下几点：

1. 主人公因为真实的或是想象中的伤害对敌手做出反击。

2. 大多数（并非全部）复仇情节的重点在于复仇的行为，而不是要对人物的动机加以审视。

3. 主人公的正义是“野蛮的”，只是超越法律界限的私自执法。

4. 复仇情节往往会操纵读者的感情，让一个男人或女人为形势所迫，而本应处理此类问题的体制又无能为力，于是这个人只能自己动手复仇。

5. 主人公的报复行为应该有道德上的合理性。

6. 主人公的报复行为可以与其所遭受的伤害等同，但是不能逾越（罪罚相当）。

7. 主人公起初应该尝试用传统方式来处理所受到的伤害，比如依靠警方——但通常情况下无济于事。

备忘录

8. 剧情的第一个阶段描述主人公的正常生活，然后对手犯下罪行打乱了这种生活。要让观众理解主人公所遭遇的罪行对他生活方方面面的重大影响，比如从身体上和情感上造成的伤害。之后，主人公通过官方渠道得不到满意的结果，于是他明白如果想要复仇，必须亲自动手。

9. 剧情的第二个阶段讲的是主人公谋划复仇，并且追寻对手。反派人物或是偶然或是精心逃避主人公的复仇。这种行为往往让两个对立的人物不共戴天。

10. 剧情最后一个阶段讲的是主人公与对手的对决。通常是主人公的计划屡次失败，迫使他不得不即兴发挥。主人公要么成功，要么失败。在当代的复仇情节中，主人公往往不会因为复仇在情感上付出太惨重的代价，因此复仇行动让观众感觉痛快淋漓。

13 经典情节 7：推理故事

> 推理故事实际上采用的是一种合二为一的手法，将事实上发生的和表面看上去发生的故事融为一体。
>
> ——玛丽·罗伯茨·莱因哈特

哪有孩子会不喜欢猜谜语？哪有成年人会不喜欢解答智力谜题，不喜欢思考脑筋急转弯，不喜欢释疑难解之谜？我们的欢喜之情不仅源于它们所带来的挑战，也在于我们能够乐在其中。

所谓谜语，即是人们有意设计的模棱两可、令人费解的问题。只有理解了精心设计的谜面所暗指的意义，我们才能正确解答谜题。这是一条让孩子竞猜的人尽皆知的谜语："什么东西黑白红相间？"（What is black and white and red all over?）答案为："报纸。"为什么呢？因为这个谜面中的"red"并非指代颜色，而是"read"（阅读）的过去分词形式。此外"all over"（浑身上下）意指"任何地方"。谜语的谜面暗指其隐含之意，除去自身的洞察力，你只有考究谜面中所使用的词语才能够找出其中的线索。谜语大多会以令人困惑的方式将其暗指之物描述出来：

> 什么东西白天一直跑而晚上则栖身床下呢？
>
> 狗。

这个答案可以接受，但却不能令人满意。为什么呢？因为这样的答案缺乏讶异和睿智的因素，也就是说，诸如此类的答案因其显而易见性而令人觉得乏味。

什么东西白天一直跑而晚上则栖身床下呢？

鞋子。

也许这只是一个普通的谜语，然而谜底“鞋子”较之“狗”却更让人满意。该谜语暗指一种活物（因为其既可以跑又可以卧），然而谜底尽管无生命，却仍然符合谜面所含的其他条件。谜语即是一个内含某种曲解的竞猜游戏，不仅诙谐敏锐，有时还兼具一定的深刻见解。

为孩子们设计的谜语较为简单，而适合成人解答的谜语则设计更为精巧，需要更加缜密的思考技能。比如，下面这个押韵的谜语来自古英语：

有个小孩真奇妙
身穿一件白衣袍
小红鼻子翘呀翘
越长越矮真好笑

同大多数谜语一样，这个谜语基于两类元素，使用了较为简单的结构。第一类为普遍元素（小孩子/穿着白袍子/红鼻子），对于此类描述，我们需要从广义和隐喻的角度去理解。第二类元素则较为具体（越长越矮），我们需要理解其字面之意。此外，第二类元素通常是一种矛盾的说法。什么样的东西可能会越长越矮呢？

谜语的线索则隐藏在第一类元素中。如果我们将“小孩”看成一种拟人化的说法，而非指代真实的人，那么此物的特征是：它的“衣服”是白色的，还长了个红“鼻子”。

把该谜语再换一种说法：什么东西是白色的，长了红鼻子，并且会越长越矮呢？

此刻，你的思维需要来一个大的跨越。该谜语来自古英语（也就是说，在电力出现之前），它不具备与时俱进的特征。一听到这个谜语的答案，你一定会心领神会的（如果你自己还没能猜出来的话）。

谜底：蜡烛。红“鼻子”指代其红色的火焰。蜡烛燃烧的时间越长，当然会越短。

从古至今，大多数的文化都将谜语作为其民俗的一部分。我们对于在文学作品中使用谜语的手法也颇为熟悉，例如《爱丽斯漫游仙境》（“蛋形人”）以及一些神话故事的主人公必须要猜出一道谜语，才能最终获准迎娶公主。

对于才智（智慧与力量的较量；脑力与体力的抗衡）的考验通常被认为是终极的测试。尽管赫拉克勒斯凭借其体力取得了丰功伟绩，然而清理奥古斯国王的牛棚一事绝对不能与猜出一道谜语相提并论。

纵观文学作品，最有名的谜语肯定非斯芬克斯向俄狄浦斯所提问的那条莫属。斯芬克斯一生中别无他好，唯独酷爱设计谜语让年轻人来竞猜。如果你不能正确地解答谜题，她便会将你吃掉。

试试你的运气如何：

> 什么东西可以发出声音，并且其早上用四条腿、中午用两条腿而晚上则用三条腿来行走呢？（记住，如果猜不出正确答案，你将会变成他人的盘中餐。）

当俄狄浦斯给出了正确答案之后，斯芬克斯郁闷至极，自杀身亡。普天同庆，人们推举俄狄浦斯为王。这样的结果绝对没有辜负他一整天的苦苦思考。

俄狄浦斯想出的答案是：“人，婴孩时期双手双脚着地爬行，长大之后双脚行走，而暮年则需要借助拐杖才能行走。”

在较高层次的文化中，谜语被认为是文学的重要组成部分。在早期文学中，谜语大多是诸神、鬼怪或是野兽们消遣娱乐的方式，故事的主人公必须正确解答谜语才能够顺利通过关卡或者为被囚禁的公主赢取自由。然而当我们的思维变得更加缜密，并且认为谜语也非诸神所专享之时，我们所设计的谜语也呈现出了更为繁复的结构。谜语不再只是几句俏皮话，其自身已经演变成了贯穿故事的线索。

如今，谜语已经摇身一变，成了推理故事。简短的谜面也演化成了篇幅较长的短篇故事或者小说。然而，其重点却始终未变：读者面临解决难题的挑战。

你所写的推理故事，其核心必须围绕一道难以破解的矛盾谜题展开。故事情节的重点是评价和解析事项（人物、事件、地点、时间以及原因）。事实并非如其表面所见，而线索隐匿在字里行间。答案并非显而易见的（当然，此类答案也并不能让人满意），然而它的确是真实存在的。此外，推理故事所秉承的良好传统则是：答案见于明眼处。

若非深思熟虑，绝对不要着手写推理故事。此类故事需要极大的智慧以及欺瞒读者的能力。如果你知道猜字谜游戏的规则，写推理故事的概念也大抵如此。猜字谜游戏的目的是通过一系列的线索告知猜谜者有关一个人、一个地点或某样事物的谜面。而这个谜面便是解开你的推理故事的窍门所在——现实与表象的对立。然而读者若想解开这一难题，他们必须积累一连串线索——有些较为模棱两可——之后才能够探究这些线索，努力找出其中的真正联系。字谜中的线索大多不甚清晰（除非你在游戏之后回顾，找出其构成的基本原理）。尽管读者知晓真实事情并非如其表面上所呈现的，然而线索还是线索。所有的读者，无一例外，所能做的便是对其进行正确的解析。

说起来容易，做起来难。你设计出的线索既要不甚明显，又绝对要有解答之道。你设计出的线索既要意指一事，又要暗指另外一事。只有审慎思考的人才能理清线索之间的联系，并且成功将其破译。读者们不喜欢作者漫无边际地胡乱抛出一些不相干的话题——那些根本不能称之为线索却诱导读者使其不按常理思考的线索。作者应该让读者因为自己错误地理解了一些含糊的线索而误入歧途，而不能随意牵扯出一些不相干的线索来混淆视听。不要提供无用的线索，要让读者将精力集中在那些必须被正确地理解，而又有可能被误解的线索上，这即为作者的智慧所在。读者不会介意因为自己看错了路标而多跑了冤枉路，但他们确实会很介意你所设置的错误的路标。记住，这是一场游戏，你必须公平地参与其中。要给读者机会。

然而，这并不意味着你所设计的推理故事必须简单易解。尝试着在轻易地解答和不可能解答两者之间找到一个完美的平衡点。如果你忸怩作态一言不发，你的读者则会因丧失兴趣而转投其他。给他们一点线索，但是，正确理解这点线索的任务也需要交给读者自己去完成。

赫尔曼·梅尔维尔写过一则名为《班尼托·西兰诺》的推理故事。这个故事貌似简单，却正体现了推理故事作家的诀窍所在：事情的真相大多异于其表象。一艘奴隶船的船长去拜访另一艘奴隶船的船长。身为客人的船长在该故事中引领我们前行。我们通过他的眼睛来观察周遭事物。唯一的一点遗憾是：这位船长不甚聪明。他将所有的线索尽收眼底，却没能明辨其内含之意。然而，我们却从中看出了端倪。当身为主人的船长带领他参观的时候，他看见有奴隶正在磨斧头，尽管他暗自认为这样的做法有点不合常理，因为奴隶们是不被允许拥有武器的。事实正是如此。故事的表象是班尼托船长在其所管辖的奴隶船上实行宽松的管理政策，而故事的真相则是：船上的奴隶们已经接管了整条船，此刻他们只是因为不想让来访的船长知晓真相而假装自己仍然是奴隶罢了。身为客人的船长因其愚钝而没能看透其中的玄机。梅尔维尔借此挑战读者的智力：你们能理解其中的奥妙吗？推理故事主要依赖让事物看起来很寻常的原则。线索的最佳藏身之所便为显眼处。

埃德加·爱伦·坡被称为美国短篇小说作家的先驱。其最负盛名的一部作品是名为《被窃的信件》的推理故事。该故事被很多人视作已知的最早的推理小说，故事讲述的是一名侦探努力侦破一起犹如谜题的案件。

该故事中的侦探名为 C. 奥古斯特·迪潘。他是很多名侦探角色的鼻祖，如阿加莎·克里斯蒂笔下的赫尔克里·波洛、乔治·西默农所创造的神探梅格雷等。迪潘本人并非实干家，而是一位擅长思考的人，犹如读者们的代理思想者一样进行探索、揭秘和释疑。读者们所面临的挑战就是在故事主角揭开谜底之前找到答案。这样的情况也促使故事的推理变成了一场竞赛。如果故事的主角率先找到了答案，你便输掉了比赛，反之亦然。

《被窃的信件》从一开始便为读者设置了一个谜题。巴黎市警察局局长冲进迪潘的寓所，告诉他："宫廷的某位部长从女王处偷了一封有伤风化的信件。"从始至终，我们对信件的内容无从知晓。然而不管其所述何事，都具有政治爆炸性。而该警察局局长便被委以重任：将信件找回。不过，他已经将该部长的寓所里里外外翻了个底朝天，却仍没有找到那封信。所以他想听听迪潘的建议。

迪潘就信件的形貌以及警察局局长对部长的寓所的搜查方式询问了几个问题。之后他建议该局长对该部长的寓所再开展一次搜查活动。

一个月过去了，被窃的信件仍是石沉大海。然而当迪潘得知女王愿意支付五万法郎换回该信件之后，他立刻将其物归原主，速度之快着实令人惊叹。

在分析已知证据的基础上，迪潘是怎么找到该信件的藏身之所的呢？

迪潘对此做出了如下解释：推理的关键在于理解该部长的内心世界。聪明如他，这位部长肯定预料到了警察会对其寓所展开搜查活动以期找到丢失的信件。因此，他绝对不会蠢笨到将信件直接丢在椅子下面或者藏在某个肯定会被翻查的偏僻角落。基于此，迪潘推测藏匿该信件的最佳方法便是将其置于显眼处，也就是说，不刻意将其隐藏起来。

在一次拜访部长的过程中，迪潘发现书架上放置了一封用丝带扎着的信件。结果证明这确实是被部长窃取的那封信件。

《被窃的信件》是一则推理故事，不过读者在理解过程中所遭遇的挑战和俏皮话与谜语中的类似。尽管其中的推理更加精妙，更具挑战性，然而归根结底，它还是同样的游戏模式。

推理故事

法兰克·R. 史塔顿并不是一位家喻户晓的大人物，然而他确实在 1882 年创作出了一部人尽皆知的作品《美女，还是老虎?》。

这篇故事可以被称为“未解决的谜题”的典范。古时候，一位残暴的国王自己制定了一套司法体系。他将冒犯了他的人关进一个有着两扇门的竞技场之内，并且让他们去选择打开其中一扇（类似于古代的蒙特霍问题）。其中一扇门后面是一只凶残的老虎，在门被打开的瞬间便会将这位不幸的人给吃掉；而另外一扇门后面则端坐着一位美若天仙的公主，门开之后他们二人便可以立马成婚。

一位出身寒微的年轻人与国王的女儿两情相悦，然而当国王发现了他们的私情之后，便将这位年轻人关进了竞技场让其接受挑战。等待这位年轻人的会是什么呢？公主还是老虎?

然而藏于门后的公主却并非年轻人所深爱的国王的女儿，只是另外一位年轻女子罢了。爱上了这位年轻人的国王的女儿，独自窥探了两扇门后分别藏了什么，当这位年轻人抬头望向她时，她便会给他以暗示，让他选择正确的那扇门。

公主所面临的艰难抉择正在于此。如果她选择拯救自己的爱人，那么他自此之后便属于别的女人了。而因为这些人都尚未开化，所以他们缺乏诸如无私之类的美德。因此，对于这位公主来说，如果选择让自己的爱人丧生于此地，而不是和别的女人结婚，确实也不那么超乎情理。在此情况下，这位年轻人便将面临两难选择：公主所暗指的正确的那扇门后面到底藏着什么？公主还是老虎呢？

当人们让其提出破解之道时，史塔顿聪明地答道："正确的那扇门后面到底藏着什么东西还是由你来决定吧，不管你的答案是公主还是老虎，它都能够回答有关你个人本性的问题。"如果说真的有一个最终决定的话，这个决定权在读者手中，并且该决定取决于其看待世界和人性的方式。

然而这样的故事并不足以让人意犹未尽。它为我们设计了一个矛盾的问题，并且让我们自己品评。该故事涉及的人物过于普通（国王、公主、平民百姓），占据上风的只有其场景和人物行为。简单说来，这只是作者的一个小把戏而已。

在过去的百十年间，推理故事已经发展出了属于自己的模式。较之埃德加·爱伦·坡和法兰克·R. 史塔顿的作品，现在的推理故事大多设计得更为精巧缜密。阿加莎·克里斯蒂、雷蒙德·钱德勒、达西尔·哈米特、菲利斯·多萝西·詹姆斯、乔治·西默农、米奇·斯皮兰、阿瑟·柯南·道尔、洛夫克拉夫特、萝西·赛耶斯、安布罗斯·比尔斯、居伊·德·莫泊桑……这份名单的长度异乎寻常，其中包含了很多世界上最聪明的作家（其中有些并不聪明）。对于其中一些人来说，推理故事是一种艺术形式；而对于另外一些人来说，其实则为一种赚钱的手段。而后者则会依据已经在市场上取得成功的模板，一本接一本地推出大量粗制滥造的推理小说。（米奇·斯皮兰曾经说过："我没有任何粉丝。你知道我身边环绕的是什么人吗？顾客而已！"）

推理故事也发展出了属于自己的惯用手法。其特点之一便是黑暗势力的入侵，残暴的罪恶黑势力入侵我们的日常生活。这种碰撞造就了不平衡，善与恶、黑暗与光明、对与错以及安全与危险之间的矛盾。而这样的不稳定性也形成了批评家丹尼尔·爱因斯坦所说的“痛不欲生的不安全感、甚嚣尘上的愤世嫉俗、暴力以及无法预期的死亡”。

我们大多数人都曾读过推理小说或是看过 20 世纪 40 年代的具有悲观色彩的系列改编影片。例如雷蒙德·钱德勒的《蓝色大丽花》、达西尔·哈米特的《马耳他之鹰》或者是阿加莎·克里斯蒂的《无人生还》。一部在 1931 年上映的名为《死亡漩涡》的德国电影，于 1949 年在美国重新制作上映，主角由艾德蒙·奥布莱恩扮演；之后在 20 世纪 80 年代后期，这部电影由丹尼斯·奎德领衔主演，被再一次拍摄上映。从结构上看，推理故事和谜语的模式大体相同，以普遍元素为开始，逐渐地进入具体的细节元素。

情节第一阶段

在《死亡漩涡》这一故事的一开始，故事的主人公弗兰克·比奇洛便进入警察局报告一宗谋杀案。而当警察询问其被谋杀的人是谁的时候，他却匪夷所思地答道：“我自己。”

镜头切换至前情介绍：比奇洛是小镇上的一名会计。他打算动身前去旧金山。他的秘书，也即他的未婚妻，用这样的话语介绍了比奇洛：“你和其他人并无二致，只是比他们更普通一些而已。你感觉到自己被禁锢于此地，而且你并不确定是否喜欢身处这般境地。”

他奔着大城市的光明而去。

到达的当晚，他去了一家爵士乐酒吧。一位金发碧眼的美女也来到了这家酒吧。这个地方充斥了性欲的骚动，完全迥异于他在小镇上所过的那种古板保守的生活。他不禁走上前去和那位美女搭讪，而她对此也欣然接受。然而在他俩开怀畅饮之时，一位不知名的阴险男人趁比奇洛不备，调换了他的酒。不过这杯酒口感略苦，所以比奇洛便又点了其他的酒。

比奇洛为他的所谓“出轨”行为付出了代价，正如迈克尔·道格拉斯在《致命诱惑》里饰演的角色一样——尽管比奇洛只是和那位美女聊了会儿天。他回到酒店房间，再次想到了酒吧里那位金发碧眼的女士，之后便将她的电话号码撕成了碎片。

第二天起床后，比奇洛感到身体不适，刚开始他还以为自己只是宿醉未醒的缘故，然而这种不适却越来越严重。他去了医院，医生检查后告诉他：他是被人下了毒，而且只能活三天了。

这个故事的矛盾在于侦探本人也同时是受害者。他必须得弄清楚自己被谋杀这整件事的来龙去脉。因为三天后他将与世长辞，所以他能用来破案的时间便很有限。正如关于蜡烛的那个谜语一样，谜语的前半部分交代了一般的普遍元素。我们见到了受害人；我们目睹了犯罪过程；我们也见证了侦探正在全力侦破案件（在这起案件中，侦探也是受害者本人）。总而言之，整个谜题已经在我们面前铺展开来。谁实施了这场犯罪？他的犯罪动机又是什么？故事中的人物我们也有了大致的了解。这是一个有关人物行为的情节设计，因此人物所采取的行为要比人物内心的深度刻画重要得多。我们对比奇洛也进行了必要的了解，而他与我们大多数人也有较多的相似之处：对原来的生活感到些许厌倦，所以想寻求一些刺激。我们很容易便对他产生了同情之感。在故事的剩余部分，他的生活重心将放在一件事情上：找出谋杀他的凶手。

情节第二阶段

医院为比奇洛安排了病房，希望他能够平静地度过生命中仅剩的几天时间，然而他却选择了仓皇出逃。他不能容忍自己在没有找出凶手之前离开人世。他最初的调查疯狂而又混乱。当意识到这样的行为毫无益处之后，在未婚妻的帮助下，比奇洛展开了有条不紊的侦查。他发现有一个人正在千方百计地想要找到他，并且也搜查到了这个人邮购放射性物品铱的一份账单。铱具有放射性，而比奇洛正是因为受到了某种放射性物品的毒害，这让他意识到自己已经找到了千丝万缕的联系。

然而当比奇洛飞抵洛杉矶去寻找这个男人的时候，他却得知那个人已然自杀了。一条线索又牵扯出另外一条，而比奇洛也逐渐解开了自己被谋杀之谜。

正如谜语的结构，情节发展的第二阶段为我们交代了较为具体的细节。在对故事的主要人物、犯罪的本质、侦探破案的决心有了一定的了解之后，我们现在来分析已经掌握的线索。

人们常说，最好的推理故事要遵循这样一条准则：作者将所有的线索在故事中合适地归位，以期让细心的读者如夏洛克·福尔摩斯一样发现线索并且最终推理出罪犯为何人。雷蒙德·钱德勒曾经宣称，他所写的书中有一半与这样的准则相悖。对读者来说，如果能够和侦探并肩行动将会更加令人满意，因为所谓推理故事，其中心便是要在故事主角破案之前率先找到答案。我们心生怀疑，推理出作案动机，并提出控诉。我们很享受自己像个首席侦探并且聪明过人的感觉。想要做到这些，我们便必须搜集到所有合适的线索，只有这样才能得出恰当的结论。然而，故事的线索并不能太显而易见（一如我们对于谜语的要求）到我们能够马上推断出结果的地步。

关于这一点，玛丽·罗伯茨·莱因哈特的观点很不错。她认为：推理故事实则是将表面上发生的故事和事实上发生的故事合二为一。谜语也是如此：谜面有其语句的字面意思和它的真实含义。故事的情节发展便是从这两者间的矛盾出发，即表象与真相的对立。

话题再回到我们在第二章所讨论的偶然性上来。一个偶然事件掩饰了另外一个偶然事件。当你进行推理故事创作的时候，一定不要随意透露故事的线索。如果一条线索过于显眼，那么你便失去了自己所占据的优势。如果这条线索被巧妙地隐匿在故事背景的讲述中，看上去已是场景的自然组成部分，那么你便完成了自己的使命。很多推理故事中存在的问题就是裸露的线索，而读者每每遇到这样的情况便会做出这样的反应：“哈哈！我找到线索了！可它是什么意思呢?”透露线索这样的做法实则欺骗了那些想自己做出探索发现的读者。所有的石头都应该长相相似，而钻石则应该藏身于其中一块。

在创作过程中，你一定要想出将重要信息加以伪装并隐匿于故事情节中的最佳方法。否则，你将会有不谨慎之嫌。隐匿重要信息的经验法则和伪装的基本要求一致。一定要确保你所要隐藏的信息和其藏身之地的色泽相似。只有在显眼的情况下，信息才会暴露。如果其和周围环境能够自然融洽的话，伪装便也显得自然而然了。枪支藏身于枪架上便不容易被发现，小鸡应该藏身于鸡窝而非卧室。创作出一个对于你的目标、人物和信息而言都较为自然的场景。你希望读者能够在被动的情况下找到线索。然而如果这样的信息自己跳出来，你便很难愚弄任何人。

情节第三阶段

既然我们在第一阶段已经了解了谜题的普遍信息，在第二阶段知晓了有关谜题的具体细节，那么现在该是我们揭晓谜题答案的时刻了。在《死亡漩涡》这部电影中，我们目睹了比奇洛破案过程中的人物冲突和线索追踪。比奇洛报复了谋杀自己的人之后，便去了警察局自首。原来，对他开展谋杀行动的那些人误认为他知晓了他们的阴谋，便意欲将其灭口，而实际上他对此一无所知，也从未产生过一丝怀疑：“我所做的只是对一份文件进行了公证，就像我经手公证的其他所有文件一样。”

比奇洛最终死在了警察面前。谜题也得以解开。（你可能会很好奇，为什么这个故事并不属于复仇的情节范围呢？其实这个故事的重点是找出比奇洛身上到底发生了什么事情，而复仇则如打扫房间一样位居其次。）

谜题的答案必须符合普遍和具体两种情节的要求。如同拼图玩具中的插片一样，每个插片对于整个图片来说都是必需的。每个插片单独来看都不具备任何伤害性，并且看上去也不甚重要，然而对于拼出整幅图片来说它的重要性却不容小觑。

伪新密码象征手法

《死亡漩涡》之类的故事都有其故事发展脉络和情节线索，并且其谜底最终也不难解开。你掌握了所有的重要线索，而这些线索也并非微不足道。只是有些故事会更加迂回曲折，譬如在《唐人街》这个故事中，两个谜题交相呼应并有着千丝万缕的联系。

不过确实也存在另外一类无法破解的谜题。也许作者根本就没有打算让你找到谜底，其目的只是引发思考而已。任何拜读过卡夫卡作品的人都知道没有必要刨根问底，因为读者们深知他们不可能找到满意的答案。卡夫卡的观点是这样的：现实生活没有缘由。事情就那么发生了，仅此而已，没有任何解释。格里高尔·萨姆沙一觉醒来，发现自己变成了一只大甲虫。为什么？卡夫卡提前了啤酒展销会的日期，不过人们却可以一眼认出他所悬挂的标语："为什么要追问原因呢?"作为被宠坏了的读者，我们期待能够有所解释，好的合理的解释。然而在我们不能找到答案的时候，我们便认为自己受了欺骗。我们会心生怨恨。我们希望这个有秩序的世界能够为我们答疑解惑。然而卡夫卡并不这样认为。在他的世界里，你一觉醒来可能会变成一只虫子，不过你却想不到去追问缘由。

卡夫卡所著的《审判》也是如此。约瑟夫·K先生（他连一个真名都不曾拥有）被一个自己根本无法沟通的法庭控诉了一项难以理解的罪名。因为没有任何具体的细节，只有故事的概况，所以我们无从获得任何线索。这样的一个谜题，看似没有任何解决之道。很多事件看上去似有所指，而我们则需要努力明白其中的含义。从某种意义上说，就像是“美女和老虎”的故事一般，而此事却是上升到了更抽象的层次。卡夫卡看似在诉说，“生活便是如此，没有明晰的答案……你所拥有的只是那些你能想象到的”。只有在小说中，才会有一位如神灵般的人物出现，告诉我们正确的谜底。然而哲学家却会做出这般回答：“世间没有正确的答案，只有人为编造的而已。”

因此，在对待如《审判》这类的推理故事时，我们必须自己构想一定的意义。没有人会告诉我们所有的情节是如何联系在一起的，我们需要自己去寻觅。

面对斯坦利·库布里克根据阿瑟·克拉克的短篇小说《哨兵》拍摄的《2001：太空漫游》，观众们的观点完全被颠覆了。整部电影中满是有一定意义的不同事物和事件，而我们则奋力想将它们一一联系起来。很多人批评这部电影为致幻的胡话、精神错乱的心灵表达。批评家们对其印象并不深刻。然而很显然，该电影讲述了一个亟待解决的谜题。电影中那个从远古时代直至未来世界一直持续出现的巨石究竟是什么？在电影的最后阶段，当大卫·鲍曼被突然吸引进入位于木星的卫星附近某处路易十四的画室中的时候，在他身上究竟发生了什么事情？鲍曼为什么会在霍华德·休斯的卧室从一个年迈的老者变成了星孩？所有的这些情节都有什么意义？要将这些问题理清，就像是在商场里试穿新衣一样。如果你不喜欢这样的情节联系，你便可以尝试从别的角度来展开构想。没有人知道其真正的内涵。也许它们实际上并无任何意义可言。此中的乐趣便在于对于多种可能性的想象。不过，对于有些人来说，这样的做法太过虐心，就像是有人给你讲了一个没有任何笑料的笑话一样。

每提出一个问题，我们都要寻求一个相应的答案。然而情况却往往并非如此。那些反思事物存在的本质并对其抱有审慎态度的作家通常会发现：认为生活是确定而且明晰的想法有自以为是之嫌。而作为作家，你的决定主要取决于，你是想创造出一个有着确定答案的封闭世界，还是一个凡事如谜底般并不固定的开放世界。

如果你有意为广大的普通读者进行创作的话，你的选择便更为有限。普通的读者希望能够找到确定的答案。他们希望谜底最终被揭开。因此，你需要首先确定自己的目标读者。

备忘录

在你写作的时候，请谨记以下几点：

1. 推理故事的核心应该是有关智慧的考验：隐藏起显而易见的线索。

2. 推理故事的矛盾应该来源于故事的真相和表象之间的冲突。

3. 推理故事为读者提出了在故事主人公揭开谜底之前找到答案的挑战。

4. 你的谜底需要放置在明眼处，但又不应该被轻易发现。

5. 故事发展的第一阶段应该交代出故事的普遍元素（人物、地点和事件）。

6. 故事发展的第二阶段需要交代出故事的具体细节（人物、地点和事件之间是怎样相互联系在一起的）。

7. 故事发展的第三阶段应该包含下列信息：谜底被揭开，反面人物的动机以及事情的真相（有别于事情的表象）。

8. 选定自己的目标读者。

9. 在开放和封闭的结构中做出选择（开放的谜题没有确定的谜底，而封闭的谜题则有肯定的答案）。

14 经典情节8：对手戏

> 我所认识的一位没有多少学识的木匠曾经说道："人与人之间本就没有多少差别，然而这细微的差别却至关重要。"在我看来，这种差别即为事情的本源。
>
> ——亨利·詹姆斯

当一种不可抗力和一个无法被移动的物体遭遇时，究竟会发生什么？没有任何其他问题能够像这个问题一样展现对手戏这类故事情节的精髓。

所谓对手，即因为相同的事物或目标和另外一个人展开竞争的人物。所谓对手，即对另外一个人的优越感或权威性发起挑战的人物。深层结构的概念在对手戏这样的故事情节中最为清晰。两个人拥有相同的目标——不管是要赢得他人的心，还是战胜彼此的军队，或是赢得一场象棋比赛的胜利——并且有其各自的动机。同时也存在多种可能性。无论何时，如果两个人因为同一目标而竞争，那么对手戏便会粉墨登场了 。

对手戏的存在可以追溯到史前文明（至少一些文献有这样的记载）。上帝与撒旦之间的权力之争便可归类为对手戏，弥尔顿所著的《失乐园》中有相关记载。有关希腊和罗马诸神的传说，也就是奥林匹斯山上所上演的权力之争。当人类在世界上出现之后，这样的传统仍然保持不变。竞争在伊甸园中因为毒蛇的诱惑而上演。亚当和夏娃所生育的孩子之间也出现了竞争：因为上帝更加喜欢亚伯所准备的祭品，出于嫉妒，该隐杀死了自己的弟弟亚伯。

事实上，有关牧羊人竞相想得到上帝赞许这样的对手戏主题，自有文字记载以来便一直存在。当诸神不忙于彼此之间的竞争时，他们便会开始和人类竞争（结果总是以他们的胜利而告终）；而当人们不再和神灵竞争时，人与人之间的竞争便开始了。

对手戏这类故事情节需要遵循一个基本原则：对立双方必须势均力敌（他们都可以有自己不同的弱点）。所谓势均力敌，并不是指他们的力量要保持本质上的相似。一位身体孱弱之人可能因为其不凡的智慧而战胜一位身强力壮的对手。在体能相当的巨人们之间开展摔跤比赛一定非常有趣，然而我们却更喜欢看智力和体力之间的较量。（我们喜欢这样的故事，奥德修斯利用其聪明才智战胜了食人的独眼巨人，尽管他们的故事并不能被称为对手戏。）其重点在于，无论抗衡的一方拥有什么样的力量，另一方一定会拥有使两者能够平等竞争的其他力量。如果拔河比赛的一方能够轻易地赢了另外一方，这样的比赛便没有任何趣味可言。

文学作品中随处可见对手戏这样的故事情节：在亚哈船长和白鲸之间；在《蝇王》中重回荒凉地带之后的孩子们之间；《弗吉尼亚人》中的“牛仔英雄”弗吉尼亚人和歹徒特拉姆柏斯之间。每个超级英雄都有其宿敌，每个蒙哥马利都会遭遇隆美尔。一些对手戏故事讲述的是经典的善恶之争，譬如赫尔曼·梅尔维尔所著的《比利·巴德》。然而有的故事中的竞争双方却都有资格获胜。他们的矛盾来自他们的对立处境。无论是投手和击球手之间的比赛，还是两位政客因一席之地展开的角逐，一山容不得二虎。一方取胜，另一方必败（取胜和失败分别有多种形式）。对手戏即为竞争。

竞争有其多样性。它可以是《不是冤家不聚头》中菲利克斯·昂格尔和奥斯卡·麦迪逊之间的竞争；也可以是《老人与海》中老人和大鱼之间的那种；或是《叛舰喋血记》中的海军士官威廉·拜姆和大副弗莱彻·克里斯蒂之间的较量。对手戏在爱情故事中也很常见：文学作品中不乏两个人为了赢得第三人的爱情而展开竞争的喜剧故事，莎士比亚的喜剧作品以及弗朗索瓦·特吕弗所著的《朱尔与吉姆》都属于此类。经典的三角恋情也被归类为对手戏这一故事情节。

读者们喜欢正面交锋所带来的兴奋刺激之感。《宾虚》至今已然付诸印刷百年有余。它是首批在美国被允许私家收藏的故事小说，同时也是第一部由西尔斯目录收录的小说。这部小说在1899年被改编为戏剧，1907年被拍摄制作成一部默片，在1925年和1959年分别被重新拍摄成影片。其最终版本由威廉·惠勒执导、查尔顿·赫斯顿出演，该片以不可思议之势赢得了11项奥斯卡大奖。

该片因其两位主角犹太人犹大·宾虚和罗马人玛瑟拉之间竞争的深度和广度，而扣人心弦、引人入胜。任何将该故事评价为“上帝和赛马”的批评家都未能注意到该故事中罗马人和犹太人之间的根本冲突，以及非基督教世界中两种对立的生活方式之间的抗衡。

冲突在该故事的开头便已现端倪。玛瑟拉，身为犹大·宾虚的儿时伙伴，从其所服役的罗马军队中以军官的身份凯旋。两个人相互拥抱，并一起追忆他们的孩提时代。很快，他们好斗的本性便显现出来，两人开始比赛朝一根横梁上扔标枪。这个时刻是典型的故事发展第一阶段：对立双方有一定的共性。他们彼此相遇并且被认为是实力相当的人物。两人一起吃饭和饮酒，而此刻犹大赠予玛瑟拉的礼物也预示了之后的故事发展：一匹漂亮的阿拉伯骏马。

至此，他们之间的冲突并没有完全显现，而作者也不能将笔墨大肆用来描写两人的过去。既然共同点已经得到确立，那么冲突也应该接踵而至。

玛瑟拉想在罗马国王面前引荐犹大，以此来回报犹大所赠的礼物。然而，如果这样的话，犹大必须交代出反抗罗马统治的犹太人的名字。

对立因此产生：犹大拒绝出卖自己的朋友。

之后，玛瑟拉便下了最后通牒：要么我们做朋友，要么我们彼此为敌。犹大选择与之为敌。冲突已成定局，而他们也已然各自为营。

故事发展至此，需要有一个导火索事件让双方不再只是相互威胁，而应该开始真正的较量。

在犹大和玛瑟拉发生首次冲突后不久，罗马执政官到此地巡视。然而当犹大的家人从自家房顶上观看行进的队伍时，一个瓦片不慎滑落，正好砸中了执政官的头。玛瑟拉手下的人冲进犹大家里，以企图谋杀执政官的罪名逮捕了他全家人。

犹大勇敢地脱逃，克服重重困难来到玛瑟拉面前，威胁他释放自己的家人，否则便将其刺死。而身为一个具有大男子气概的罗马人，玛瑟拉并不退让，进而威胁犹大投降，否则将会杀了犹大的母亲和妹妹。犹大将他的矛插进了玛瑟拉身后的墙上（这个动作和先前将标枪刺进横梁的动作产生了呼应的效果）。

尽管玛瑟拉知道犹大的母亲和妹妹都是无辜的，然而他仍然打算拿她们开刀，借此杀一儆百。玛瑟拉首先采取了行动，充分利用了对其有利的环境因素。对手戏这类的故事情节，较为典型的一点便是：对立双方中的一位较之另外一位占据了一定的优势。这里所涉及的是权力之争。一方想要战胜或者打垮另外一方。在这样的情况下，玛瑟拉掌控着局势和周围的人，以为其个人目的服务。

犹大的母亲和妹妹被关进了监狱，而犹大则被流放到了一艘罗马战舰上当水手。一方在此时略占上风。如果我们来观察一下所谓的对立双方的“权力曲线图”，便不难发现两者之间成相向的关系。当一位对手在权力曲线图上春风得意之时（也就是说，他变得更加强大，在其竞争对手面前明显占据优势），另外一位对手肯定处于日益衰败的境地。玛瑟拉的权力和影响力日益增强，与之相反，犹大却沦为无名小卒。这种力量的失衡对于激发读者的同情心尤为重要。通常，我们会通过澄清故事脉络中的道德因素而达到此目的。

在《宾虚》这个故事中，玛瑟拉雄心勃勃而又不择手段，因此他被认为是反面人物。犹大·宾虚既光明磊落又诚实可信，因而他的角色便较为正面。反面人物在对手戏中总是率先发起攻势，并取得暂时的优势。而正面角色则会因此而饱受痛苦从而在故事发展的第一阶段身处劣势。这也正是第一阶段的功能所在：将对立的双方在权力曲线图上分离开来，将正面人物置于窘境，而让反面人物身居高位。

在故事情节发展的第二阶段，一些事件的发生将会促使故事的主人公摆脱窘境。

犹大被禁锢在一艘罗马舰船上长达三年之久。在一次战斗中，他们的船遭遇了袭击。犹大顺利脱逃，不过在此之前他救下了罗马指挥官昆塔斯·阿列斯。为了报答犹大的救命之恩，阿列斯给了犹大自由并将其收为养子。

对犹大来说，这次必要的命运转机让他的地位得以提升并进而足以与玛瑟拉抗衡。犹大去了罗马，学习了作战的技巧，并且成了战车御者。一旦犹大有了更大的权力，他便可以开始与玛瑟拉之间的较量。对立双方的行为动机在此得以反转：在故事发展的第一阶段，反面人物玛瑟拉对正面人物犹大发起了挑战；然而在第二阶段，正面人物却主动发起了对反面人物的挑战。犹大在权力曲线图上呈上升趋势。对立双方此时呈现势均力敌之势；他们权力相当，而这也为又一次的冲突奠定了基础。

不过，对于故事的主角犹大来说，他首要的任务便是与家人的团聚（毕竟，犹大是一个有道德感的儿子）。然而他的母亲和妹妹至今下落不明，所以犹大便开始四处寻找她们。

然而，故事中的反面人物一直以来都对犹大权力的增强了如指掌。（而这也加剧了故事的紧张气氛，因为反面人物最会处处提防，准备迎接不可避免的冲突。）玛瑟拉本来早已完全忘记了犹大的母亲和妹妹，然而当他得知犹大荣归故里之时便不禁担心起来。他匆忙核实了两人的情况，却得知她们均已不幸感染了麻风病。玛瑟拉随即将她们母女二人关押进了一个麻风村。犹大的女朋友也没有将此情况对犹大据实相告，而是坚称他的母亲和妹妹都已经离世。而这也更加坚定了犹大为其“蒙冤而死”的亲人报仇雪恨的决心。

至此场景已经布置完毕。得势的正面人物欲为亲人复仇，这样的动机在道德上是合理的。而反面人物也已准备好迎接挑战。故事随即进入第三阶段：不可避免的冲突。

一位阿拉伯酋长说服犹大通过与玛瑟拉在罗马竞技场赛马的方式来一决胜负。这位酋长也说服了玛瑟拉用自己所有的财产作为赌注，而这也给了犹大更多的理由去战胜玛瑟拉。

所有看过1959年版《宾虚》这部电影的读者都会记得犹大和玛瑟拉二人在片中长达11分钟的竞技场内斗智斗勇的镜头。玛瑟拉的战车用轮毂罩全副武装，并且轮毂罩上还装备了旋转利刃。然而这样的轮毂罩却无法对犹大的战车发动强有力的攻击。他的战车最终被撞毁，而玛瑟拉本人也被其身后的战车队伍踩踏身亡。临终之时，玛瑟拉告诉了犹大有关他的母亲和妹妹的真实处境。此刻，对于犹大来说，他必须找到自己的亲人。

在电影中，耶稣穿插现身，影响了犹大和他的家人。在玛瑟拉死后，耶稣也被钉死在了十字架上，而犹大的母亲和妹妹均被治愈。宾虚家族的人们则又找到了新的信仰。不过该故事的电影版本却忽视了更深层次的对立。宾虚希望耶稣能够率领众人反抗罗马的统治，并为他召集了一支军队。这样的对立便超越了犹大和玛瑟拉之间的私人矛盾，其实质是异教徒和犹太人之间、罗马帝国和耶路撒冷之间的矛盾。这种力量的冲突超越了个人的范畴，并已经上升到了宗教和文化的层面。在这个三角对立中的第三个点便是耶稣本人。他对玛瑟拉没有造成任何影响，然而他确实影响了犹大的人生，不过犹大也最终意识到耶稣并不是自己所希望的能够反抗罗马统治的人。故事的结尾，犹大和他的家人在道德层面被推上了制高点。

无法被撼动之物

如果对手戏情节的基本前提被设置为一个无法被撼动的物体遭遇到某种不可抗力的话，你所设计的人物和场景都应该依据这样的故事情节而定。

首先，你需要设计出为了共同的目标而发生冲突并相互竞争的两位对手。这两个人应该势均力敌；如果其中一方在某个领域略微占据优势的话，另外一方则必须成为其他领域的强者。正如本章开头部分所述，对于读者来说，如果故事中的两位对手并不是在各个方面都能相互匹敌的话，这样的情节将会更加有趣。如果其中一位力量非凡，那么另一位就可能是智力超群的。之后，你便需要根据他们各自的特点来设计场景。有时其中一位会获胜，有时又是另外一位获胜，他们之间所进行较量的结果并非一成不变，而这也恰恰增加了情节的紧张形势，读者们对于最终的胜者将会满怀期待。

故事情节尽可能不要平淡无奇。身强体壮的一方有可能因为对方的聪明才智而输掉一场有关力量的抗衡。而这样的情节则会使故事看上去更加曲折，因而其结果并不能够被轻易预测。

不过对手戏这类故事情节并不仅仅是有关力量和物体这些因素的，它同时也是对人性的探索。对立双方的最终目的是为战胜对方。那么他们这样做的动机究竟是什么呢？又是什么因素激发了他的野心？愤怒、嫉妒还是恐惧？认真地分析竞争双方，找出人物行为背后的动机。我们需要了解他们对目标产生迷恋情结的根源。

备忘录

在你写作的时候，请谨记以下几点：

1. 冲突应该源自某种不可抗力与某种无法被撼动之物的碰撞。

2. 对手戏的本质应该是正面人物和反面人物之间的权力之争。

3. 对立双方应该势均力敌。

4. 尽管双方的能力并不会完全相同，然而两人都应该在不同的领域各有所长。

5. 故事一开始便即将有冲突发生，在此部分应简单地介绍一下冲突开始之前的基本状况。

6. 在故事情节的发展过程中，首先由反面人物对正面人物发起挑战，也就是矛盾的导火索。

7. 对立双方的斗争其实也是他们在权力曲线图上的较量。如果其中一方的权力增强，那么另外一方则会减弱；如果反面人物逐渐得势，那么正面人物则会逐渐陷入窘境。

8. 在故事发展的第一阶段，反面人物较之正面人物占据上风。正面人物大多会因为反面人物的行为饱受痛苦，因而处于劣势。

9. 对立双方究竟是正面还是反面人物主要由一些有关道德标准的事件决定。

10. 在故事发展的第二阶段，正面人物因为命运的转机而得以在权力曲线图上产生逆转。

11. 反面人物时刻关注着正面人物权力得以增强这一事实。

12. 正面人物只有在与反面人物势均力敌的情形下，才会发起挑战。

备忘录

13. 故事发展的第三阶段则着重于对最终的对决进行描述。

14. 冲突平息之后，正面人物的个人生活得以恢复正常，其身处的世界也重回正轨。

15 经典情节9：落魄之人

对于身处劣势之人，很多人都有对其施以援手的本能……而对于身处优势之人，很多人则会出于本能对其做出嘲讽之态。世上存在着这样两种人，他们之间的差异之大犹如男人与女人。

——美国全国广播公司战地记者汤姆·特雷纳

落魄之人这样的情节实则为对手戏情节的一种（因此你应该在阅读本章之前先查看一下第十四章），然而其鲜明的特性却足以让我们为其专门开辟一个章节来进行讨论。对手戏的前提是势均力敌：正面人物和反面人物呈现相互匹敌之势。然而在有关落魄之人的故事情节中，对立双方并不旗鼓相当。故事的正面人物往往处于劣势并且面临被完全压垮的逆境。

这样的故事情节之所以会备受青睐，主要是因为它为我们展现了这样的能力：以寡敌众、以小胜大、以弱制强，以及以“愚”克“智”。

《飞越疯人院》中护士长瑞秋和麦克墨菲之间的对抗，便是落魄之人这一故事情节的经典展现。麦克墨菲不停地与自己无力抗衡的体系做斗争。身为令人喜爱的叛逆者，他宁愿假装有精神疾病而不愿在农场做苦工。在精神病院里，他遭遇了毫无人性、冷酷无情的奇葩人物护士长瑞秋。他们之间的对立从根本上来说是意志力的较量。读者们了解了护士长瑞秋所秉承的观念制度，尽管我们并不喜欢麦克墨菲的一些行为，然而我们却仍然支持他去颠覆那套压制人的个性和创造性的体系。这是一场我们也乐意投身其中的战争。

我们同样支持圣女贞德与宗教的伪善行为相抗衡。她之所以被推崇为英雄，主要是因为她具有探查生活中所存在问题的聪明才智，并且能够创造出一套独立的道德体系，所有这些行为都让其有别于社会主流。另外一些落魄之人的故事并不特别复杂，例如赢得了不可能取得胜利的拳击比赛的英雄洛奇。洛奇并不聪明（据他自己坦言），然而他却具有坚定的意志和天生的灵敏。他正直善良，因此当他在拳击赛场上熠熠发光的时候，我们为他感到高兴。读者对于处于劣势的正面人物往往会发自内心地与之建立起情感上的联系，这种情感较之典型的对手戏情节中的联系要更加强烈。我们对犹大·宾虚的同情并不如对粗俗的洛奇那么强烈。为什么会这样呢？因为与我们相比，犹大·宾虚无论在情感还是学识方面都处于更高的层次。我们尊重他所代表的阶层，然而他并不属于我们这个群体。洛奇却是我们中的一位。他的英雄气概我们都能够感知。我们中的大多数人会奋起反抗自己认为没有任何机会战胜的压迫者。不过，落魄之人终究是能够战胜施暴者的。

如果你希望读者能够同情你所设计的正面人物，一定要确保这个人物的情感和学识层面均与读者相当或者低于他们的水平。如果读者觉得你故事中的正面人物高高在上的话，他便没有办法与之惺惺相惜。这样的感情人们是可以间接感受到的；读者希望故事中的正面人物能够与之相像，哪怕只是象征性地相似。她不是伟大的天才，而只是一介平民——一个你的读者能够将自己与之联系起来的普通人。

《灰姑娘》被认为是世界上最著名的童话故事之一，同时它也很好地展现了落魄之人这类故事情节。这个故事最初的原创地为9世纪的中国。十多个世纪以来，该故事在世界各地流传甚广。夏尔·佩罗和格林兄弟的童话故事集使之在西方声名鹊起。在此我来介绍一下格林兄弟的版本。

尽管我们大多数人都知道这个故事，然而我们所了解的故事其实是由迪士尼公司改编制作而成的版本，正是这家公司创造了仙女教母。迪士尼公司改编的版本尽管深受大家的喜爱并且有很高的人气，但是其情节却没能展现这篇故事的真正精髓。该故事的核心意在反映灰姑娘和其非亲生姐妹之间的矛盾冲突，而非她与王子之间的浪漫深情。

《灰姑娘》的故事结构与其他童话故事类似，故事的发展大致分为三个阶段，而每一部分都展现了情节的进展。

在故事发展的第一阶段，身为富家女的灰姑娘跪倒在已经去世的母亲床前。通常，在故事的一开始，正面人物的正常生活会遭到破坏，即遭遇命运的戏弄。因此，我们便有机会在对立双方发生冲突之前大致了解一下主角原来的生活。在这个故事中，母亲的去世给灰姑娘的生活带来了巨大而又无法补救的变化。母亲的临终遗言则是对灰姑娘的劝告："亲爱的孩子，你一定要好好听话，做个善良的人。这样仁慈的上帝便会一直守护着你，而我也将在天上看着你、陪伴着你。"灰姑娘将之奉为自己的行为准则——如果自己善良待人的话，妈妈将会守护着她。

半年后，灰姑娘的爸爸与一位妇人再婚，而这位继母还带来了两个漂亮的女儿（不是迪士尼版本中的三个丑女孩）。这两个女孩与谦卑善良的灰姑娘完全不同：她们自负、自私、懒惰而又残忍，也就是集七宗罪于一身之人。她们与灰姑娘形成了鲜明的对比。

竞争的本质在迪士尼的版本中并不是那么明显，然而格林兄弟的版本却将之展现得淋漓尽致。尽管灰姑娘非常漂亮，然而继母带来的两个女孩也同样貌美如花。后者之所以丑陋，严格意义上是指其内心的丑恶。因为这三个女孩都处在适嫁的年龄，她们肯定都希望自己尽可能地嫁一个好人家（显然这样的故事发生在女权意识觉醒之前）。为了避免直接的竞争，后来的两位姐姐便主动地欺负起了灰姑娘。

矛盾冲突在第一阶段一经开始，反面人物便占据上风。落魄之人的一个重要特征便是生活的每况愈下。正面人物受到反面人物的欺凌。灰姑娘被迫从早到晚地干活，提水烧柴、做饭洗衣。两个姐姐甚至将豌豆和扁豆撒到炉灰中，然后命令灰姑娘将其一一拣出。

落魄的情节为我们描述了人物的现状。正面人物此时发现自己身处劣势，被反面人物欺压。而与此同时，正面人物的本性则会使其开始反抗。因此，在接下来的情节中，某件事情的发生必然会导致现状发生逆转。

在《灰姑娘》的故事中，逆转发生于她们的父亲到集市上去这一情节（这个故事中的父亲是典型的童话故事中的父亲角色，他们仿佛并不存在，也没有任何权威性）。在他出发去集市之前，他问三个女儿想要什么礼物。大女儿想要漂亮衣服，二女儿想要珠宝，而谦卑的灰姑娘却让父亲折回他在回家路上碰到的第一根树枝作为礼物。

女孩们的心愿得到了满足，灰姑娘也收下了父亲为她带回的一根榛子树树枝。她将这根树枝种在了母亲的坟墓旁边，用自己的泪水为其灌溉。这根枝条长成了一棵小树，而一只白色的小鸟（人们猜测它是灰姑娘母亲的灵魂）也在这棵树上安了家。这只小鸟十分不凡，它满足了灰姑娘所有的愿望。如果没有力量或者盟友的话，灰姑娘是没有办法和自己的两个姐姐竞争的，然而现在她却同时得到了力量和盟友。灰姑娘已经为战斗做好了准备。

在故事发展的第二阶段，日渐得势的正面人物便要开始对其对手发起挑战，从而实现对第一阶段权力状况的逆转。

国王的儿子也到了谈婚论嫁的年纪，举国上下欢庆三天，而在此期间，王子将会从人群中挑选自己心仪的女孩。

两个姐姐计划参加。她们强迫灰姑娘为其梳妆打扮，帮其擦亮皮鞋。灰姑娘斗胆询问自己是否可以参加，却遭到了两位姐姐的讥讽："你去？灰姑娘！满身灰尘、脏兮兮的样子，你去参加宴会？你没有合适的衣服和鞋子，再说你也不会跳舞呀！"

身为虐待狂的继母给了灰姑娘一个"机会"去参加宴会。她将一盘扁豆撒入炉灰之中，然后告诉灰姑娘说，如果她能够在两个小时之内将扁豆全部从炉灰中拣出来，她便可以去参加宴会。

灰姑娘已是今非昔比了。她找来小鸟们帮忙，小鸟们飞了过来，纷纷落在炉灰旁边。它们很快便把所有的扁豆挑拣了出来，时间还有剩余呢！

灰姑娘完成了这一艰巨的任务（这是她反抗压迫的第一步），然而胜利的喜悦却很快消失了，因为她的继母拒绝遵守之前的约定。"不行，灰姑娘，你既没有漂亮的衣裙，又不会跳舞，到了宴会上人们都会嘲笑你的。"这次她又玩起了将扁豆扔进炉灰里的把戏，只是这次的扁豆数量比上次多了一倍，而她准许的时间却少了一半。

灰姑娘再次召唤鸟儿们来帮自己将扁豆拣出。她的继母仍然拒绝遵守约定，又一次重复了拒绝其一同前往的理由：灰姑娘没有漂亮的衣裙，也不会跳舞。之后继母便带着自己的两个亲生女儿出发，前往国王的城堡参加宴会，而灰姑娘则被孤零零地留在了家里。

灰姑娘想要逆转自己命运的尝试遭遇了失败。文学作品都是这样的，第三次尝试具有一定的魔力。在经历了最初的失败之后，灰姑娘必须相应地调整自己的思路和做法——如果她想要达成自己的心愿去参加宴会的话。而这也代表了第二阶段的真正的转折点——由劣势向更大优势的转移。正面人物必须要到达一个合适的时间节点，才能对与之相对立的人发起挑战。

灰姑娘来到母亲的坟前，通过榛子树和栖息在树上的小白鸟向母亲请求道："小树小树摇一摇，赐我金鞋和银袍。"

说时迟那时快，她眨眼间便盛装打扮好了，克服了没有漂亮衣服去参加宴会的困难。她来到宴会上，和王子一起翩翩起舞，而王子也为她神魂颠倒。尽管这个版本中灰姑娘并没有被要求在某个确切的时间之前离开（否则她的马车将会被变为南瓜），然而灰姑娘必须从王子身边逃走。她的愿望在此并没有完全达成。

第二晚的情境与第一晚相同。灰姑娘特别开心，她和王子之间的爱恋仍在继续。不过灰姑娘这一回则不得已爬上了一棵梨树才成功地从王子身边逃离。

第三天晚上（又一个第三次），为了防止灰姑娘再次从自己的身边逃走，王子耍了个小计谋：他在楼梯上涂抹了沥青，如果灰姑娘踩在上面，她的鞋子将会被粘住。（灰姑娘的鞋子曾被描述为金鞋和皮鞋，却从没被描绘为水晶鞋。）故事情节在此也发生了变化：王子对灰姑娘的兴趣尽管在开始的时候是被动的，然而现在他必须要采取行动以防灰姑娘从自己身边消失。很显然，灰姑娘的地位呈上升趋势。她做到了两位姐姐无力达成的事情。

故事的第二阶段到此结束。然而胜负仍然未见分晓，灰姑娘还没能实现自己更大的目标：摆脱继母和两位姐姐的压迫，获取自由，找到自己的心爱之人。她的生活具有两面性：白天脏兮兮的女佣和晚上披金戴银的公主。她必须在这两者间找到平衡点。

在故事发展的第三个阶段中，对立的双方必须达到实力上的均衡。灰姑娘的权力曲线呈日益上升之势，因而她能够公开挑战自己的两位姐姐。

王子得到了灰姑娘的一只鞋子，然而却没有哪位公主穿上是合脚的，之后他便开始派人四处寻找能够穿上那只鞋子的女孩。两位姐姐因为自己都长了双漂亮的脚而沾沾自喜。大姐试鞋子的时候，发现因为自己的脚太大而鞋子太小，脚趾无法挤进鞋子里面去。此时她的妈妈便建议她将脚趾割掉，因为“当你变成王后的时候，你就没有必要再自己走路了”。大姐便据此照办。当王子发现她穿上那只鞋子正好合脚的时候，便将她抱上自己的马车，出发回城堡去。然而当他们行至灰姑娘母亲的坟前时，树上的小白鸟对王子发出了警示。王子看到了大姐满是鲜血的脚之后，便意识到她并不是那个女孩。

这次轮到二姐来试鞋子了，然而她的脚后跟太宽，她的母亲便建议她将脚后跟削掉一块，结果你可想而知。

王子再一次上当受骗，小白鸟再一次提醒了他。当王子看到二姐袜子上的鲜血时，他将其送回了家。最后，终于轮到灰姑娘登场了。然而她的继母却拒绝让她试穿鞋子，因为她认为灰姑娘无论如何都不会是那位神秘的公主。不过在王子的坚持下，灰姑娘得以试穿鞋子，而鞋子正好合脚。

尽管灰姑娘的人生至此已发生了翻天覆地的变化，她也获得了自由，然而她却还没有取得最终的胜利。（尽管两位姐姐都已身患残疾，然而这样的惩罚显然并不足够。）

两位姐姐出现在灰姑娘的婚礼上，意欲向灰姑娘示好。然而，接下来发生的事情不禁让人联想起阿尔弗雷德·希区柯克所拍摄的影片《群鸟》中的场景：很多鸽子飞来，袭击了这两位姐姐，并且将她们二人的眼珠啄出。故事的结尾如是说：“至此，因为其邪恶和虚伪，她们被惩罚余生将在黑暗中度过。”

故事结尾的着重点并没有放在“王子和公主从此快乐地生活下去”这个方面，而是侧重于对两位姐姐所遭受的惩罚的描述。冲突得以化解，灰姑娘也最终战胜了邪恶和虚伪。

排除万难的决心

落魄之人是一个极具吸引力的角色。他渴望成功。所以当你在一步步刻画自己的故事人物的时候，你需要弄明白他之所以想要实现目标的动机。再一次强调，人物动机——想要取胜——这一点是特别清晰的。那么，他本人或他人将因此付出什么样的代价呢？故事的中心不要单纯地放在落魄之人与权贵的抗衡上。读者们需要了解人物行为背后的推动力。

在一些情况下，这样的故事情节是可以被推断出来的。我们对落魄之人深表同情，就像我们同情对手戏中的正面人物一般。读者喜欢这样的故事情节：好人尽管身处困境，然而他仍然取得了最终的胜利。不过，千万不要把人物刻画得如同卡通故事中的人物一般——你为他设计的困难缺乏现实基础，而他本人也并没有任何取胜的机会。最终的竞争应该是双方真正的较量——两者正面交锋。尽管反面人物极尽欺瞒之道，然而落魄之人却始终如一地坚持正义：勇气、荣誉和力量。（当然，用反面人物的卑劣手法来“还治其人之身”也并无不可。）

时刻将自己的读者放在心中。你笔下的落魄之人应有引发读者同情的特质。保持与读者感情的互通（沮丧、愤怒、开心），然后就这些情感大做文章。最终，当你笔下的英雄排除万难取得胜利的时候，读者也会对这样的胜利有同样的感知。故事的结尾一定要包含这样的情节，否则读者将会感到失望。

备忘录

有关对手戏章节的总结同样适用于落魄之人这一故事情节，不过，它还包含以下几点：

1. 落魄之人这类情节与对手戏很相似。不过在落魄之人这样的故事中，正面人物和反面人物并不是势均力敌的。反面人物——不管是一个人、一个地方还是某种事物（例如官僚主义），较之正面人物来说，其势力更为强大。

2. 落魄之人这类故事情节的发展阶段和对手戏情节类似，因为它也遵循权力曲线图的变化。

3. 落魄之人通常（并不一定总是）能够战胜对手。

16 经典情节10：诱惑

> 除了诱惑之外，我能抵抗一切。
>
> ——奥斯卡·王尔德

被诱惑意指受到引诱或教唆去做一件不明智、错误甚至不道德的事情。不管你是否乐意接受这样的观点，但生活每天都会创造一些机会让我们做傻事、错事或丧失道德。

没有哪个人的一生中能够不受他人或者世俗的诱惑。与此有关的例子可以追溯到伊甸园（我们都知道亚当和夏娃因为没能抵抗住诱惑而付出的代价），直至今天，不管是有钱有势的上流人士，还是地位低下的平庸草民，无一例外都会受到诱惑。甚至是上帝耶稣也不能幸免。

如果一个人能够抵挡住诱惑，那么我们便认为他具有意志力和自我约束力。然而，诱惑在人的一生中并不会只出现一两次，我们每天都必须与其做斗争。有哪个人没有努力抵抗过自己明明知道不应该做的事情的诱惑？它可能是一件日常琐事，譬如在开始减肥那天抵抗美味甜点的诱惑；它也可能是一件从本质上说属于道德范畴的事情，譬如竭力克制自己不去和一位已婚人士搞婚外情；它还可能关乎触犯法律，譬如侵吞所在公司公款的诱惑。

有关诱惑的故事实际上是讲述人性弱点的故事。“人非圣贤孰能无过”，人往往会抵抗不住诱惑，然而，我们的行为规范已经为我们设定了屈从于诱惑所要付出的代价，其惩罚小到内疚感，大到终身监禁等后果。

当我们受到诱惑的时候，内心充满了相反力量的抗衡。身体的一部分想要我们去为所谓的收获而冒险，我们说服自己肯定不会被抓住；然而我们身体的另一部分却又深感恐惧，因为它知晓我们所要做的事情是错误的，并且试图通过逐字逐句地再现我们从社会生活中所了解到的道德准则，来遏制我们内心那股强烈的冲动。战斗的号角已然奏响：妥协还是抗争？支持还是反对？为什么要这样做，而又为什么不能这样做，冲突就此形成，而相反力量之间的对立也就构成了故事主题。知道该做什么和事实上究竟做了什么，这两者具有天壤之别。

我们不难看出这类故事情节对于揭露人性的重要性。然而，诱惑类的情节却是所有故事情节中最为侧重于宗教类题材的，这一点我们并不能够轻易察觉。

文学作品中不乏这类例子。诱惑是神话故事中较为常见的主题。布鲁诺·贝特尔海姆指出：大多数神话故事都创作于宗教发展最为鼎盛的时期，因此很多这类故事都是以宗教为主题的。格林兄弟所创作的神话故事《圣母玛利亚的孩子》特别优美但却鲜为人知，它也是一篇带有警诫意味的以诱惑为主题的故事。故事的开头这样写道：“在大森林的边上，生活着一位穷苦的樵夫和他的妻子。他们有一个三岁的女儿，这是他们唯一的孩子……”生活贫困，樵夫养活不了他的妻子和女儿。出于怜悯，圣母玛利亚头戴星光闪闪的王冠来到樵夫面前，提出代为照顾他的女儿。为了让女儿有活下去的机会，这位父亲别无他法，只好点头同意。

故事结构

在情节发展的第一阶段，诱惑的本质形成，而故事的主人公则选择屈从。在本篇故事中，主人公努力抵抗诱惑但最终选择了屈服。为了让自己的行为显得合乎情理，故事主人公好似在努力寻求较为简单的方法来协调自己所承受的多重压力。通常情况下，主人公对诱惑会抵抗一段时间。

在《圣母玛利亚的孩子》中，玛利亚将小女孩带至天堂。在圣母的豪华宫殿里，小女孩过上了锦衣玉食的生活，慢慢长大。在她十四岁那年，有一天，圣母玛利亚在出门远行前给了小女孩能够打开天堂十三道门的一串钥匙，并叮嘱小女孩，她可以打开除了第十三扇门之外的任何一扇。

小女孩承诺听从圣母玛利亚的嘱咐。

我们无须对故事进行过多展望，便能够知晓接下来将要发生的事情。起初，小女孩表现良好。她挨个参观完了天堂里的十二处住所。在每处，耀眼的光辉中都端坐着教会十二行政执事中的一位。小女孩完全沉浸在了这富丽堂皇的景象中。

不过，那被禁止打开的第十三道房门却一直在那里关着。

想要知道房门后面是什么的强大欲望吞噬了她。“我不会将它完全打开的，”她在天使们面前为自己的行为辩解，“我也不会进入房间里面，不过，我会将房门打开，这样我们就可以透过门缝窥探一下里面的景象了。”

天使们规劝她不要这样做，因为打开房门是有悖宗教的罪行，将会为其带来厄运。

然而，打开房门的渴望已经发展到了无法抑制的地步。当小女孩独自一人的时候，她揣测应该没有人会发现她打开房门并进而偷窥的行为。

她终究还是打开了房门，并且看到了端坐在房间里闪着耀眼光芒的神。为之惊叹的同时，她被其深深吸引，于是伸手去触碰神的荣光。然而，在她刚刚触碰到其光芒的一刹那，那根手指也变成了金色的。

突如其来的极度恐惧让她不知所措。她千方百计想洗去手指上的金色，却徒劳无功。

圣母返回家中，见此场景便怀疑小女孩已然违背了自己的承诺。面对圣母一而再再而三的询问，小女孩一次又一次撒谎，进而加重了自己的罪孽。第三次追问无果后，圣母很无奈，便将其驱逐出天堂，以哑女的身份发配至人间。

在故事情节发展的第二阶段，故事的主人公将要承受其行为所带来的后果。她可以坚持否认，努力找到一个途径，让自己免受必然会降临的惩罚。在《圣母玛利亚的孩子》这一故事中，小女孩已然加重了自己的罪孽。她不仅没有听从圣母的吩咐，还无视圣母给予她的几次改错机会，坚持以谎言相对。

小女孩重返人间，变成了哑女，衣不蔽体地在沙漠中独自生活。她以植物的根茎为食，栖身于树洞，无异于动物。

几年之后，一位国王与其相遇，尽管她是哑女，他仍然爱上了她。国王将她带回自己的城堡，并娶其为妻。她为国王生下了一个男孩。然而圣母却突然在此刻降临到她面前，并且提出，如果她承认自己所犯下的罪行，便会将其带回天堂；如果她仍然固执己见，圣母将带走这个新生的男婴。

身为王后的她仍然拒绝为自己曾经的罪孽忏悔。

圣母带走了刚刚降临人世的王子。随后，有关王后是一头食人怪并且吃掉了王子的谣言便在全国上下散播开来。深爱着王后的国王根本不相信这样的谣传。

王后又生下了一个孩子，圣母再次降临并提出了相同的建议。然而王后仍然执迷不悟。圣母便又将第二个孩子从她的身边带走了。黎民百姓纷纷控诉王后犹如食人怪般的行径，国王的众位大臣也都要求将王后正法。尽管如此，国王仍然不相信王后会吃掉自己的孩子。

第三个孩子降生后，圣母来到王后的面前并将其带至天堂。在那里，她见到了被带走的另外两个孩子。“你的心肠难道还没有被融化吗？”圣母问道，“如果你现在承认自己打开过那扇禁忌之门的话，我便会将这两个孩子奉还给你。”

又一次被拒绝之后，圣母便将她的第三个孩子也带走了。事情发展至此，连国王也无力承受了。

故事情节第一阶段中出现的诱惑，其所造成的后果贯穿于故事发展的第二阶段。主人公试图逃避其行为所带来的后果，然而伦理道德故事却存在这样的共性特点：故事主角越想逃脱其罪行带来的惩罚，其所承受的负担将会越重，直至发展到其不堪承受的程度。

故事情节发展的第三个阶段则是旨在解决内在的矛盾冲突。情况岌岌可危，危机已然剑拔弩张。在这个故事中，主人公所要面对的不仅仅是被逐出天堂，承受被发配至人间并被贬为哑女这样的痛苦，而且因为其执迷不悟，不愿意忏悔自己所犯下的罪行，她也不得不面临痛失心爱之人的苦楚。三个婴儿的离奇失踪也使众人误会她是食人恶魔，从而使其深陷众叛亲离的境地。

故事发展至此，人们群起反抗王后，要求因其噬子行为将其正法。与此同时，国王再也无力管束众位大臣，最终同意了用火烧死王后的判罚。

王后被捆绑于木头之上，人们在其四周架起了柴火。火被点燃了。就在火苗开始燃烧的瞬间，王后那坚冰般的傲慢轰然倒塌，心中充满了忏悔之情。她在心中悲叹道：“在我临死之前，我承认自己曾经打开了那扇禁忌之门，并对此深深忏悔。”

刹那间，她恢复了说话能力。她大声呼喊：“玛利亚，我承认，我打开过那扇门！”

如瀑布一般的大雨浇灭了熊熊燃烧的火焰，在王后头顶出现了一道耀眼的光芒。圣母带着先前从她身边带走的三个孩子从天而降，并且原谅了她曾犯下的罪行——“然后，圣母送还了她的三个孩子，让她能够重新开口说话，并且许诺给她一生的幸福。”至此，故事有了完美的结局。圣母原谅了王后的罪行。

以诱惑为主题的情节较之人物的行为描述来说，更为强调其个性的刻画。这类故事主要审视人物的动机、内在需求和冲动。人物的行为描述服务于其性格的发展。基于此，诱惑类的故事侧重于描述人的内心活动，而非外在的行为动作。

你可能也注意到了，在《圣母玛利亚的孩子》这一故事中，并没有所谓的反面人物存在，故事中的女主人公在道德天平两端左右摇摆，此一时，她代表着故事中的正面人物（乖乖女），彼一时，她又变成了反面人物（小魔女）。不过，在很多故事中，我们都能找到一位独立存在的反面人物，譬如《致命诱惑》中的那位专门引诱男人并制造混乱的女人、伊甸园中那条狡猾的蛇，在其他很多故事中，则又是撒旦披上某种伪装来扮演反面人物。

文学史上最著名的诱惑类故事当非《浮士德博士》莫属，这位传奇人物是下列很多文学作品的主要角色：约翰·歌德所著的戏剧、托马斯·曼所写的小说，以及博伊托、布索尼和古诺所创作的歌剧。

浮士德的故事开始于上帝和魔鬼梅菲斯特之间订下的一个赌约。上帝认为他的仆人浮士德能够抵抗所有的诱惑，然而梅菲斯特却认为浮士德有可能经不起诱惑而背叛上帝。长期研修人性的梅菲斯特清楚地知道该如何去引诱浮士德。他提出和浮士德达成一条协议，深入了解存在的所有意义。浮士德提出只有在他的附加条件得以满足的情况下才履行协议：他所经历的某件事对他影响至深，以至于他不愿意结束。

梅菲斯特先是尝试使用美人计这类小把戏，结果没能成功。之后，他又尝试让浮士德恢复青春，并介绍他认识了一位年轻漂亮的女人格蕾琴。虽然他拜倒在了格蕾琴的石榴裙下，但是他们的爱情却以悲剧而告终，格蕾琴的兄弟、他和格蕾琴所生的孩子以及格蕾琴本人都离开了人世。为了能够赢得赌约，梅菲斯特加大了赌注。这一次，和世俗的格蕾琴不同，他将不谙世事并且拥有绝世容颜的海伦带到了浮士德面前。尽管浮士德再次受到了引诱，然而他却深知美貌转瞬即逝，所以便拒绝了海伦。

在经受住了梅菲斯特所设计的种种诱惑后，浮士德想对世界做出一些贡献。于是他便开始着手开垦土地。也正因如此，梅菲斯特最终赢得了和上帝之间的赌约。当浮士德看到多年来自己所做的善事，看到广袤的田野里人们安居乐业时，他真心希望这样的时刻能够天长地久。

然而，具有讽刺意味的是，故事中的浮士德并没有屈从于人类最基本的性欲和贪婪。他放弃的唯一原因是为了人类的更好发展。尽管在他的一生中，他也犯下了一些悲剧性的错误，不过他却没有忘记真善美。梅菲斯特只是从表面上看似赢得了和上帝立下的赌约。

魔鬼梅菲斯特坚持要夺走浮士德的灵魂。不过，经过上帝的斡旋，天使们最终将浮士德带到了天堂。

浮士德的故事和《圣母玛利亚的孩子》一样，都经历了故事情节发展的三个阶段。其中的不同则在于，浮士德在整个故事发展过程中均受到了不同的引诱，而其他故事的主人公则在第一阶段便被诱惑征服了。浮士德一直坚持到故事的最后阶段才屈从于诱惑。不过在故事发展的整个脉络里，浮士德在情感上也付出了惨痛的代价——格蕾琴的离世、辞别海伦，以及遭受魔鬼不休的纠缠。

决不屈从于……

如果你想写有关诱惑类情节的故事，那么首先需要想清楚你打算让故事的主角犯下哪种本质的罪行。他屈从于诱惑之后的得与失以及必须为此付出的代价又是什么？代价是这类故事情节中的主要因素，它可以让这类故事较之其他故事更加具有道德性，因为它将告诉我们屈从于诱惑所要付出的代价。在很多情况下，这样的故事情节能为我们创造出约束人们行为的警世寓言。

不要将故事的重点完全放在诱惑以及为此所要付出的代价的描写上。你的故事应该注重描写屈从于诱惑的那个人，要清晰地描绘出人物的内心斗争。他是否感到内疚？如果是的话，他内心的愧疚又是如何在他的行为动作中表现出来的呢？他懊恼吗（懊恼指的是主人公因为自己没能抵抗诱惑而生自己的气）？如果是的话，他的懊恼又是如何表现的呢？诱惑可以诱发出当事人内心的多种情感。你笔下的人物不能只拥有某种情愫，他需要经历多个情感阶段。而经过这一切混乱之后，当事人便能够做出自我反省了。他会对没能抵御诱惑这一行为进行总结。他从中汲取了怎样的教训，而他的个性又是如何成熟起来的（如果有的话）？谨记一定要展现出诱惑作用于你笔下人物的后果。

备忘录

在你写作的时候，请谨记以下几点：

1. 诱惑类情节是有关人物描写的情节。它着重刻画人物的动机、需求以及人物性格的冲动。

2. 你所创造的诱惑类情节一定要以伦理道德为准绳，并且要着重描述没能抵抗住诱惑所带来的后果。在故事的结尾处，在汲取了屈从于诱惑所带来的惨痛教训之后，故事主角需要完成从较低道德标准向较高道德标准的发展。

3. 故事情节的冲突应该是内心戏，即故事主角的内在挣扎，尽管这种内在的抗争也有其外在的行为表现。这样

备忘录

的冲突应该来源于主人公内心的纠结：明了自己应该怎么做，但却没能做到。

4. 故事情节发展的第一阶段应该首先塑造出正面人物的本性，接下来也要描写出反面人物的本性（如果有反面人物的话）。

5. 接下来，介绍诱惑的本质，以及诱惑将会给正面人物带来的后果，同时展现她的内心斗争。

6. 正面人物屈从于诱惑。此刻她将会感受到短暂的愉悦。

7. 正面人物常常会为自己没能抵抗住诱惑的行为寻找理由。

8. 正面人物在屈从于诱惑之后，也会有一段时间感到后悔。

9. 故事情节发展的第二阶段则应描写屈从于诱惑所带来的后果。不良的后果将会取代短暂的愉悦。欠债还钱的时刻降临了。

10. 正面人物将会竭力寻找方法逃避自己的行为所带来的责任和惩罚。

11. 故事主角的行为所造成的不良后果在第二阶段中将会日渐严重。

12. 故事情节发展的第三阶段则应解决故事主角内心的冲突。而故事将以忏悔、和解以及宽恕、原谅之类的情节而告终。

17 经典情节 11：变形记

为什么现实不能比小说更加离奇呢？毕竟，小说要从情理上能讲得通才行。

——马克·吐温

如果说有一种故事情节是真正意义上具有魔幻色彩的，那么将非“变形记”莫属。大多数的主要故事情节是以现实为基础进行创作的：我们能够轻易识别故事所创设的场景和创造的人物，因为它们都来源于我们的生活经历。即使是科幻小说和秘境小说，其中的优秀作品在进行人物描写方面，其真实性也无异于亨利·詹姆斯以及简·奥斯汀笔下的人物。科幻小说作家西奥多·斯特金曾经指出：一部好的科幻小说也是在叙述那些人类所面临的问题，并提供一个由人类所想出的解决方法。科幻类小说，不管故事的发生地是在地球还是在银河系中某个遥远的地方，终究都是有关我们人类自己的故事。小说所展现给我们的往往是被现实掩盖了的真理。

变形记这类情节则以“变化”为中心。“变化”涵盖了多个领域。不过在变形记这一故事情节中，“变化”具有特定性。它既包含情感上的变化，也囊括了人物外貌体征的变异。在变形记这样的情节中，故事主角在外形上发生了实实在在的变化。变形记最常见的故事梗概大致如下：在故事伊始，故事主角是以动物的外形存在的，然而到了适婚年龄之后，他便会蝶变为翩翩少年。当然，情况也不总是如此，故事进程也可以是相反的，正如《狼人》中所讲述的那样。

早上我一醒来……

我们总是能够在别的事物身上看到我们自己的影子，尤其是在别的动物身上。我们对象征和寓言类的表现手法都比较熟悉。

伊索寓言中所描述的狮子和狐狸，分别清晰地指代了人性中的力量和狡诈。《小红帽》中的那只恶狼，代表了人性中关于权力、贪婪和罪恶的部分。有关蛇的故事也是如此。长期以来，我们传承了人类与动物之间的联系，也许只是为了确认自己在动物王国里也占据着一席之地这样的事实吧！

现代社会也并未减少我们对于人和动物之间联系的痴迷。我们仍然记得那些神话故事和旧时的寓言，当然，我们也知道他们的现代版本：披着人皮的狼、有着人形的蝙蝠、本身为巨大昆虫的人、实为青蛙的王子、幻化为人形的狮子……这类故事数不尽道不完。这些作品都出现在我们最喜欢的书目中：《狼人》、《吸血鬼》、《变形记》、《青蛙王子》以及《美女与野兽》。这些故事俘获了我们的想象力，以至于我们总是愿意将它们重新翻拍。没有人知道《美女与野兽》这个故事最初来自哪里。不过我们最为熟悉的这个版本则是由法国的博蒙夫人在 18 世纪创作的。从那时起直到现在，这个故事已经被作为电影翻拍了四次（包括一个动画版本），同时还以系列剧的形式被搬上了电视屏幕。（而有关狼人和吸血鬼之类的电影更是数不胜数。）

变形记通常因诅咒而起，或为做了坏事的报应，或为违背了自然界规律的结果。狼人和吸血鬼的故事是关于邪恶事物的描述。卡夫卡《变形记》中的格里高尔·萨姆沙受到了不知名的诅咒，而被变成了一只虫子；《青蛙王子》中的王子则是因为受到了女巫的诅咒；《美女与野兽》中的野兽也是如此。不管我们变幻为何种动物，我们笔下的人物处境与两千多年前伊索所创设的并无二致。

而如果想要使诅咒的魔力消失——如果可以的话，唯一的济世良方便是爱。爱可以使所有的诅咒烟消云散，也能够化解所有的痛苦忧伤。如果说变形记这类情节能够教给我们一个道理的话，那么这个道理无外乎是这样的：只有爱可以把我们从人类的某些本性中解救出来。爱可以弥补过错；爱可以从内心深处治愈伤口并且给弱小的人以力量。

爱的形式各异。它可以指孩子对父母的爱（反之亦然）、男女之间的爱情、人们彼此之间的关爱以及上帝对世人的慈爱。如果诅咒代表着邪恶的话（被邪恶势力掌控或展现了邪恶力量的不悦），它实则代表我们人类内心的邪恶，当然，我们也可能同时拥有破解诅咒的机会，也就是重塑我们内心的善良。这类故事描绘了我们内心的善恶之争。有时，邪恶势力会占据上风，但我们总有机会能够重拾善良的力量。

布拉姆·斯托克所创作的吸血鬼是邪恶势力的代表，是专嗜人血的暗夜精灵。但他又同时温文尔雅、深谙世故、诙谐机敏，并且英俊潇洒。女人对他趋之若鹜。和狼人一样，他也是仅有的几个不能够被爱救赎的角色，然而，他却又极其渴望能够摆脱诅咒的折磨，使他能够不再危害人类。

显而易见，我是从字面意义上来讨论变形记这一概念的。变形的主角通常是故事中的正面人物，也就是说，在故事中还同时存在着一个反面人物来阻止变形的发生。《美女与野兽》中的野兽，不顾美女的反对，强行将其抓到自己的城堡来抵偿其父亲所犯下的罪行。他做出了令人憎恶的行为（譬如追逐猎物，并将其生吞活剥），但并没有犯下任何实实在在的罪行或是做出有冒犯意图的行为，唯一的一次不当行为便是将他变形成了野兽的那次。在大多数电影中，这个野兽都被描绘为狮子的形象。不过，如果将这只野兽描写成一只忸怩作态的狮子则会使诅咒失去意义，因为该诅咒的出发点便是为了让故事的主角变成完全无人疼爱的角色。乔治·C·斯科特笔下的野兽形象应该更贴切一点：诅咒让他成了一头野猪。在《青蛙王子》这一故事中，故事主角所做出的唯一一次不当行为便是要求爬上年轻公主的床榻并与其一起入眠。（别去幻想迪士尼版本中公主亲吻了王子这样的桥段。在故事的最初版本中根本没有发生类似的事情。）

变形记这一故事情节的关键在于向读者展示变形（或变形失败）的过程。因为这类故事关乎故事中的人物描写，所以我们应该更加关注故事变形主角的本质而非其行为动作。变形记的主角则是故事的神秘所在：他究竟犯下了怎样的罪行才为自己招来如此的厄运？他又该怎样做才能破解诅咒？因为其所承受的苦难，变形记的主角内心深处充溢了悲伤。

诅咒不仅给他带来了外形上的变化，也对其行为造成了影响。他的生活因为各种规则和禁忌而烦琐复杂。吸血鬼要昼伏夜出；狼人惧怕月圆之夜；格里高尔·萨姆沙啃噬了自己卧室的墙壁，而不得不藏身家具后面；野兽害怕被荆棘刺扎。变形主角忧心忡忡，期待一条解决之道。

解决之道通常都是存在的。对吸血鬼来说，白昼的降临或是木剑穿心能给其带来解脱；对狼人来说，银质子弹便是一切的终结；青蛙王子只要能够和公主同床共枕三个晚上便可变回人形；而对格里高尔·萨姆沙来说，唯一的出路便是慢慢被死亡吞噬。

如果诅咒的魔力大到只有死亡才能让变形主角得以解脱的话，他往往会寻求死亡以摆脱诅咒的束缚。不过，诅咒得以破解的条件往往是由故事中的反面人物制定的，尽管在故事发展的过程中，变形的主角会有反抗的行为，然而在那一刻真正来临时，他会乐于接受的。吸血鬼、狼人还有格里高尔·萨姆沙都欣然接受了死亡的到来，因为他们从中获得了解脱。

如果诅咒需要反面人物做出某些行为才能得以破解的话，变形主角则必须一直等待对方做出符合诅咒破解条件的动作。而其中破解的条件往往是由施魔咒的那个人掌控的。野兽和青蛙都必须得到真爱才能摆脱诅咒。

故事发展通常会经历以下三个阶段：

在故事发展的第一阶段中，我们会认识被施了魔咒的故事主角。我们得以了解他目前所处的境况，但是对其缘由却不得而知。（原因通常在故事发展的第三阶段才会揭晓。）故事主角饱受诅咒的折磨已有些时日了，不过我们的故事通常开始于诅咒即将被破解前的很短一段时间内。

我们也会认识故事中的反面人物，她在此处扮演了诅咒得以破解的推手。反面人物是上天注定的，故事的变形主角无时无刻不在等待着她的出现。然而，这位反面人物却可能会对自己的使命一无所知。

故事中的反面人物往往是一位落难之人。我们能够轻易地了解其困难处境。然而如果情境有所不同的话我们便很难理解了。举例来说，《青蛙王子》中的公主，对青蛙的行为百般阻挠，然而她的父亲却强迫她屈从了青蛙的愿望。《美女与野兽》中的美女也并不是自愿来到城堡陪伴野兽的，她之所以会这样做也是因为父亲的命令。如果可以有别的选择，她们肯定宁愿待在别的地方。

然而命运将这些角色带到了一起。故事发展伊始便指向了诅咒破解的方向。但是，不管变形主角是多么期待能够得到解脱，他却对此无能为力，他不能做任何解释，也不能做出任何事情来加速故事发展的进程。而这正是诅咒的潜在规律使然。青蛙不能开口劝解："如果你能够允许我和你同床共枕三个夜晚的话，我将变成一位英俊潇洒的美男子。"同样，野兽也不能如是说："我原本富有、英俊，如果你能吻我一下的话，我便可以证明给你看。”

通常，故事中的反面人物并不招变形主角的喜欢。她希望逃离，却被囚禁于此——身体上的束缚（荆棘之墙或是被野兽捆绑）或精神上的无奈（自己许下的待在城堡的诺言）。在绝大多数情况下，反面人物多多少少会受制于故事中的变形主角。吸血鬼有强大的性吸引力。狼人，作为为数不多的能够向不理解他的人解释诅咒由来的变形人中的一员，总是能够在获得落难之人同情的同时，让对方将其看作是饱受磨难的人物。公主除了蔑视那只青蛙之外，别无他念，因为在它油绿的外表下，她根本看不出会有任何可能的回报。不过，美女却很快便被野兽身上某些特定的人类的（或非人类的）特质给吸引住了。

在故事发展的第一阶段接近尾声时，诅咒的存在已经显而易见了，而反面人物也已经感受到了诅咒的魔力。它可能是令人毛骨悚然的（吸血鬼吸噬她的血液）；可能有一定的喜剧性（青蛙到城堡去赴晚宴）；也可能是让人感到怪异的（美女来到了野兽的城堡，但是并未发现他的踪迹）。然而无论如何，反面人物在此都直接或者间接地成了变形主角的俘虏。

故事发展的第二阶段则着重描写变形主角和反面人物之间关系的演变。尽管反面人物还会反抗，但是，不管是出于对变形主角的同情、恐惧还是被其掌控，她的意志都已经不如开始那么坚强。与此同时，反面人物凭借其美貌、善良或是学识而开始对变形主角有了一定的操控力。两者之间是相互吸引的，而这也正是爱情的开端，如果诅咒允许这样的事情发生的话。尽管落难的那位仍然会心怀恐惧（例如吸血鬼的俘虏以及《青蛙王子》中的公主），但是变形主角却已然迷恋上了对方。

在故事发展的第二阶段中，总是会出现这样那样的新的困境，但它们大多是围绕着“逃离”这一主题展开的（反面人物面前出现了可以逃跑的机会，她要么选择了逃离却在之后被再次俘获，要么便根本没有试图逃跑）。而变形主角在这个时候往往会充分展现出在反面人物看来具有邪恶（或者兽性）的那一面。他也会将其非动物性的那一面示人，例如温柔、爱心或者对她的情况所表现出的关心。这一对人物正在携手走向诅咒被破解的时刻，尽管作为读者，我们此刻对这些一无所知。而反面人物心中最初对于变形主角所怀有的厌恶之情，此刻正渐渐演变为多种情感，包含怜悯甚至是爱的萌芽。

在故事发展的第三阶段中，诅咒能否得到破解则发展到了最为关键的时刻。双方即将面临宿命的安排。而在此时，往往需要某个意外的发生，从而催化变形主角的外形得以改变——这是故事发展的最高潮，也是故事发展的方向所在。

在《青蛙王子》这一故事中，公主受够了王子百般乞求向她索吻的嘴脸，便抓起青蛙，使出全身力气将它朝墙上摔去。而当青蛙接触到墙壁的那一刻，他瞬间变成了一位风度翩翩的美男子。（你必须拜读一下布鲁诺·贝特尔海姆所著的《魅力的作用》一书。这本书和我们所讲的故事一样有趣，而他在书中坚称暴力行为也是一种爱的表现。）而在《美女与野兽》中，垂死的野兽躺在那里，唯有美女的爱才能将他从死亡边缘抢救回来，并把他变回王子。

在只有通过死亡才能得以最终解脱的故事中，诅咒被破解的条件也会得到满足。既然爱情不能解除诅咒，那么反面人物或者其代理人便会做出适当的行为以确保故事中的变形主角最终得以解脱。他可能会死去，但是对他来说，这也算是摆脱了诅咒的折磨。

通常故事发展的第三阶段也会为我们讲述诅咒的由来。

变形记这类故事情节将怪诞的世事和爱情的治愈魔力相结合，从古至今在文学史上都深受人们的喜爱。

备忘录

在你写作的时候，请谨记以下几点：

1. 变形通常源于诅咒。

2. 爱总是能够破解诅咒。

3. 爱以多种形式存在：父母与孩子之间的关爱，男女之间的情爱，人们彼此之间的友爱以及上帝对于世人的慈爱。

4. 变形人总是扮演主要人物。

5. 这类情节的关键之处便是展现由动物变回人形的过程。

6. 变形记是关于人物的一类情节，因此较之变形人的行为，我们更关注其内在本质。

7. 变形主角本身即是一个悲剧角色。

8. 变形主角的生活受到各种条条框框和禁忌的束缚。

9. 变形人通常都想逃离自己所处的困境。

10. 通常有一种方法可以帮助变形人逃离所处的困境，即解脱。

11. 而能够得以解脱的条件，则往往需要反面人物的配合才能满足。

12. 如果反面人物的行为可以解除诅咒的话，变形主角不能加快或解释这类事件的发生。

13. 在故事情节发展的第一阶段，变形人通常不能解释自己之所以会被诅咒的原因。我们只是了解他被诅咒的状况。

14. 你笔下的故事应该开始于诅咒即将被解除之时。

15. 反面人物在此需要扮演促使变形人寻求解除诅咒之道的推手。

16. 反面人物在故事伊始总是扮演惨遭不幸的角色，

备忘录

而最终却成为上天注定的解救变形主角的不二人选。

17. 故事发展的第二阶段应该着重交代反面人物和变形主角之间关系所发生的实质变化。

18. 双方通常会在情感上彼此吸引。

19. 在故事发展的第三阶段，魔咒被解除的条件得以满足，你笔下的故事主角得以摆脱魔咒的束缚。当然，他也可能会回归原形或者死亡。

20. 读者应该知晓诅咒的由来及其根源。

18 经典情节12：转变

除非人愿意改变自己，否则神也无能为力。

——《古兰经》

与变形记紧密联系的还有另外一个有关人物特点的故事情节，即转变。如果你读过有关变形记那个章节的内容的话，你便会了解我所讨论的变形其实是从词语的字面意义来理解的：故事中的人物确实改变了自己的外形。而这样的外形恰好反映出了变形主角的内在心理表征。在当下快节奏的环境中，人们身上也会经常发生一些改变。我们都处在成长为真正的自己的过程里。日复一日，周而复始，我们可能感受不到自己内心的变化（除非我们正在经历生命中的某个具有纪念意义的重大变革，从而迫使我们加快了转变的速度）。

有关人类的研究实为有关变化的探讨。我们改变了自己对宇宙的认知，并且用自己的所想所感对其表示回应。生活在20世纪的人，与19世纪和21世纪的人会有很大的不同。然而，时间并未改变人类的一些特定的品质，我们在这些方面和生活在三千多年前的雅典的希腊人，以及五千多年前孟斐斯的埃及商人并无差异。人类心理中最基本的共性依旧维持原样。我们出生、成长、成熟直至最终死亡。

而我们所共有的这种经历便是小说创作的基础。转变这一故事情节主要讲述故事主角在经历人生不同阶段时所发生的改变。这一情节将截取主人公生活中发生转变的有代表性的一段时间，而她将在此过程中发生重大变化。

“重大变化”便是关键所在。通常来说，我们评判故事情节是否对人物做出了刻画的标准之一，即是行为的结果是否造成了主人公个性的变化。故事主角在故事临近结束的时候已经与开始的她判若两人。转变类的故事情节则会更进一步地着重讲述转变的本质以及它又是如何作用于故事主角身上的。这类情节审视人生历程以及对人造成的影响。处于某种环境中，这个人会做出何种反应？不同的人对相同的刺激的反应会大相径庭，同样，相同的刺激也会给不同的人带来不同的影响。这也就是我们的兴趣所在。

情节设计

在逐渐成年之后，我们必须汲取成人世界里的那些经验教训。而对于在童年过得一帆风顺的人来说，这样的经历则显得非常新奇，而在多数情况下会让他们难以招架。这样的故事不胜枚举：拉里·麦克穆特瑞的《最后一场电影》、约翰·杰·奥斯本的《力争上游》、海明威在《印第安人营地》中所塑造的尼克·亚当斯，以及舍伍德·安德森在《我是一个傻瓜》中创造的故事讲述者，都属于这样的角色。

战争同样能够给人以教训。任何参加过战争的人都会不可避免地被这段经历改变。这样的故事很有可能是有关如何了解勇气的真谛的，譬如斯蒂芬·克莱恩的《红色英勇勋章》、约瑟夫·海勒的《第二十二条军规》以及菲利普·卡普托的《战争谣言》等。

对自我的寻找总是会将故事主角带入人类心灵深处最黑暗的隐蔽处。我们总在努力地理解这些问题：我们是谁？人的本性又是什么？然而有的时候，我们的发现却会让我们深感恐惧。罗伯特·路易斯·史蒂文森所著的《化身博士》便讲述了这样的一个故事：化身博士发现了他自己黑暗的一面，而这里的转变将会带来自我毁灭。类似的故事还有赫伯特·乔治·威尔斯的《隐身人》。

人们之所以会发生转变也可能是因为巨大的变迁。朱迪斯·盖斯特所著的《凡夫俗子》详细地讲述了麻烦不断的贾勒特家族的故事。在外人眼中，这个家族犹如中上流社会阶层那般，生活殷实而又舒适。然而，在这样的光环背后却暗藏着即将暴露于光天化日之下的秘密和丑恶。一旦家族成员到了不得不面对这个问题的时候，他们便将经历永远的改变。在艾弗利·科尔曼的《克莱默夫妇》中，人物因为离婚以及重新定位自己过程中所经受的心灵创伤而发生了转变。在《农场大围攻》（更为知名的是其电影版本的名称“稻草狗”）中，一位生性胆怯的天体物理学教授了解到这样的事实：有时候暴力是不可避免的，而在此过程中，他也发现了自己人性中自认为根本不可能存在的野蛮残忍的那一面。

《弗朗西斯·麦考伯短暂的幸福生活》中的主人公，因为在丛林中打伤了一头狮子，出于恐惧对它进行跟踪并意图将它杀掉，在此过程中发生的一场意外促使其发生了转变。之后在狩猎野牛的过程中，他又找回了勇气。几分钟后，麦考伯却被一位不喜欢自己新婚丈夫的怨妇给杀害了。类似的转变的发生总是需要付出代价的。

萧伯纳所著的《卖花女》堪称转变类故事的佳作。在原版故事（与名为《窈窕淑女》的电影版本大有不同）中，身为英语演讲教师的亨利·希金斯，通过教授其讲有教养的英语，将来自伦敦东区的乡巴佬卖花女伊莉莎·杜立特尔打造成了一位极具英伦气质的女士。

他不仅仅是通过教授正确的发音来对其进行改造——仅仅像一位有气质的女士那般说话并不能真正地成为一名淑女。希金斯通过让卖花女脱离底层社会，并从衣着打扮上按上流社会的标准来要求她等诸多手段对其施以整体影响。然而，当希金斯对她的改造成功地结束之后，卖花女再也没有办法过以前那样的生活了，而她也无法像一位女爵般继续自己的人生。希金斯却拒绝为此承担任何责任。

这个故事具有讽刺意味的是希金斯这个人，他根本不是一位绅士，尽管他的谈吐让人无可挑剔。他为人冷漠并且骄傲自大，拒绝承认伊莉莎对其个人生活带来的改变，他认为自己能够自给自足——而直到伊莉莎离开后他才发现自己生活的空虚。

当他意识到了自己所犯下的错误之后，他便找到伊莉莎并恳求她回到自己的身边，三个人一起（加上皮克林上校）做共患难的单身汉。在故事的结尾处，他仍旧坚信伊莉莎会回到他的身边，尽管她已经向他道了永别。伊莉莎·杜立特尔所经历的转变也同时改变了亨利·希金斯。然而，这个故事没有皆大欢喜的结局。尽管观众们一再要求，萧伯纳却坚持拒绝对这样的结局做出更改。在他看来，这个故事的主题并不是男欢女爱，而是向人们展示干预他人生活轨迹所要付出的代价。然而时至今日，观众们仍然不愿意听取他的这一解释。

细微的转变

促使故事主角发生转变的事件并不一定非要像海明威和萧伯纳的故事中所描述的那样惊天动地。安东·巴甫洛维奇·契诃夫告诉我们：有时候一件微不足道的小事也能给我们的生活造成雪崩般威力所带来的变化。

《吻》这一故事的场景设置在 19 世纪 80 年代俄国的一个小村庄里。故事的主角是俄国炮兵部队的一位无能的中尉，他曾发出这样的悲叹：“我是整个部队里最羞怯也最普通的一位军官！”他说起话来啰啰唆唆，令人心生厌恶之情，跳舞时也是笨手笨脚的——总而言之，他就是最为悲惨的一位军官和绅士的结合体。

故事发生在一个夜晚，当大家都聚在当地的一位退休中将家里吃饭跳舞的时候。故事的主角参加了这场宴会，却因为不太懂得社交礼仪而深感不适。他从人群聚集的地方走开，来到灯光较为昏暗的房间一隅。突然，一位女士伸出双臂将其拥入怀中，并且在其耳边轻声呢喃："你终于来了！"之后还吻了他的双唇。当意识到自己认错了人后，那位女士匆匆跑出了房间，而他根本没来得及看清她的容貌。

这位名叫卢耶波维奇的中尉完全惊呆了。这个吻深深打动了他的心。尽管幽暗的环境让他无法辨认那位女士到底是何人，然而在他踏出房门的那一刻，他便已然发生了巨大的改变。"他想跳舞，想说话，想冲进花园，想大声嬉笑！"

这便是故事发展第一阶段的中心所在：一场意外开始改变故事主角的生活。因为转变类的故事情节是有关人物的情节，所以我们很有必要了解意外发生之前故事主角的生活状态，契诃夫对此做了轻描淡写的讲述。我们对意外发生之前故事主角的情况有了足够多的了解，同时也能理解这场意外之所以会给其造成巨大影响的原因。对大多数男性来说，在黑暗中意外地得到来自一位神秘女士的亲吻，会产生极大的快感，然而，这样的意外在他们身上却不可能产生像在卢耶波维奇身上那样的深远影响。我们了解这位中尉缺乏自信心，并且深感孤独和不被人爱，完全脱离了主流人群。因此，这位神秘女士的意外之吻让他又重新感受到了自己和这个世界之间的联系，我们也能理解他此时的反应。正如人们所说，他一直在为该时刻的降临做着准备。对别人来说，这样的意外可能根本微不足道，而对卢耶波维奇来说，这确实是一生中的重大时刻。

卢耶波维奇重新加入到宴会的人群中。而那个吻已经演变成了一个浪漫的幻想。他审视着宴会上的女人，想要弄清楚究竟是谁在黑暗的房间中吻了他。这种神秘感让他异常兴奋。在晚上临睡前，这样的幻想已经深深地根植在了他的意念中。

那晚之后，我们开始察觉到意外之吻对他造成的影响——行为、反应；原因、后果。故事主角的个性开始发生变化。这也就是故事的情节发展过程。我们跟随着他身上所发生的变化，目睹其从一种个性状态发展到另外一种。在最终定性之前，他可能会经历数个不同的个性发展阶段。在此过程中，我们需要汲取教训、做出评判并且深入洞察。

后来，卢耶波维奇离开村庄去参加军事演习。他也曾有过清醒的时刻：他努力说服自己相信那个吻并没有任何意义，是他自己想多了。然而，他最终却没能抵抗住幻想的诱惑，因为他已经为此走火入魔了。他将这件事讲给他的同事们听，他们做出了正常男人应有的反应。在他们看来，这只是我们时不时会经历的一个荒诞而又美妙的时刻而已。卢耶波维奇对他们的反应深感失望，因为在他的内心深处，那位神秘的女士是他的女神。他爱她并想娶她为妻。他甚至开始幻想那位女士也是真正爱他的。他想回到村庄，和她再续前缘。

在故事发展的第二阶段中，我们目睹了这个意外之吻带来的所有后果。我们可以把这个事件称为具有刺激性的意外，因为它导致了故事主角身上所发生的所有转变。这种转变是内在的过程，是主人公内心的独白。不管他做出怎样的行为，都是其内心所想的外在表现。故事主角的本性决定了其行为，正如卢耶波维奇的本性使其决心回到村庄和那位神秘女士再续前缘一样，因为他坚信她正在等待他的归来。

故事发展的第三阶段通常会发生另外一场意外，而这场意外也将最终决定转变的结果。故事的主角已经快要完成自己的经历了。大多数情况下，主人公总会汲取一些意外的教训。真正的教训往往是那些不易察觉而又出人意料的，期望落空，幻想破灭，现实取代了幻想。

卢耶波维奇满怀期待地回到村庄，同时也深受这些问题的折磨：他该如何才能找到她，又该和她说些什么呢？她不会已经忘记那个吻了吧？他知道如果那位老中将知道他又回到了村庄，肯定会再度邀请他去家里做客。这样，他便可以再次回到那个房间。

然而，他离那座房子越近，越是感到不安。所有的事情好像都感觉不对劲。他曾清晰记得的那些细节忽然都消失不见了。五月的夜莺不再歌唱；花草和树木也失去了淡淡的芬芳；整个村庄看起来既丑陋又冰冷。卢耶波维奇突然意识到自己的幻想只是一场空。“整个世界、我整个人生都演变成了莫名其妙、毫无目的的笑话!”

当老中将的邀请如期而至时，卢耶波维奇却选择回家睡觉去了。“我太傻了，我太傻了!”他因为自己的顿悟而感到神伤，“所有的一切都太愚蠢了!”

故事发展的第三个阶段中发生了让主人公得以重获清醒的事，给他带来了真正的成长。卢耶波维奇因其经历而变得明智，而明智却又给他带来了悲伤。很多时候，有关人生的教训也正是如此：人因为更加聪慧而增添了新的忧伤。

备忘录

在你写作的时候，请谨记以下几点：

1. 转变类的情节应该着重描述故事主角历经生活发展某个阶段时所做出的改变以及具体过程。

2. 此类故事应该截取故事主角生活中发生转变的代表性阶段，在此阶段中，他正经历着从一个重要阶段向下一个重要阶段的过渡。

3. 故事应该以转变的本质为核心，重点描述它是如何从头至尾对故事主人公产生影响的。

4. 故事发展的第一阶段应该讲述导致故事主角陷入危机从而开始发生转变的意外事件，他也由此开始了转变的历程。

5. 故事发展的第二阶段通常应该描述转变所带来的后果。因为这类故事情节是有关人物描述的情节，所以重点

备忘录

应该放在故事主角的自我反省上。

6. 故事发展的第三阶段应该为我们讲述一件使整个故事明晰化的事件，这也代表着转变的最终阶段。故事的主人公理解了他真正经历的一切，并且了解了这些转变对他个人造成的影响。通常情况下，故事发展至此，故事主角得以真正地成长，理解力也得以提升。

7. 大多数情况下，醍醐灌顶般的醒悟总会给人带来一些伤感情绪。

19 经典情节13：成长

几乎所有的伟大作家都有这样的多少加以一定伪装的写作动机——人们从孩提时代到长大成人的过程，这往往也是一个由对未来充满期待和兴奋之情演变为因了解真相而致使理想幻灭的过程。“幻想破灭”几乎是所有小说秘而不宣的主题。

——安德烈·莫洛亚

回想一下你所读过的书以及看过的电影。有多少故事中的主角在故事发展过程中变得更好了？肯定是绝大多数，对吗？作家们拥有以他们乐意的方式写他们乐意写的故事的自由。既然如此，为什么数量惊人的作品中的主角都得到了自我提升，并且改变了自己的命运呢？这确实令人好奇。那么我们可不可以据此断言作家们的本性还是积极乐观的呢？当然，好莱坞喜欢完满的结局，我们都深知这一点，但这并不足以解释作家们为什么都倾向于创作那些无论从社会角度还是道德层面都具有积极教育意义的故事。

成长类的故事情节主要讲述人的成长过程，便是一类较为积极乐观的故事。在走向成熟的过程中，故事主角会汲取教训，而这些教训有可能是惨痛的。不过最终他也因此成了（或是即将成为）一个更为优秀的人。

尽管有关个人成长的故事与转变、变形这两类故事情节有紧密的联系，然而它又非常特别，可以自成一系。你也许会认为它从属于变形类故事情节，因为它涉及故事主角从童年到成人（从天真无邪到圆滑世故）的改变，当然其中也有外形的变化。不过这类故事情节不同于我所定义的变形类情节。你也可能会认为它属于转变类的故事情节，然而成长类故事情节只讲述故事主角成长的过程。可以用一句话道破其中的差异：转变类故事情节着重讲述成人的变化过程，而成长类故事情节则将重心放在孩子如何长大成人这一阶段。

人物介绍

在有关成长的这类故事情节中，主要人物往往是一位令人同情的年轻人。他对自己的人生目标感到迷茫，或者还没设定好自己的目标。没有旁人指导，他在人生的大海上漫无目的地游荡。他总会犹豫不决，不确定选择什么样的道路才算正确，不知道怎样才能做出正确的决定。所有这些缺乏能力的行为都源于人生经验的缺失——天真烂漫、纯真无邪——正如约翰·斯坦贝克在其《飞行》中所讲述的那样。

这种随着岁月流逝而成长的故事通常被称为教育类小说。这类故事通常着重讲述故事主角的道德以及心理成长。在故事的一开始，你笔下的主角将很快经历如成人般的考验。她可能已经做好了准备，也可能是因生活环境所迫而不得不经受这样的考验。

海明威写了一系列短篇小说，收录在《尼克·亚当斯故事集》中，这些故事讲述的都是发生在这位来自密歇根州北部的男孩身上的故事。故事的主题都是关于成长的。在《印第安人营地》中，小男孩跟随当医生的父亲去为一个印第安人治病，而这个印第安人却自杀了，对这个小男孩来说，这是他人生中第一次直面死亡。对年幼的他来说，这样的人生经历和教训是他无法理解且难以接受的。这也向我们揭示了故事的主题：他还没有能力应付成人世界中的问题。在很多其他故事中，这位年轻的主人公都能很快地习得成长的经验教训。在公认的海明威最著名的一部小说《杀人者》中，上了年纪的尼克·亚当斯不得不在其一生中第一次勇敢地面对邪恶势力。

《杀人者》

《杀人者》可以被称得上是成长类故事的模板。就一个故事而言，它表面上看来通俗易懂（海明威的作品大多如此），然而其中却讲述了年轻人对其在成长过程中所经历的那些困难的理解以及从中所汲取的动力。

这个故事是从作为旁观者的尼克的角度出发进行讲述的，在故事发展过程中的大多数时候，尼克并不是故事主角。以观察者的角度来讲述故事是很常见的一种手法，因为他还很年轻，所以还不能理解或是做出能够影响故事发展的有意义的行为。

两位来自芝加哥的壮汉——艾尔和麦克斯，来到乡间小镇，意图杀死奥尔·安德森。身为拳击手的奥尔没有按照约定举办职业拳击赛，因而欺骗了他们。艾尔和麦克斯走进尼克工作的快餐店，尼克从自己与服务员乔治、黑人厨师山姆的聊天中得知了这两位职业杀手的意图之后，便决定尽力帮助奥尔。作为年纪轻轻的理想主义者，他想帮助奥尔改变自己的命运。他跑到奥尔的住处，将其所处的险境告诉了他，然而这位上了年纪的瑞典人已经厌倦了奔波，他准备好了迎接死亡的到来。尼克无法理解和接受奥尔所做的放弃自己生命的决定。他太过年轻，对生活也有着过于乐观的态度。在故事的结尾处，尼克驳斥了奥尔的生活态度，他坚持认为一个人无论付出怎样的代价，都要抵抗死亡的降临和邪恶势力的欺凌。

之前：故事情节发展的第一阶段

年轻人成长的过程在现实生活中需要历经很多年。你可以选取一个切入点，故事主角正在经历从易受外界影响的孩子成长为一个青年的过程。你可以挖掘故事主人公生活中的某一天发生的事情，也可以经年累月地对其进行描写。成长类故事的两部经典之作是狄更斯的《远大前程》和马克·吐温的《哈克贝利·费恩历险记》。我们跟随着皮普和哈克的脚步，经历了他们必须面对的那些苦难，我们陪伴着他们一起冒险，期待他们最终能够做出正确的选择。当他们真正做到了的时候，我们感到了合乎常理的那种满足感。

我们将首先描述故事主角在所有的事件发生之前处于怎样的生活状态。我们有必要知道他是谁、他的所想所为，这样我们便能够知晓在经历改变之前故事主角的道德以及心理状况。你笔下的人物可以表现出一些不甚令人满意的特征（孩子般的）。也许他缺乏责任心（爱好玩乐）、两面派、自私、天真——所有这些都是较为典型的个性特征，而这些特征都是那些还没有承担起成人所要肩负的责任或接受我们其他人多多少少都要遵守的道德和社会规则的人所具有的。

你所讲述的人物可以是招人喜欢的类型（譬如哈克和皮普），然而他们仍旧缺乏我们坚信成人所应具备的一些品质。读者在故事的一开始会选择原谅他们的这些缺点（毕竟，书中的主角还只是一个孩子），不过随着故事的发展，你会逐渐提升读者对他们所抱有的期待。你笔下的人物将会对生活中的磨炼做出反应，并且故事最终将得以完满。

在故事伊始，《杀人者》中的尼克并没有准备好去应对存在着职业杀手和奥尔这样的人的世界。他还没有机会接触到人性的黑暗面。在密歇根州的小镇上，他依然过着无忧无虑的生活。从任何角度来说他都是一个常人，事实也确实如此。然而此刻，外界的丑恶将要强行侵入属于他的安宁之地。

转瞬间……

导火索般的事件会让我们面临考验。你笔下的人物正无忧无虑地徜徉在童年的欢乐海洋中，某场意外的突然发生给了他迎头一击。这场意外可以是至亲的离世或婚姻破裂，或是突然被逐出家门等类似的事件。这个事件将足以引起故事主角的注意并真正地动摇他的信仰体系。如果孩子相信（孩子们确实会这样）自己的家人不会面临死亡的话，某件事情的发生却向他证明了事实并非如此。在这种情况下，这个孩子将不得不重新评价自己的信仰并且根据新事件的发生对其进行调整。在孩子们看来，这样一件事情是灾祸的预兆，尽管作为成人的我们只会将其视为正常的人生旅途中的一个经历罢了。

作为一位作家，你需要向我们证明你的写作技能——通过让我们感受到这个预示着灾难的事件对故事主角的心智所造成的影响。你应该让我们体会到主人公的感受。切记不要让你的读者做出如成人般的反应，因为这样会削弱你笔下人物所经历的情感的动荡程度。让我们回到年轻的时候，并且身临其境地感受那些扣人心弦的事件、唤醒那些深埋于心底的情感。你笔下的年轻人的形象必须令人信服。

作家们经常会犯这样的错误，即去写那些他们本人并不甚了解的人或事。尽管我们都曾经年轻过，然而我们中的一些人确实无法再现十年、二十年甚至五十年前我们的所感所想。如果你选择描述一位年轻人的话，你所写的他的所想所感必须是让人信服的。海明威在其故事中确实做到了这一点，斯坦贝克和狄更斯也都是这方面的高手。他们的作品引发了我们心灵上的共鸣。如果你没能成功地将我们带回孩提岁月，那么你所写的故事在情感上将会是缺乏吸引力的。

也有很多作家选择像成人扮演孩子那样进行写作，这也是错误的做法。你必须能够很好地理解孩子们的所思所感，而不是简单地认为他们什么都不懂。你应该找到文中人物的成熟和不成熟之间那个恰当的平衡点。在约翰·诺尔斯的《独自和解》以及杰罗姆·大卫·塞林格的《麦田里的守望者》中，故事主角均是一位成人和孩子的结合体。尽管他们的性格特征并非过于简单，然而他们终究还是让人信服自己还只是年轻人。如果对于你所想描写的人物，你并不具备敏锐的情感的话，请不要自欺欺人地相信你的作品将会具有说服力。

当尼克无意中听到职业杀手打算杀死奥尔·安德森的时候，他面临了考验。他理解不了为什么周围的人都不去拯救奥尔。他也无法理解乔治、山姆、麦克斯还有艾尔都对奥尔的悲惨命运无动于衷。他有两个选择：漠不关心（如乔治和山姆那样）或者努力去警告奥尔。

我不愿意：故事情节发展的第二阶段

成长的经验并非随手可得的。故事主角的脑海中也不会凭空产生某个想法。你笔下的主人公现在必须对导火索做出反应。通常情况下孩子们会选择拒绝接受这一事实，不管是真正意义上的还是象征性的——妈妈并没有死去；父母并不是真的要离婚；我并不是非要工作不可……拒绝是一种强烈的情感，它将使故事主角不能面对现实。而对他们来说，做出错误的事情便也再平常不过了。他们拒绝接受事实，也越来越让人觉得难以应付、无法预测其行为，他也有可能会颓废堕落。孩子们不喜欢被强迫去接受这个冰冷而又残酷的世界。与之相比，他们更喜欢相对而言温暖和充满安全感的童年。

然而，韩塞尔和葛雷特所面临的状况却大为不同：因为父母无力抚养他们，便将两人抛弃至丛林之中。他们所面临的是关乎生死的考验。童话故事大都简洁明了。尽管他们二人并不成熟，但却拥有能够活下去的本领（虽然他们孩子气地偷吃了女巫的姜饼屋，因而遭受了她的欺凌）。在篇幅较长并且更具现实主义色彩的故事中，抵抗的过程可能会更长。

当然，也有可能你笔下的主人公想要做出正确的选择，却不知道什么样的选择才是正确的。这就意味着考验和犯错。在此过程中，要分辨个中利害。这便是成长的过程——从年幼无知到富有经验的一段旅程。

尼克·亚当斯正好处在这样的情形之中。他选择做自己认为正确的事情，也想不出还会有别的选择。然而奥尔对死亡所持的态度却是他始料未及的（还包括所有成年人对命运逆来顺受的反应）。他拒绝接受他们宿命论的态度。

你故事中的主角通常必须在付出一定代价之后，才能汲取经验教训。这种代价可以是有形的事物，也可以是无形的存在。他也许会丧失自信心或自我价值感，也有可能会失去所有的物质财产。他的生活前途未卜，甚至时刻会让其身处险境，失去了从前的安全感。

故事情节的影响力可大可小，由你决定。它既可以是某一天得到的微不足道的教训，除了故事主角之外没有人意识到它的存在，但对主角来说却是至关重要的。当然，这些教训也可以是经年累月才获得的，而正是它们的出现才造就了一位具有稳定的社会地位并且成熟的个体。

对你而言，故事发展第二阶段的重点便是挑战故事主角的信念。让它们经受考验。它们是能够屹立不倒呢，还是会轰然倒塌？你笔下的主人公又是如何应对这些变迁的呢？这个故事主角，也许不同于我们所了解的任何人，他总是在经历改变。

结局：故事情节发展的第三阶段

最终，故事主角将会建立起新的信仰体系并且成功地经受住考验。在故事发展的第三阶段，故事的主人公会最终接受（或拒绝）这些改变。因为我们也都注意到了，类似主题的作品绝大多数都有一个积极向上的结局，所以你笔下的人物将会以一种有意义的方式接受自己已经成长为成年人的这种转变，而不是只做一些表面文章。

当然，人不可能一瞬间长大，这需要经历一定的过程，并在此过程中进行经验的累积。尼克看到了一个他自己一无所知的世界。在这个黑暗而又不祥的世界里，所有的事情都和他的所知所想迥然不同。与此同时，他也感受到了来自这个世界的力量。乔治和山姆选择了屈从，奥尔也是一样。年轻的尼克虽然不能理解他们的选择，但却深知自己的感受，那便是向这股力量发起挑战。故事由此向我们暗示尼克正在经历人生中的一个转折点——他决定与奥尔认为对之无能为力的势力进行战斗。他让世人见证了另外一种处世之道，当然这也改变了尼克本人以及他对这个世界的看法。

切记不要让所有的成长在某一刻集中发生。事情的发展规律不是这样的。小的事件中总是暗藏着关乎人生的大道理。不要训斥，也不要说教；让你笔下的人物经历一次次的华丽蜕变。作为读者，人们所关注的是故事主角是怎样处理某件事又是如何看待它在自己人生中的意义的。她从中学到了什么？她是否又向成长迈进了一步，还是拒绝了又一次成长？

不要试图让你的故事囊括所有的善与恶。要审慎地选准时机，让事件自然而然地发生。要在细微处寻找生命的真谛。请谨记于心：一件对成人来说微不足道的小事，在孩子看来却有可能是惊天动地的。你的解决之道便是：将自己定位在孩子的意识水平上，用个人多年前的眼光来看待世间万物。

备忘录

在你写作的时候，请谨记以下几点：

1. 创造一个没有人生目标或者目标还不甚明确的故事主角，让其经历成年人的那些考验。

2. 一定要让读者了解故事主角在导致转变的意外发生之前的所感所想。

3. 将故事主人公单纯的童年生活和不再受到保护的成年生活对立起来。

4. 侧重描述故事主角在道德和心理方面的成长。

5. 一旦设定好了故事主角的早期状态，那么制造一个事端让她关于这个世界运行方式的信念遭受挑战。

6. 你笔下的人物会选择拒绝改变还是接受呢？她会对此无所适从吗？她是否会拒绝从中汲取经验教训？对此她又做出了怎样的反应？

7. 展示人物经历变化的整个过程。这个过程应该是逐步而又缓慢的。

8. 确保你所创造的年轻人是令人信服的角色，在她没有准备好像成人一样处世之前，不要将成年人的价值观和感知加诸其身。

9. 不要让成长瞬间发生。成长过程中的小事件往往会带来深远的影响。

10. 汲取教训需要付出多大的情感代价，以及故事主角是如何应对的，这些都需要由你来决定。

20 经典情节 14：爱情故事

真爱之路从来都不可能一帆风顺。

——莎士比亚《仲夏夜之梦》

还记得我们在第二章中所讨论的“男孩遇到女孩”（或者是同一个故事在 20 世纪 90 年代的版本“女孩遇到男孩”）吗？因为我们知道故事发展的基础在于矛盾的存在，所以我们也知道单有“男孩遇到女孩”的故事情节是不够的，故事的脉络应该是这样的：“男孩遇到了女孩，但是……”，故事的关键便在于“但是”之后所发生的事情。这就是我们通常所说的阻碍恋人修成正果的那些羁绊。

在“不伦之恋”这类故事中，他们之间的爱情通常都触犯了某些世俗禁忌，例如《猜猜谁来吃晚餐》中的种族问题、中世纪爱情故事《乌加桑和尼可莱特》中的阶层问题、约翰·福特的《可惜她是个妓女》中的乱伦问题，以及另外一个伟大的中世纪浪漫爱情故事《王者之心》中的通奸问题。

在有些情况下，恋人之间的爱情并没有违背社会准则，只是现实情况不利于他们之间爱情的存在，而且周围的人们也不能容忍这样的爱情。不同于陷入不伦之恋中的男女主角，他们通常都要为自己的愚蠢行为付出代价，处于这种境况中的恋人们有正当的理由去捍卫他们的爱情，历经千辛万苦为之寻找一条出路。

他们所面临的障碍是多种多样的：困惑、误解以及通常情况下弄错了身份的愚蠢行为。莎士比亚的浪漫喜剧《无事生非》、《第十二夜》以及他的悲喜剧《辛白林》和《一报还一报》都属于这类爱情故事。简·奥斯汀的喜剧《傲慢与偏见》中男女主角的爱情也遭遇了类似的困境。在这部小说中，没有头脑却又爱争辩是非的母亲认为自己的使命便是为五个女儿分别找到如意郎君。

有时他们所面临的阻碍也许只是一场简单的骗局，例如R. A. 迪克的《幽灵与未亡人》（后来被改编成了电影和电视剧）中所讲述的故事。新近死了丈夫的缪尔夫人，买下了一处乡间小屋，然而已经去世了的好心的海军上校却在此阴魂不散。他们二人坠入了爱河，但这种结合是不合适的。不过，在故事的结尾处，他们找到了能够让彼此和谐相处的方式。尽管这个故事的电视剧版本是一出喜剧，原版的故事却并非如此，作为一部严肃的浪漫主义戏剧，故事的女主人公选择了她的追求者中的一位共结了连理，然而他们两个却都受到了被她鄙夷的那位恋人的鬼魂的骚扰。

有的故事让人极为痛苦、饱受折磨。这类故事的鼻祖便是由艾米莉·勃朗特所著的《呼啸山庄》。而夏洛蒂·勃朗特所创作的《简·爱》一书中的女主人公简在结婚当日发现自己的未婚夫竟已与一个疯子结了婚，这又会给她带来多大的创伤？

在文学作品中，爱情通常很难寻觅，即便人们找到了爱情，也很难维系它。一般说来，所谓的爱情故事通常都是有关痛苦挣扎的故事，因为总是会有某个人或某件事阻碍了恋人们的幸福之路。在不伦之恋中，他们遇到的羁绊是世俗，而在其他爱情故事中，他们所面临的阻碍可以是宇宙万物中的任何事物。在《大鼻子情圣》中，男主角希哈诺的鼻子大小成了爱情的阻碍；在罗恩·霍华德的《现代美人鱼》中，女主角的鱼鳍尺寸影响了他们的爱情——因为她是一条美人鱼。

在《俄耳甫斯和欧律狄刻》的爱情故事中，他们似乎从一开始就受到了命运的捉弄。俄耳甫斯是一位伟大的音乐家，不光丛林中的猛兽会出来倾听他的演奏，连山石树木也都为他的音乐而陶醉。

俄耳甫斯遇见了欧律狄刻，并且深深地爱上了她。他用音乐向她求爱，当然，音乐的魔力是难以抵挡的，他向她求婚，得到了她的应允。故事的开头很好。

他们结婚了。然而还没等他们建起自己的房子，一个牧羊人便意欲侵犯欧律狄刻。欧律狄刻奋起反抗（正如书中所述“她阻止了他的进一步侵犯”）。然而当欧律狄刻努力想从牧羊人身边逃开时，她却踩到了一条毒蛇，结果被咬死了。

爱情故事会到此结束吗？爱情主角之一的离世便让我们的爱情故事难以为继。（除了威廉·福克纳的《献给艾米莉的一朵玫瑰花》和罗伯特·布洛克的《惊魂记》。）

俄耳甫斯伤心欲绝。他终日郁郁寡欢，弹奏的那些哀伤的曲子令人心碎。他觉得没有了欧律狄刻，他的人生便失去了意义。那么，他会做出怎样的选择呢？他没有选择自杀。相反，他决定去阴间，将欧律狄刻亲自带回来。

如果能够成功地完成这件事情当然是令人欣喜的。我们都深深地喜欢这样的想法：将我们爱的人从死神那里救回来。然而，在我所知的故事中，没有人能做成这件事，包括骇人听闻的《购尸还魂》。

俄耳甫斯用音乐感染了阴间的守卫，得以来到地府。整个阴间被他的音乐所吸引。幽灵们在听到了他的歌唱之后甚至还落了泪。俄耳甫斯成功地来到了冥界之神面前。借助里拉琴的魔力，俄耳甫斯让他同意了将欧律狄刻放还人间。

不过冥界之神提出了一个条件：俄耳甫斯必须答应在迈出地府之门前不能回头看欧律狄刻一眼。

俄耳甫斯接受了这个条件。他们夫妇二人一起踏上了重返阳间的路途。他们经过了复仇女神的身旁，穿过了地狱之门，逃离了黑暗。尽管俄耳甫斯知道欧律狄刻就跟在他的身后，但是他仍然想亲眼看到她。和因好奇心很强而没有听从神谕的罗德之妻不同，俄耳甫斯抵制住了诱惑，一直到他自己踏入阳间为止。

然而他的转身太过急切了。欧律狄刻此时仍旧没有踏入阳光之中。当俄耳甫斯伸出双臂去拥抱她的时候，欧律狄刻只是用微弱的声音道了一声“再见”便消失了。

俄耳甫斯奋不顾身地想要跟随她重返阴间，然而地狱中的每个人都对他的意图甚是明了，没有人愿意第二次放他进去。

障碍至此变得更加难以逾越。

如果此前的俄耳甫斯只是不太快乐的话，现在的他则变得让人难以忍受了。他不得不独自回家，孤苦伶仃。他用忧郁的音乐折磨着每一个人，直至他们都难以忍受。一些漂亮的希腊女人想要努力让他忘记欧律狄刻，然而他却粗鲁地将她们赶跑。按照传统的希腊风俗，这些受到了斥责的女人砍掉了俄耳甫斯的脑袋，并将它丢弃到了河里，从而为自己报了仇。

在故事的一开始，我们便了解到了最基本的事实：俄耳甫斯和欧律狄刻彼此深深相爱。我们见证了他们对于彼此的爱情，而爱情也让他们浅尝了幸福的滋味。不过他们拥有的只是短暂的幸福。在婚礼蛋糕还没有变味之前，灾难便降临了。灾难可以是各种形式的：车祸、疾病、税务部门误认为她欠缴了大笔税款，或者是情报部门误认为他曾是第二次世界大战时纳粹死亡集中营的守卫。他们所面临的究竟是怎样的阻碍并不重要，重要的是这对恋人能否跨越障碍，从而到达幸福的终点。

第一次尝试冲破阻碍总是会经历失败。不要忘记“三次法则”。前两次尝试均以失败告终，而最后一次尝试才是关键所在。爱情的一方扮演主要角色（在这个故事中便是俄耳甫斯），他的行为推动了故事的发展。而爱情的另一方则充当落难者的角色（在此处指的是欧律狄刻），她只能被动地等待事情的发生。在有些情况下，落难的一方会积极地展开自救，不过她所做的努力与主角所做的相比总是次要的。故事中还可能有反面人物比如恶人的存在，他们为恋爱双方制造障碍。但是此后，正如俄耳甫斯所经历的那样，我们又一次被自己习惯称之为“命运”的东西夺走了幸福。

神话故事中所讲述的有关爱情的教训是所有爱情故事的基本要义：没有经过检验的爱情不能称之为真爱。爱情通常需要经过困境的考验。

由《俄耳甫斯和欧律狄刻》这个故事，我们不难联想到由C. S. 弗里斯特所创作的《非洲女王号》。故事中的主角在一开始并不是以恋人的关系出现的，相反，他们属于对立的双方。女方是传教士的妹妹；男方则是一位说着一口伦敦土话的胆小的工程师。他们乘坐一艘名为“非洲女王号”的汽艇顺流而下至维多利亚湖，意欲炸掉一艘德国护卫舰。然而在这段旅途中，不可能相爱的双方却恋爱了，通过被绞死前所提出的最后一个要求，他们在刑场上结为了夫妻。（是的，他们从此幸福地生活在了一起。）

很多爱情故事并没有完满的结局。乔治·艾略特（别名玛丽·安·伊万斯）的《亚当·贝德》讲述了故事主角亚当的爱情故事。他爱上了海蒂——一位漂亮但却浅薄的女人。但是海蒂却宁愿嫁给一个当地的年轻乡绅，也不想和中规中矩的亚当结婚。

这位乡绅勾引了海蒂（这是乡绅们一贯的做法），然后便抛弃了她。海蒂心灰意冷便同意与亚当结婚，但却意外发现自己怀孕了。她努力想找到那位乡绅，但却不知他去了何处。最后，海蒂因杀害自己的孩子而犯了罪。亚当娶了他一开始便应该与之结婚的那个女人——一位年轻的卫理会布道士。

这肯定不是一个圆满的结局。

似乎某部作品在文学殿堂中的等级越高，其主角的爱情故事就越为不幸。在一部戏剧中，爱情的主角之一往往会死去。然而如果只是一个喜剧故事，恋爱的双方总是能够在夕阳下携手奔向美好的明天。费德里戈·加西亚·洛尔卡所说的这句话是正确的：对于感受生活的人来说，生活就是一场悲剧；而对于思考生活的人来说，生活就是一出喜剧。

意大利的悲情歌剧确实能够催人泪下。在普契尼的《波西米亚人》中，鲁道夫爱上了咪咪，结果咪咪却死了。在威尔第的《茶花女》中，维奥利塔爱上了阿尔弗雷德，而维奥利塔却死了。这样的作品不胜枚举：《游吟诗人》、《里戈莱托》、《蝴蝶夫人》、《丑角》……意大利歌剧中死去的女人好像比黑死病造成的死亡人数还要多。

小小的浪漫

究竟什么可以成就一部爱情佳作？较之剧中人物的行为来说，人物本身更为关键。这也就解释了为什么我们说爱情类故事情节也是有关人物的一类情节。更为准确的一种说法应该是这样的：恋人间彼此强烈的吸引造就了成功的爱情故事。你可以创造一个充满转折和各种小把戏的故事情节，但如果其中的人物缺乏说服力，那么你的作品无疑会遭受惨痛的失败。我们都知道恋人间的吸引力是什么，然而却很少有人知道该怎么让其发生。恋人间的吸引力指的是他们对彼此的特殊情感能够让对方从芸芸众生中脱颖而出。在多数情况下，浪漫是平淡无奇的：在程式化的爱情故事里，讲述的多是关于一对以最为普遍的方式追逐心中梦想的普通男女相遇的故事。这也并不是说如此这般的故事情节难以引起一定的反响。不过，创作和推销浪漫小说确实不是常人能够驾驭的。这类故事情节的特殊性使得某些出版商会坚持被他们委婉地称为“注意事项”的一些条条框框。出版商为作家们制订了严格的写作规范，如果这正好是你的目标市场，你需要首先了解这些规则。但是你肯定会发现自己受到了极大的限制。你笔下的人物必须符合某种类型才能达到要求。

出版商们自然有他们之所以这么做的理由。他们每年获得的数百万美元的销售额足以合理解释他们的做法，至少从经济角度来说他们的做法是明智的。他们知道怎样的故事会畅销，还有可能知道它们之所以能够大卖的原因。这和童话故事深受孩子们的喜欢是同一个道理。

童话故事的主角，如果你还记得的话，也有其特定的类型。年幼的男孩和女孩结伴到黑暗的丛林中探险，就像每个普通的孩子一样。即使他们有各自的名字，这些名字也大多是像“迪克”或“简”之类的普通名字。他们身上从来没有一些类似文身或伤疤一样的特殊印记或拥有某种性格特征，他们确实只是普通人而已。他们的家乡也并非位于布法罗、比洛克西或者博兹曼之类的地方；他们也只是来自某个王国或是某片丛林罢了。我们往往用他们父母的谋生之道来为其命名，他们从来不曾拥有过属于他们自己的名字（总是“樵夫、渔夫以及农夫和他的妻子”）。

孩子会深深地同情童话故事里的人物。他总是把自己想象成那位贫穷、受到欺凌的不幸孩子，当故事中的小男孩能够到外面去杀死巨人（成年人）或用自己的聪明智慧、洞察力以及诚信闯出一条生路的时候，身为小读者的他们能够从中汲取力量。如果小汉斯拥有这样的社会背景：他的爸爸是缅因州的一位股票经纪人，妈妈是一位药剂师，而他的姐姐正在作为一名十项全能运动员参加集训，我们便不会对这样的一个角色报以同情。读者对故事角色了解得越多，这个角色便越会脱离读者的生活。让读者能够感同身受对于童话故事来说是至关重要的（必须能够引起年轻读者的关注），因此这类故事必须符合普通孩子的心智和想象力。

对于浪漫爱情故事来说也是如此。如果作为一名作家，你想让所有的读者都喜欢你的故事，那么你所创作的人物类型必须能够让他们感同身受，并且能够在角色身上看到自己的影子。比如说，你的故事主角并没有清晰的外貌特征，读者们可以根据自己的需要来臆想。

文学（高雅的）却并不会去迎合这个人群的需要。如果你不想写普通人的爱情故事，而打算写两个（或更多）特殊角色的浪漫爱情，你则必须深入挖掘人们的心理以及了解爱情的真谛。爱情故事的梗概大多是这样的：爱情受阻；重获爱情或痛失所爱。尽管结构简单，但却难以将其展开。这主要取决于你是否拥有能够构思出两个或悲或喜的非凡角色的能力。

在广受欢迎但却肤浅的爱情故事和不甚流行但却经久不衰的爱情故事之间存在着极大的差异，埃里奇·西格尔的《爱情故事》和艾略特的《亚当·贝德》、托马斯·哈代的《无名的裘德》分别是双方的典型代表。这三个故事均属于爱情悲剧：他们的主题都关乎逝去的爱情。然而尽管《爱情故事》讲述的只是一对来自新英格兰常青藤学校的具有雅皮士风格的年轻男女爱情受阻的故事，却在当时大获成功，根据该故事改编的电影也收获了惊人的票房。（故事的女主角生病去世了。）在挖掘人物内心以及审视人物灵魂方面，这个故事中的人物远远逊色于艾略特和哈代笔下的角色。

但是我们必须正视这个问题。大众对于童话般的（完满的）故事结局怀有极大的期待。你也已经知道了读者拒绝接受萧伯纳为卖花女所设计的悲惨结局这件事。而根据该故事改编、迎合大众需求拥有了完满结局的电影《窈窕淑女》却斩获了奥斯卡最佳影片的殊荣。鲁德亚德·吉卜林的《消失的光芒》讲述了迪克与梅奇之间的爱情。肤浅并且感情迟钝的梅奇，在迪克快要失明但却打算用生命的最后时光来创作自己的代表画作（名为《忧郁》）时，残忍地拒绝了他。伤心欲绝之下，迪克结束了自己的生命。故事以悲剧而告终。然而喜爱吉卜林作品（其疯狂程度犹如他们喜欢狄更斯的作品一般）的读者对此结局却并不买账。不堪如此压力，吉卜林只好选择在改版前重写了该故事的结局。好莱坞要求电影必须根据社会需要拥有一个完满的结局（参阅罗伯特·奥特曼在《大玩家》中对于完满结局进行的尖刻的讽刺）。

托马斯·哈代不曾承受过这样的压力。即使他背负了压力，也不会受其摆布。《无名的裘德》是哈代的封笔之作，这部作品极尽黑暗与残忍。爱所具有的拯救或疗伤功能在这个故事中根本没有涉及。它讲述的就是一场爱情悲剧。从始至终，整个故事充斥着令人沮丧的气氛。喜欢积极乐观、蓬勃向上并且笃信“美好爱情”的读者恐怕根本看不完前十页便会将这本书放弃。然而，对于那些有兴趣研究肉欲和感情冲突的读者来说，裘德的生活会是很好的范例。但是，你需要谨记的是：很多读者并没有兴趣去细致入微地审视爱情，尤其是没有完美结局的爱情故事。他们期待爱情故事都能有一个完满的结局。而对于出版商或者电影制片人来说，只要能够为他们创造经济效益，他们便愿意去迎合这种需求。

请不要误会我的观点，这两类故事在市场上其实都有一席之地，它们分别迎合特定的需求。不过问题是：你打算写哪种爱情故事呢？

绵绵细雨，小猫相伴，壁炉旁的男欢女爱

如果你决定创作爱情故事，那么你已经略微处于劣势了，因为这类故事在人类文学史的长河中已经存在了五千年之久。成千上万的作家都曾写过有关爱情的故事，现在你也想从中分一杯羹吗？这其中竞争的激烈程度能够让任何人为之退却。关于爱情这个话题，你认为自己又能写出怎样的新意呢？

你必须要杜绝这样的态度。因为不只是爱情这个话题，任何你想

要写的主题都可能存在这样的情况。不过，对于爱情故事来说，如果我们不按照那套老旧乏味且过气的路数来写的话，我们将会很难动笔。请记住：你说话的内容远不及你的说话方式重要。毫无疑问，该说的话都已经被其他作家们说过了。然而相同内容却有无穷无尽的表达方式。和几千年前的巴比伦人一样，我们也对爱情的神秘充满了好奇。

但是你必须理解在表达情感和感伤主义之间的巨大差异。它们都有用武之地。对浪漫主义小说来说，它们依靠感伤主义。而对于竭力想要别具一格的爱情故事来说，真挚的情感则是其存在的基础。

它们之间存在着怎样的区别呢？

两者之间的差异即真实情感和已经储备好的情感之间的对立。一部真挚的作品（有关真情实感的作品）能够自发地将感情作用于读者，而感伤主义类作品则需要借助读者的个人情感储备。感伤主义者仅仅是借助已经存在的且饱含深厚感情的人物角色和事件，而并非通过塑造角色和构思事件来激发别样的感情。

埃德加·盖斯特是感伤主义者的代表。他曾一度被称为“美国最受欢迎的诗人”之一（这也证明了感伤主义确实拥有庞大的市场份额）。虽然他的诗歌《苏生了个小宝贝》在美国文学史上并不算是里程碑式的作品，但是这首诗在感伤主义文学中却是一流的。它的主题是母性。

> 苏生了个小宝贝，
> 就像她妈妈生下她时一样；
> 她看起来更加漂亮了，
> 神情也更加安定平和了。
> 短短的几天她已经和先前判若两人了，
> 而她的脸上也开始展现出慈母的笑容。
> 她的声音更甜美了，

她说话就像鸟儿在歌唱。

她仍然是苏，却和从前不一样了，

她因为孩子的出现而变了。

感伤主义类作品是围绕主题来展开故事的，也就是说，你只是讲述了有关爱的话题，而不是通过创作出一个反映了作者和主题之间的独特关系的故事，来激发真实的情感。剖析一下盖斯特的这首诗，你便能够理解我在此处所说的话了。

“苏生了个小宝贝”，好吧，这句话为我们交代了一丁点的背景。我们对苏这个人一无所知（她是谁，她住在哪里，她对这整件事情的看法如何），但是我们了解到（我们猜测）她刚刚生了一个小宝贝。因为我们对苏以及她的生活环境了解得很少，我们必须从自己的角度出发来揣测她的感想，所以我们便依赖于自己的情感。初为人母是一件美妙的事情，所以苏应该是欣喜的，对吧？

“就像她妈妈生下她时一样”这句话究竟是什么意思？我们无从得知，因为作者言语模糊，所以我们只能靠自己推测。再一次借助我们的个人经历和对于母性主题的认识，我们猜测苏的妈妈在生苏的时候应该像苏生了自己的小宝贝时一样开心吧。是这样吗？

“她看起来更加漂亮了，神情也更加安定平和了”，她的脸与何物相比更加漂亮了？我依旧对“更加安定平和”没有什么概念。难道苏以前总是会和摩托车手们一起东奔西走四处游荡吗？

感伤主义所依赖的正是读者自己的亲身经历而非作家创作出来的故事经过。你用自己的想法填补了其中的情感空白，并将这样的感情铭记于心。在这里，做出努力的是读者自己而非作家。如果你逐字逐句地读一下盖斯特的这首诗，你会发现对于初为人母这件事，他根本没有提到任何具体的事情。他只是把陈词滥调逐句累积，然后让读者通过翻寻自己的记忆来进行理解。在这首诗中，作者并没有为我们介绍具体的人和具体的情境。

真实的情感则源于故事的场景。通过运用真实的情感，你能够描绘出具体的人物和背景。基于此，真实的情感便具有一定的客观性，因为它源于具体的事物（人、地点和物品）而非固化的情感。如果你想从事爱情故事的创作，必须先考虑好自己的选择：你是愿意成为感伤主义作家呢？（在特定类型如音乐剧和浪漫主义小说的创作中，有其不可撼动的地位。）还是愿意创造出一个真实的存在？这个世界里流淌着真实的感情，不需要读者依靠自己的揣测来加以判断。

斯蒂芬·斯彭德写了一首名为《致我的女儿》的简短诗歌。这首诗讲述了他和女儿一起散步的事情。这首诗特别简练（只有短短五行），但其中却包含了丰富的情感。他的女儿用自己的小手握紧他的手指，而叙述者知道尽管此刻他们能够在一起散步，但是将来的某一天他还是会失去她的。因此他特别珍惜这个时刻。诗歌中的人物意识到他将会永远记住女儿紧握他的手指的感觉。她小小的手就像是一枚戒指一样环绕在他的手指上。而这枚戒指则是维系父女之间永远的感情纽带的象征。

你能够说出这两首诗之间存在的不同吗？我们能够看到并且感受到斯彭德笔下的两个人物的存在。我们看到父女二人一起走在路上，我们能够领会这个男人对自己女儿所怀的情感，既拥有她但又将失去她。戒指（物品）在此处是一种象征，更像是父亲和女儿之间的一枚婚戒。斯彭德通过五行诗句向我们传达出的情感比盖斯特用十行诗句表达的还要震撼人心。盖斯特主要是借助了我们对母性已有的情感，而斯彭德却向我们展示了一段时光和其中丰富的情感。

我们只有在情感被激发出来的时候才会如此精神焕发。想要通过写作的手法来激发情感并不容易。然而如果我们选择通过伪造这些情感来走一条捷径，即通过夸大对情感进行塑造，那么我们便犯下了故作感伤的错误。所谓的感伤主义手法，即通过夸大现实情境能够引发的情感来达到感人的目的。

我不想过度地批判这种感伤主义的做法，因为它毕竟还有自己的一席之地。我们中的大多数人也会时不时地喜欢一部感伤主义的书或是影片。关键是要了解真实的情感和感伤主义之间的区别，并且能够根据情境在二者之间做出正确的选择。如果你正在努力创作一部标准程式化的浪漫小说，读者们将会期待你能在某种程度上表现得倾向于感伤主义。如果你想努力成为一位至真至诚的作家，你的作品中的情感应该符合角色的行为，一定要杜绝过分渲染情感的做法。换句话说，不要谈论爱情，要将其展现给读者看。

爱之深则恨之切

因为我们中的多数人花了大半辈子来寻觅和幻想爱情，因此我们完全忘记了爱情的两面性：如意的一面（坠入爱河）和不如意的一面（失恋）。

通常会有一千篇故事是关于恋人坠入爱河的，而只有一篇是关于恋人伤心分手的。因为显而易见的原因，失恋的情节在爱情故事中不怎么受读者欢迎。然而类似的故事情节却也曾为我们带来了极富戏剧性的作品。据我猜想，乐观主义者肯定在幻想他们日后再续前缘的可能性；而悲观主义者则已经开始为他们的不幸经历感到神伤。当然，一时的失恋并不代表王子和公主以后再也无法幸福地生活了，他们还是有机会的，在有些时候。

失恋的情节也是关乎人物刻画的情节，只不过它展现的是一段关系的结束而非开始罢了。你创作的故事能否取得成功，主要取决于读者对故事中的角色以及他们的经历的理解。在故事的结尾，将会产生危机，而这场危机往往以下列某种常见的形式而告终：无休止的冲突、离婚或者死亡。

我可以向你推荐三个让人极为诧异（并且压抑）的此类故事的

范本。第一个便是奥古斯特·斯特林堡的《死亡之舞》。它主要讲述了夫妻间的爱恨情仇。爱丽丝如同囚犯般被她专横暴虐的丈夫埃德加管制了二十五年。在故事一开始，埃德加便已病入膏肓了，然而他仍然想继续控制他的妻子。夫妻二人一直到临死前还在明争暗斗。

爱德华·阿尔比所著的《灵欲春宵》中的主角乔治和玛莎也是如此（这个故事受到了斯特林堡戏剧的影响）。最后我要为你推荐的是乔治·西默农的《猫》（依据其改编的电影由让·迦本和西蒙·西涅莱主演），这部作品主要从人物心理的角度来讲述失恋故事。

在《猫》这部作品中，埃米尔和玛格丽特在小说一开始便对彼此怀有仇恨。除此之外，他们再无任何交集，他们不同吃不同睡，甚至彼此也不交谈。通过精湛的写作技巧，西默农向我们讲述了他们是如何相识、相知、相爱，以及两人的关系又是如何慢慢地演变成无尽的悲伤的。

这类作品的情感重心在于对爱恨两种感情的描写，而不单单局限于爱情。这也正是爱情令人不安的一面。但现实生活就是如此，既有暴风骤雨，又有艳阳高照。

爱情故事的框架

在讲述其他故事情节的时候，我列出了常用的故事情节发展的几个阶段。但是对爱情故事来说，主要的剧情发展阶段则取决于你计划运用的剧情的本质。你必须据此做出适当调整。

然而这个故事情节却是例外：两位恋人在故事的开始坠入爱河，之后由于境遇所迫而分开。在这样的剧情中，故事发展的三个阶段如下：

（1）恋人相遇。两位主角现身并且开始了他们的爱情。故事发展的第一阶段主要讲述他们之间关系的建立过程。在第一阶段临近尾声的时候，他们彼此深深相爱并且已经以某种形式定了终身（结婚、订婚或是交换了某种定情信物）。在第一阶段的结尾处，意外的发生将恋人们分开了（例如欧律狄刻的意外之死）。也许是反面人物的行为带来了这样的结果。（她被绑架了；父母让他随他们一起搬家至辛辛那提；她的前夫不能接受她和别的男人双宿双飞的事实。）恋人们也可能会因为境况或命运所迫而分开。（他必须启程去参加战争；她得了脑瘤；他因滑雪时出了事故而致残。）不管究竟发生了什么意外，恋人们通常在第一阶段的结尾处会被迫分开。

（2）恋人分离。在故事发展的第二阶段中，至少有一方会努力去寻找、拯救或是尽力和另外一方重新结合。大多数情况下，故事的重点在于：其中一方竭尽全力去挽回他们的爱情，而另外一方则耐心地等待恋人的出现，或是强烈地反对他为之付出努力。举例来说，杰克因为出了滑雪事故而成了残疾人，医生说他永远都不可能再走路了，极度沮丧之下，杰克告诉杰奎琳他要离婚，从而给她机会去寻找一位“真正的男人”（你肯定理解这样的话语）。然而杰奎琳却深爱着杰克，因此她不愿意弃他而去，而让他在自怨自艾中颓废下去。因此杰奎琳开始为杰克战斗，一直等到这个男人心情平复并开始为他自己战斗为止。

但是救赎之路并不平坦。他们总会遭受挫折。而这些挫折恰好就是第二阶段的中心。前进了一步，却又后退了两步。故事主角，也就是那位采取了行动的恋人，可能还不得不与反面人物（如果存在的话）进行一场争斗。而且，在短期内，故事的主角并不会取得较大的胜利。

（3）恋人再续前缘。在故事发展到第三个阶段的时候，一直在进行斗争的这位恋人已然找到了一条克服所有障碍的途径。在多数故事中，显而易见的办法总是行不通的。机遇总是会留给那些付出了努力的人，一直在为挽回爱情努力的恋人最终找到了打败反面人物或阻碍势力（疾病、伤痛等）的方法。所有这一切的最终结果则是恋人得以再续前缘，重新燃起他们在一开始对彼此的爱恋之情。

经受住了考验的爱情变得更加伟大了，而恋人们也被更为紧密的纽带联系在了一起。

备忘录

在你写作的时候，请谨记以下几点：

1. 爱情的道路上总会有大的阻碍。故事中的主角可能想拥有爱情，然而出于各种原因，他们不能成为恋人，至少短期内不大可能。

2. 恋人们之间总会存在某种不和谐。他们可能出身不同（选美皇后和书呆子，蒙太古家族的罗密欧和凯普莱特家族的朱丽叶），或者外形上不般配（其中一方是盲人或者跛脚）。

3. 第一次突破障碍的尝试总会遭遇失败。成功来之不易。爱情必须通过付出和至死不渝才能得以证明。

4. 正如一位善于观察的人所言，爱情的双方扮演不同的角色：其中一方会嘟起嘴巴，而另一方则只负责提供脸颊。也就是说，恋爱的双方中，总有一方需要采取主动。主动的一方扮演追求者的角色，同时也是多数行为动作的发起者。而被动的一方（尽管也极度渴望爱情）却依然等待着较为主动的那一方冲破阻碍。双方角色不受性别的局限。

5. 爱情故事的结局并不一定是完满的。如果你要给一段显然不相配的爱情强加一个完满结局的话，你的读者是不会买账的。尽管好莱坞喜欢幸福大结局，但是世上最好的爱情故事中有那么几部（《安娜·卡列尼娜》、《包法利夫人》以及《爱洛绮思和阿贝拉》）却也是催人泪下的。

备忘录

6. 将重心放在主要角色的构思上，一定要确保其能够招人喜欢并且令人信服。避免使用那些一成不变的人物特征。你所创作的角色以及他们所处的场景都应是独特而有趣的，因为爱情作为主题已经被作家们无数次地运用在自己的创作中，不过这也并不是说我们再也不可能写出好的爱情故事了。你需要发自内心地感受角色的灵魂，如果你自己都做不到的话，就更不要奢望你的读者能够这样做了。

7. 情感是爱情故事的重要组成部分。你的故事不仅要令人信服，其中还要涵盖多种情感纷争：恐惧、厌恶、吸引、失望、重新接纳以及功德圆满等。爱与多种感情紧密相连，你要时刻准备着在情节需要的时候能够将其在故事中展开。

8. 了解情感和感伤主义在你的故事中所要扮演的角色，并且能够根据剧情做出恰当的选择。如果你正在写一部程式化的浪漫主义小说，你可能需要一些感伤主义的技巧。如果你想创作一部别具一格的爱情故事，那么你需要杜绝感伤主义，而要依靠角色内心的真情实感。

9. 一定要让你笔下的恋人们经历爱情中最为严酷的考验。确保他们经受住了考验（以独自和携手的形式）并最终收获了自己追寻的爱情。爱需要争取，它不是一份可以随意赠予的礼物。没有经历过考验的爱情不能被称为真爱。

21 经典情节 15：不伦之恋

> 爱情不是靠眼睛来观察，而是要用心去感受的。因此爱神丘比特才会看不见。
>
> ——莎士比亚《仲夏夜之梦》

乔叟早在莎士比亚之前就曾说过“爱情是盲目的”，从古至今这样的话题也无数次地被人们提起。我们深信爱情具有能够克服一切阻碍的力量。它是人类情感的至高成就。在完美世界里，人们拥有唯一的情感，那便是爱情。我们摒弃了所有把人类桎梏在世俗世界里的卑劣情感。爱情是一种超然于世的情感，所以我们才会穷尽一生来追寻。

在充满浪漫的想象中，我们相信爱情是无限的。我们也曾无数次地见证爱情的神奇：它将貌似不般配的两个人结合在了一起，它创造了爱情的奇迹。我们也知晓它拥有宽慰和疗伤的魔力。爱情的力量是人类的任何其他能力所不能比拟的。

然而，我们却经常会被世俗利益所束缚。作为一群不完美的生物，我们却渴望能够生活在充满爱的完美世界里。与此同时，我们在混沌度日的过程中忍受自身缺点的折磨，觊觎发财的良机。

在现实生活里，我们已经为爱情制定了一系列的规则。尽管内心深处我们认为爱情不应该受到任何限制，但我们却每天都在学习拥有完美爱情的条件，并乐此不疲地将其世代传承。我们定义爱情并对其做出评判。婚姻需要门当户对；结婚双方要有共同的信仰，异族之间不能通婚；不能爱上来自其他社会阶层的人，或是已婚人士，或是那些对你而言过于年长或年轻的人。社会对我们提出了这些要求，而我们中的大多数人也都遵守这些规范。然而爱情的力量，甚至只是相恋的想法，都足以让人逾越底线，开始一段不伦之恋。鉴于文学故事所扮演的反映社会良知的角色，大量的故事通过展现逾越底线所受的惩罚，对我们进行了告诫。偶尔也会有一篇故事公然触犯社会禁忌，向我们讲述爱情所拥有的反对世俗眼光的力量。爱情有时也可以在夹缝中开花结果。

《罗密欧与朱丽叶》的第一个版本出现在 1476 年，比莎士比亚的同名戏剧早了一百多年。事实上，莎士比亚的版本已经是这个故事的第四个版本了，当然也绝对不是最后一版。古诺将这个故事用歌剧的形式展现在世人面前，而让·阿努伊则写出了这个故事的残酷现实版本，取名为《罗密欧与珍妮特》。该故事之所以能对我们造成如此大的影响，使我们对其进行数次再创作，主要是因为故事的男女主角触犯违抗世代为仇的两个家族的禁忌，即蒙太古家族和凯普莱特家族的成员老死不相往来。尽管他们之间拥有真正的爱情，然而他们的爱情悲剧也是真实存在的。

《艾洛伊斯和亚伯拉德》这一爱情故事也是如此悲情。亚伯拉德，一位法国哲学家和神学家，爱上并且引诱了自己的学生艾洛伊斯。她未婚先孕并且产下了一名男婴。之后，因为亚伯拉德不愿意将他们的婚姻公之于众，所以二人便选择了秘密结婚。然而艾洛伊斯的叔叔，身为巴黎圣母院的一名修道士，在得知他们二人不正当的关系之后，偷偷找人将亚伯拉德阉割了。

世人对于那些长相极其丑陋并且怪异的人总是感到不自在。我们往往会假装他们并不存在于世，并且拒绝承认他们也拥有和我们常人一样的感情和欲望。

维克多·雨果创作出了卡西莫多这个人物——《巴黎圣母院》里的驼背敲钟人。我怀疑在所有的文学作品中没有人比他长得更丑陋了。（他的一只眼上长了个大肿瘤，他的牙齿如象牙般突露在下嘴唇外面，他的眉毛如红色的短鬃毛，而他硕大的鼻子则如一只猪鼻子般遮住了他的上嘴唇。）然而卡西莫多却拥有最为善良美好的内心。

他深深地爱上了一位名为爱斯梅拉达的吉卜赛舞女，而对于身为钟楼怪人的他来说，爱斯梅拉达显然是高不可攀的。然而他将自己变身为爱斯梅拉达的守护神，帮助她一起对抗来自巴黎圣母院那位道貌岸然的副主教的威逼利诱。当爱斯梅拉达拒绝满足副主教的性欲要求时，他诋毁爱斯梅拉达，说她懂得巫术。如同大多数不可能成真的爱情愿望一样，这部小说也以悲剧而告终：卡西莫多和爱斯梅拉达的爱情只真实地存在于他的内心和想象中。不过，卡西莫多最终还是杀死了副主教，为爱斯梅拉达报了仇。

通奸

不伦之恋中最为常见的故事类型便是通奸。现代文学中有关这个主题的经典作品主要有：纳撒尼尔·霍桑的《红字》、列夫·托尔斯泰的《安娜·卡列尼娜》以及居斯塔夫·福楼拜的《包法利夫人》。尽管这些小说都是男性作家以偷情的女人为主要角色所写的小说，然而这并不妨碍它们位列一流作品。

《包法利夫人》讲述的是一个女人因为嫁给了一个根本不懂浪漫的丈夫，从而深感上当受骗的故事。她觉得自己所拥有的爱情根本不像她曾经读到过的那般绚丽多彩，所以她决定到外面的世界中，靠自己的能力去寻找真爱。爱玛·包法利因为内心的多愁善感而饱受折磨，她认为外面的世界（事实上，也就是她所在的名为诺曼的小小村庄外面）正在热情地等待着她，就像小丑哈勒奎恩的浪漫世界一样丰富多彩。

然而她却发现外面的世界根本不同于她所想象的。和陌生人之间的情爱完全不是她所期待的样子。在故事的结尾处，爱玛·包法利喝下毒药，痛苦地离开了人世。

安娜·卡列尼娜并不比包法利夫人幸运。虽然不像后者那样无知、崇拜明星，但是她却因为爱上了一位年轻帅气的军官，冲动之下，抛弃自己的丈夫和孩子与那位军官私奔了。最后，她的爱人却选择和战友们一起去海外参加战争，弃她而去。极度郁闷之下，安娜选择撞上疾驰的火车，结束了自己的生命。（托尔斯泰关于《安娜·卡列尼娜》的创作灵感，来源于他亲眼目睹了一位以相同方式自杀的女人的尸体。）

《红字》中的海斯特·白兰，在故事的一开始便被 17 世纪波士顿那极为严苛的社会教条定为犯了通奸罪的女人。她被迫穿上胸前绣有红色字母“A”的衣服，以让别人知晓她的身份和所犯下的罪行。更为糟糕的是，她还怀孕并生下了一个孩子，取名为珠儿。

一群道貌岸然、亵渎神灵的波士顿教士们，执意要找出海斯特的通奸对象，然而她却拒绝将那个人的名字告诉他们。海斯特的丈夫结束了海外的长途旅行回到这里，他乔装打扮，意欲向与他妻子通奸的那个男人实施报复。他的怀疑对象是一位名叫亚瑟·丁梅斯代尔的享有声望的年轻牧师。他与丁梅斯代尔结识，想尽办法让其承认自己所犯下的罪行。最后，海斯特和丁梅斯代尔决定带着他们的孩子逃走，但却不幸被抓。在小说的最后一幕，丁梅斯代尔和海斯特以及珠儿一起登上了绞刑台，并且在自己的胸前也绣上了红字。他虽然从海斯特丈夫近乎邪恶的复仇行动中逃脱，最终却死在了爱人的怀里。不伦之恋再次以悲剧而告终。

通奸类故事情节中的人物三角关系通常包括：妻子、丈夫和情人。19世纪严苛的道德教条绝对不会允许任何通奸性质的爱情拥有完满的结局。同时，因为罪恶所要遭到的报应便是死亡，所以爱玛·包法利、安娜·卡列尼娜和亚瑟·丁梅斯代尔在故事中都难以逃脱死亡的结局。在包法利和卡列尼娜的故事中，她们最终发现自己一直追寻的爱情只是一个谎言罢了。然而在海斯特·白兰的故事里，虽然二人拥有真爱，却仍然为此付出饱受羞辱和死亡的代价。

通奸类故事的情节并不是一直以来都这么严肃。在这个话题被我们如此严肃地对待之前，它通常是以一种嬉戏笑骂的风格出现在文学创作中的。比如用法语所写的《小故事集》（12世纪至14世纪之间所写的简短并且诙谐的故事）以及英国都铎王朝时期有关那位戴绿帽子的丈夫的戏剧。杰弗里·乔叟的《坎特伯雷故事集》中那篇《磨坊主的故事》便是一个很好的范例。这个故事读起来更像是马克思兄弟的剧本而非曲高和寡的文学作品。（艾莉森，一位上了年纪的蠢人所娶的年轻妻子，尽管对当地牧师的关注嗤之以鼻，却对住在本地小旅馆的一位年轻人心生爱慕。）如果你现在想写一篇这样的故事，肯定会收到来自教会、妇女团体以及所有那些社会改革者们的表达他们愤慨之情的信件。因为在他们看来，创作这样的下流故事不仅格调极其低下，而且会鼓励不道德行为的广泛传播。下流？是的，确实是。然而，它在我们的文学史上却也曾占据着重要的地位。如今世人也依然赞赏杰弗里·乔叟、乔万尼·薄伽丘、本·琼森以及莎士比亚笔下的那些格调不高的幽默。

故事中犯下通奸罪行的往往是故事的主角。而遭受了背叛的伴侣大多充当反面人物的角色，并且通常会对此展开复仇行动。故事情节也可以轻易地进行转换：通奸的人会杀死或意图杀死自己的伴侣，从而变成了杀人犯。《邮差总按两次铃》的故事情节便是如此。还有法国电影《恶魔》中的那位妻子，和自己丈夫的情人合谋，意欲杀死自己的丈夫。在大多数情况下，预谋杀死伴侣的行为都是为了能够获取和情人喜结连理的自由（尽管电影《恶魔》中，谋杀的目的只是为了摆脱那位让人难以继续忍受的爱人。）

乱伦

此外，更为畸形的不伦之恋便是乱伦。我们对此类社会禁忌仍然深感不自在，我怀疑几乎所有的喜剧都不会轻易涉及类似主题。乱伦是自然界最让人难以承受和最骇人听闻的对于禁忌的触犯。可怜的俄狄浦斯，猜谜高手，最终和自己的母亲结了婚。在得知真相之后，他深感恐惧，便挖出了自己的双眼。

尽管这类话题我们通常很少谈及，不过一直以来，它都被视为一种变态的行为。即使我们能够原谅安娜·卡列尼娜和爱玛·包法利所犯下的罪行，我们却不可能原谅不伦之恋，不管他们之间是否存在真爱。在威廉·福克纳的《喧哗与骚动》中，主角之一的昆廷是一位喜怒无常并且忧郁的男孩，他唯一深爱的人竟是自己的妹妹凯蒂丝，而凯蒂丝竟然也对他的爱情给予了回应。

同性之恋

同性之恋通常都被人们视为不伦之恋。在基督教出现之前，同性恋并没有被认为是一种离经叛道的行为。然而因为《圣经》中对于同性恋情的告诫以及清教徒式的信念日渐流行，我们变得不如从前那么宽容了。我们的文学作品也通过创作同性之间的悲剧爱情来展现人们的这种不宽容行为。关于这个话题，托马斯·曼的《魂断威尼斯》便是很好的例证。年长的故事主角奥森巴赫爱上了只有十四岁的小男孩塔奇奥。故事开始正值一场霍乱爆发，深爱着塔奇奥的奥森巴赫不愿意离开这座城市，最终因感染了霍乱而不治身亡。

同性之恋和霍乱以及死亡之间的关联向我们暗示了故事角色之间的关系。奥森巴赫对于塔奇奥所怀有的不合常规的爱情直接导致了他的死亡。托马斯·曼的故事中包含了显而易见的地狱的象征，例如被运送过了死亡之河。而这也恰恰更加说明了他们之间的关系的结局。

忘年之恋

关于这个话题，我将不再使用那些已经有了一定的年头，同时还深受社会传统道德观念影响的故事来进行讲述。我打算深入探讨一篇较为现代并且摆脱了其他故事惯常做法的故事。

《哈洛与慕德》的作者是柯林·希金斯。这个故事的男主角是一位名为哈洛的二十岁男孩。他对死亡很有兴趣，喜欢通过伪装自杀现场来吓唬自己的母亲，还喜欢去参加陌生人的葬礼。在一次参加葬礼的过程中，他遇到了一位已七十九岁高龄的女士，她就是慕德。哈洛被她身上所散发出的活力以及她的智慧所深深吸引。他去慕德的住所（一节老旧的火车车厢）拜访她，也就是在这里，慕德引领哈洛了解了人生和爱情的意义。她让哈洛了解了多种多样的乐趣（学习瑜伽、弹奏班卓、喝燕麦茶以及吃姜饼等）。慕德生性自由，她讨厌墨守成规，并且难以忍受这个压制了人性的社会。

哈洛被慕德深深吸引，并且在学习积极乐观地面对生活的过程中逐渐地爱上了她。两个人相爱了。在一个转瞬即逝的镜头里，我们看到慕德的前臂上印有数字的刺青，因此，我们也得以知晓慕德是从恐怖的纳粹集中营中存活下来的事实。这个场景的高明之处就在于：它以无声的形式向我们传达了较多的内容。他们没有讨论这段经历，慕德也不曾过多地谈到纳粹主义以及集中营的恐怖。她没有站上临时演说台，为我们做一个我们已经听过无数次的有关“幸存者”的演讲。她也没有必要这么做。作为一位女性，她所表现出来的对于生活的强烈的热爱在刺青闪现的一瞬间就已经被很好地解释了。

哈洛向家人宣布了他打算和慕德结婚的决定，这深深地吓坏了他们。他计划在慕德八十岁生日的当天向她求婚。哈洛被慕德身上所表现出来的生命力改变了，他已经完全摆脱了能将其置于死地的抑郁症状。然而当他在生日当天去慕德家时却发现，慕德已经服用了过量的安眠药，正在那里等待死神的降临。

哈洛完全崩溃了。他理解不了慕德为什么要自杀。慕德给出的解释却很简单：她不想活到八十多岁。她不想让自己的生命质量因为疾病而大打折扣。她希望用自己的方式离开人世，而不想让别人来决定她的生死。

哈洛火速将慕德送至医院。在救护车里，哈洛向慕德表白了自己的爱意。慕德说尽管她也爱哈洛，但是哈洛必须走出去，去重新爱一个人。之后不久，慕德便离开了人世。

在故事的结尾处，我们看到哈洛的汽车从一处悬崖垂直落下，撞到了山下的石头。有那么一瞬间，哈洛看似也是按照自己的方式结束了生命，然而，当镜头拉回来的时候，我们发现哈洛站在悬崖边上，正在弹奏慕德用班卓教给他的一首曲子。

《哈洛与慕德》有别于其他不伦之恋的故事的地方在于：这对恋人之间的关系得到了承认，他们的爱也治愈了哈洛的抑郁症。尽管在得知哈洛打算和四倍于自己年龄的女人结婚时，他的家人们感到极度不安，然而社会道德在这里并没有占据上风。慕德的自杀尽管悲情但也不失为一场胜利。她用自己的方式决定了自己生命的品质，更为重要的是，这是慕德得偿所愿的一个行为。

故事情节发展的第一个阶段为我们讲述了恋人之间关系的开端。我们了解了哈洛这个人，之后很快慕德便出现在了我们的视线中。她则很快便给哈洛带来了巨大的影响。通常情况下，世人在得知不伦之恋之后，总是会表达出自己的不满或是直接采取行动对其进行制止。恋爱双方要么选择秘密地继续两个人的关系，要么选择公然反抗别人的看法。地下恋情总是会大白于天下。而我们的社会也随时准备着惩罚那些不遵守社会规则的人。

在故事情节发展的第二阶段中，恋人们往往会加深他们之间的关系。开始的情况总是乐观的：恋人们处于彼此关系的开端，一切都很美好。当故事进行到第二阶段中期的时候，导致他们关系破裂的种子便已经被埋下了。我们尽管对慕德会选择自杀这样的行为毫不知情，但却深知他们的爱情并不会如哈洛所愿。哈洛很无知，并且还恋爱了。他不理解他的行为将会带来的后果，也不害怕任何后果。慕德却是饱经风霜的，并且也爱着哈洛；她深知他们的爱情的最终结局，但不愿意对社会压力做出妥协。只有她才能找到问题的解决之道。

在剧情第二阶段的后半部分，恋人之间的关系开始走向瓦解。《包法利夫人》和《安娜·卡列尼娜》中的爱情便是如此。他们不伦之恋的热情正在消退，而关于爱情的幻想也已经化为了泡影。现实以及社会压力正在为他们的爱情敲响丧钟。

在剧情发展的第三阶段，恋人们将要为自己的行为付出代价。死亡好像是唯一的解决之道。罗密欧和朱丽叶双双殒命。爱玛·包法利、安娜·卡列尼娜、爱斯梅拉达、亚瑟·丁梅斯代尔还有奥森巴赫都为自己的不伦之恋付出了生命的代价。只有亚伯拉德幸免于难，然而他却遭受了阉割的厄运。

爱情之火仍然有可能在另外一方的心里继续燃烧，例如卡西莫多仍然深爱着爱斯梅拉达；海斯特·白兰仍然对亚瑟·丁梅斯代尔不能忘怀；而慕德也将永远活在哈洛心中。幸存下来的一方也可能会饱受幻想破灭和失望的折磨，从此一无所有。世俗的力量看起来似乎总是不会遭遇失败。

备忘录

在你写作的时候，请谨记以下几点：

1. 不伦之恋有悖于社会习俗，因此恋爱双方将会遭受显性或隐性的社会压力。

2. 恋爱双方无视社会习俗，继续听从自己的内心，而这也通常会为他们带来灾难性的后果。

3. 通奸是最为常见的不伦之恋。通奸之人既可以是故事主角，也可能是反面人物，这一点主要取决于故事的本质。对于被背叛的伴侣来说也是如此。

4. 剧情发展的第一阶段将会交代恋人之间的关系并对其所处的社会环境加以描述。他们触犯了怎样的社会禁忌？他们又是如何应对的？他们周围的人对此做出了怎样的回应？他们是选择耽于幻想还是选择直面社会压力？

5. 在剧情发展的第二阶段，恋人们之间的关系得以加深加强。恋人们处于平和欢畅的状态之中。然而当社会和心理现实在他们面前愈来愈清晰的时候，他们的爱情便会逐渐消退或者处于足以导致其消失的极大的压力之下。

6. 在剧情发展的第三阶段，恋爱双方之间的关系将会走到尽头，同时也解决了所有的道德冲突。恋人最终会因死亡、社会压力或被抛弃而分开。

22 经典情节 16：牺牲

> 一段感情的价值主要取决于你愿意为之做出多少牺牲。
>
> ——约翰·高尔斯华绥

“牺牲”一词最初指的是：当你想要在你个人和某位神灵之间建立起联系之时，你为其提供的某种祭祀物品。歃血为盟的时代早已离我们远去，然而为神灵提供祭品的做法却依然存在，譬如圣餐的形式。圣餐过程中食用的面包和酒被认为是耶稣的身体和血液的化身。

我们都知道先祖亚伯拉罕的故事。上帝为了试探他的虔诚，要求他奉献出自己的儿子以撒。在亚伯拉罕对自己的儿子举刀相向之际，压力到达了顶点。

希腊人也极为看重献祭的形式。诸如欧里庇得斯笔下《阿尔刻提斯》的故事极为常见：阿德墨托斯因为冒犯诸神而被判了死刑。阿波罗为他提供了一条生路——找到一个人来替你受死，你便可以活下去。

阿德墨托斯来到他年长的父母面前，询问他们是否愿意代自己去接受死刑，但是却遭到了他们的拒绝。然而深爱着阿德墨托斯的妻子，阿尔刻提斯，却同意代他受死——妻子的典范，至少在希腊男人看来是这样的。阿尔刻提斯因为爱情而牺牲了自己的生命。（大力神赫尔克里士后来通过赢得了和死神之间进行的一场腕力比赛而救了阿尔刻提斯的命。）

正如我在前文中所提到的那样，现代文学中很少涉及诸神这一话题。如果一个人选择做出牺牲，他将不再是为了某位神灵，而是为了诸如爱情、荣誉、善心或是人类福祉。狄更斯所著《双城记》中的西德尼·卡登之所以会代替达雷登上断头台，完全是出于对达雷妻子所怀有的深深的爱恋。《码头风云》中的特里·马洛伊打破了码头上的沉默规则，告发了工会中从事非法勾当的人。他这样做的原因只是因为他内心坚信自己正在做一件正确的事情，不管为此需要付出怎样的代价。当诺玛·蕾（出自同名电影）为了实现工人们之间的团结，站起来反抗其所在的纺织厂的管理层的时候，她也是因为受到了更为高尚的目标的驱使。故事角色为了理想做出了自我牺牲。他们认同这样的信念：多数人的利益高于个体利益。

迄今为止，斯坦利·克莱默的《西部决斗》被广泛地认为是西部电影中的最佳影片之一。《西部决斗》以极为感人的方式戏剧性地为我们讲述了牺牲这个主题。故事简单易懂。威尔·凯恩（由加里·库珀饰演）是 19 世纪 70 年代美国西部的一个小镇上的警长。他刚刚退休，正在等待新一任警长的到来。同时他还计划和艾米（由格蕾丝·凯利饰演）结婚。婚后他们打算搬到另外一个小镇上，在那里开一间商店、组建家庭。婚礼进行到一半，有消息传来，说是一位曾经被威尔·凯恩送进监狱的杀手被认定无罪，而他正乘坐中午到达的火车赶来小镇。

时间已经到了上午的 10 点 40 分。火车站的站台上除了那个杀手的同伙再也没有其他人的踪影。而这些人则计划等那位杀手到达之后一起枪杀凯恩。

艾米是一位教友派信徒。她讨厌用暴力来解决问题。她希望自己的丈夫在杀手到达小镇之前和她一起离开。艾米努力地说服凯恩，这个案件应该由新上任的警长来处理。凯恩的朋友们也都催促他及时离开。没有任何一个人愿意冒这个险，甚至当时对杀手判刑的法官也离开了小镇。显然，离开小镇并不是什么让人羞愧的行为，毕竟威尔已经上交了自己的警徽。

然而，威尔·凯恩是一位有道德良知的人，在这紧要关头，他万万不能离开，哪怕对他来说留下意味着死亡。

火车在中午如期到达。杀手和他的同伙们会合之后便走进人烟稀少的小镇找凯恩复仇。而钟表也记录下了 12 点之后的每一分钟。

故事的高潮尽人皆知，此后很多西部电影都对此纷纷效仿。

那是一场经典的决斗场景，实力悬殊的四对一对抗。威尔·凯恩根本没有取胜的机会，小镇上也没有任何人留下来助他一臂之力。

面对困难，凯恩的妻子举起来复枪保护了自己的丈夫，尽管这样做有悖于她的信仰。尽管女权主义者会反对艾米放弃自己的信仰来保护丈夫的行为，但是这个故事发生在一个多世纪之前，人们的处世态度还没有受到女权思想启蒙（在我们看来）。电影将艾米的这个决定刻画为一种“出人意料的”行为，而没有向我们展示她摒弃自己一辈子的信仰而诉诸暴力的内心争斗。她对于丈夫的爱战胜了自己对于非暴力行为的信仰，并且她也知道如果她想要再次看到凯恩活生生地出现在自己面前，她只有靠自己的力量。威尔·凯恩已经做好了为自己的荣誉而献身的准备。然而，他这样做的后果便是导致他的妻子放弃了自己一辈子的信仰。左右为难的处境便是如此。这是一个众人皆败的情境，然而它也就这样自然而然地发生了：在电影的最后一幕里，我们看到他们夫妻二人骑马奔向了新生活。但是她为此付出了怎样的代价？他们的婚姻呢？我们只能各自在内心揣摩。

这也许就是牺牲的关键所在：做出牺牲总是意味着付出沉重的个人代价。你笔下的角色也许会牺牲自己的生命，也许是为此付出不小的心理代价。故事主角应该会经历重要的转变。

在一开始，故事主角在心理认识上处于较低的水平，可能对其面临的问题的本质和复杂性并不了解。然而形势（也许你乐意称之为命运）突然间迫使她进入了一个两难之地，而她则需要采取行动。她必须首先做出决定。她可以选择容易操作的下下策（逃跑、明哲保身等），也可以选择困难重重同时还需要付出沉重的个人代价但却较为高尚的做法（特里·马洛伊的弟弟被杀，而他也暂时遭到了码头工人的排斥；诺玛·蕾被开除；西德尼·卡登的头颅被砍掉）。通常情况下，主要角色在选择做正确的事情之前总会犹豫不决。做出自我牺牲从来都不是一件容易的事情。

当然，在我们读过的书中和看过的电影里，很多故事主角都会为了拯救他人的性命而勇敢地牺牲自己（他用身体替她挡住了一颗致命的子弹，或是她为他做出了这样的牺牲），然而这种牺牲都是凭直觉所做出的瞬间行为。尽管这样的做法会为故事情节带来戏剧性的转折，然而我们仍然会对那些需要人物经历激烈的内心斗争才能做出决定的情节更感兴趣，是苟且偷生（选择最容易的那个方法）还是为捍卫荣誉而战（尽管这样做可能会让其付出生命的代价）？同时，就像艾米所处的情境一样，有时候我们必须为了爱情而牺牲个人信仰。

《人人都来里克咖啡馆》是由默里·伯内特和简·艾莉森在 20 世纪 40 年代早期共同创作的一部戏剧。整部剧从头至尾充斥着不现实的场景和蹩脚的对白。如果不是菲利普·爱博斯坦和霍华德·科克对其进行改编并将其搬上了大银幕的话，这部戏剧恐怕早就淹没在文学长河的糟粕里而不再被人们记起。

电影制作也同样是一团糟。剧本一直处于改动状态，同时导演和主演时不时地便会对故事主题和主要角色应该怀有的动机感到迷茫。因为延期和剧本的问题，这部电影事实上是按照故事发展顺序进行拍摄的（大多数电影的拍摄计划并不是这样的）。该电影同时还几易主角，从最初的罗纳德·里根和安·谢里登，到英格丽·褒曼、保罗·

亨雷德和亨弗莱·鲍嘉等一众明星。

无论过程如何，最终拍摄而成的电影《卡萨布兰卡》，不仅将三座奥斯卡奖杯收入囊中（最佳影片、最佳导演以及最佳电影剧本），同时还成了整个美国电影史上的经典佳作。那么他们又是如何取得这样的成就的呢？

尽管剧情混乱让人迷茫，然而作家所创作的故事却是成功的。这是一个爱情故事，更重要的是，它的主题被上升到了更为高尚的层面——为爱牺牲，正如《西部决斗》中艾米出于对丈夫的爱而牺牲了自己的信仰一样。不过《西部决斗》并没有对做出了艰难决定的人物进行深入挖掘，而《卡萨布兰卡》却做到了这一点。

以牺牲为主题的故事情节，其基础也在于故事人物的刻画，牺牲行为本身也是人物内心的一种外在表现形式，《卡萨布兰卡》这部电影讲述了四个角色之间的关系变化。他们身上所发生的事情都反映了各自的性格。当里克·布莱恩在最后做出了牺牲的时候，此前和之后发生的所有事情看似都是围绕着他的这一行为展开的。

里克的美式咖啡馆

故事发生在第二次世界大战期间位于北非的一座城市——卡萨布兰卡。纳粹分子正在计划他们的抓捕行动，而这些来自欧洲的难民们则急切地在这里找寻任何能够获得前往里斯本的通行证的途径，这一切使得整个城市的形势异常紧张。一些难民便会来到里克的美式咖啡馆打发时间。电影并没有在全城范围内拍摄难民们的身影以及他们所处的困境，所有的故事都发生在里克咖啡馆里。无须穿梭于大街小巷，我们也能够从这里获悉一切有关这场战争的背景以及紧张形势的信息。事实上，里克的咖啡馆正是外面世界的缩影。正如前文提到的，如果你想要加强故事的紧张气氛，那么可以选择缩小故事角色的活动空间，给他们创造出一个幽闭恐怖的场景，封锁所有的出口，将故事主角和其反面人物放置在双方触手可及的位置。如果让他们分处在城市中的两个地点，那么你便淡化了故事的紧张气氛。将拍摄场景局限在里克的咖啡馆也许是出于成本方面的考虑——这样的做法较之外出选景拍摄花费要低一些——但是拍摄出的效果才是重要的。无须周游八个不同国家的十七座城市，你也一样可以领略异国奇特的风情。

情节的第一阶段

我们认识了里克。在我们看来，他绝对不是一位心怀崇高理想的人。他固执且自私。这也使得其发生转变成为可能——从一位贪图安逸生活的咖啡馆老板变成了一位出于良知做出自我牺牲的高尚的人，这一点确实值得我们学习。如果你的故事角色本身已经是一位具有高尚道德情操的人的话，那么让他做出牺牲便不会是一件难事（除非像《西部决斗》中的艾米一样，她所做出的牺牲违背了她的信仰）。人们之所以会对里克这个人物感兴趣，主要是因为他极度自私、孤僻、难以相处并且内心脆弱。

镜头闪回：巴黎。里克当时的名字还是理查德，并且他疯狂地爱上了一位名叫伊尔萨的女人（由英格丽·褒曼饰演）。他因为爱情而极度亢奋，所以他打算在纳粹到来之前，和伊尔萨结婚并且双双逃离巴黎。然而里克并没有注意到伊尔萨的犹豫不定，所以当他发现伊尔萨已经悄然离开巴黎时便感到极为震惊。她给里克留下了一封辞别信。结束的镜头闪现了这样的场景：崩溃的里克手里拿着那封信，极具象征意义的是：雨水正好打在信上，模糊了字迹。

镜头再次拉回现实：1941年的里克美式咖啡馆。我们对他的私生活有了些许了解：他曾经被爱情重创。所以现在我们对他的行为也多了一些理解。

尽管里克曾经说过这样的话：我不会为了任何人而给自己找麻

烦。但是从故事发展的过程中，我们却认识了一位不一样的里克。我们了解到他曾经在西班牙参加了抗击法西斯的战争。我们知道他之所以离开巴黎是为了要摆脱原本会对其实施追捕的德国人。尽管经历了悲痛的爱情创伤，他仍然痛恨德国人。他曾呵斥一位德国人，让其从他开设的赌桌旁走开；之后在一个极为激动人心的场景中，他通过让乐队演奏法国国歌《马赛曲》的方式，将几位歌唱《守望莱茵》的德国人的歌声淹没。在乌加特（由彼得·洛饰演）杀害了两位德国人并偷拿了他们的已经签署过的通行证之后，里克帮助他摆脱了困境。冒着和乌加特一起被抓的危险，里克帮他将通行证藏了起来。基于这些，我们对里克的性格有了更为深刻的认识。他是一个有原则的人，即使时势已经模糊了他所信奉的那些原则。

对故事角色所做的这些铺垫，能够让读者相信他所做出的从自私到无私的转变。你不能简单地让故事角色在某件事情发生之后做出一百八十度的大逆转，他的处世态度和行为发生了完完全全的改变。你必须令人信服地向读者展示：主人公是怎样从一种状态转变到了另外一种状态的。里克曾经声称他不会帮助任何人，但是我们也了解他这样说的原因（他过去曾经试图帮过，但却深受伤害），当然我们也知道至少里克有帮助别人的可能性。那么问题是：他究竟会帮助谁呢？怎么帮呢？又是什么会让他做出改变，脱掉那身伪装呢？

当然，肯定是一个女人。

这便又让我们进入了一个两难境地。如果你已经很好地塑造了人物形象的话，我们便知道潜在的紧张气氛正是角色内心的真实反映，而不仅仅是你想让读者知晓的一些噱头。要这样做，我们便需要了解角色的过去。这也解释了为什么《卡萨布兰卡》中的回放镜头是那么重要。如果我们将那一部分剪辑掉的话，我们便很难理解里克内心的冲突。在类似这样的故事情节里，你不可能通过创作让人不信服的角色而侥幸取得成功。你的角色一定要有说服力。我们必须能够理解他的行为背后的动机。除了从里克那里了解的信息，我们对伊尔萨和她的丈夫一无所知，因此我们便期待能够在情节的第二阶段中对此有所了解。为什么伊尔萨在巴黎时会弃里克而去？而这件事情又给里克带来了怎样的影响？里克对于伊尔萨心怀怎样的怨恨？事实上，他们的命运都掌握在里克手里。

情节的第二阶段

在你塑造角色的时候，一定要谨记角色的内心动机。人们做每件事情都是有原因的。尽管我们希望自己所生活的世界是一个人人不求回报、无私奉献的世界，但是我们自身的经历却让我们知道这并不是真实存在的。（尽管少有的例外情况也是存在的，某些励志故事塑造了这样的人物形象，我们也会为之着迷。）我们都有自己的做事动机。有的时候这个动机是高尚的，而有的时候却不是。如果你的故事的关键点之一便是故事角色做出了牺牲的话，你则需要全身心地投入到这个角色的塑造中。也就是说，我们需要理解角色的本质和她之所以会做出这样的牺牲的原因。一定不要如变魔术般出人意料地让故事角色做出某种行为，要通过描述人物的心路历程让读者理解人物的行为轨迹。

在情节的第二阶段中，故事主角将会面临一个难以轻易摆脱的道德困境。你笔下的人物可能首先会试图找到容易的解决方法——他可能会不愿意做出正确的选择——但是最终真相大白，而他所要做的选择也清晰可见。然而这并不是说你的故事便要没有任何神秘感，如果那样的话，人们便会轻易猜出故事的结局，因而对其失去兴趣。读者对于故事主角的下一步行动总是不能完全确定的。也许他真的不会去做正确的事情。人们确实会对他们的选择做出理性的解释。他们也会找到虽然简单却又能宽慰其良心的途径。在这类故事情节中，做正确的事情总是要付出高昂的代价的。

你笔下的人物一定要承受巨大的风险，不然你的故事将很难吸引读者的兴趣。你不需要走极端，从而让角色的生活安危不定。但是你必须着重创造一定程度的风险，它既要能够影响到主要角色，又要能够对其周围的人物造成一定的影响。凡人琐事为我们带来的永远是普通故事。当然，至少有一个角色的处境是悬而未决的。他的命运也许真的是处于生死攸关的境地，又或者是在通过象征的方式表现自尊或任何心理变化在未来会给他带来影响。

牺牲通常会牵涉弗洛伊德所谓的“本我”和“超我”之间的冲突。用漫画手法来表现，“本我”代表的是我们个性中想做自己内心渴望做的事情的那一部分，它通常是自私的，凡事皆以自己的利益为重。“本我”的流行表现手法便是：一个魔鬼栖息在你的一边肩膀上。而“超我”指的则是个人心智的另外一部分，即我们内心深处知晓正确的做事方法的那一部分。“超我”的表现形式是：你的另一边肩上有一个天使。可怜的你被夹在这两者之间，一边的声音说着：“就这样做，就这样做。”而另一只耳朵旁会响起另一种声音：“别那样做，那样做是不对的。”无论我们听从了哪种声音，我们肯定会就如何行动做出自己的决定。做出真正牺牲的角色都是受到了“超我”的指引，因为牺牲的完整概念便是做出一些自我放弃。在牺牲类故事情节中，所谓的“一些自我放弃”大多需要付出巨大的代价。也许是个人的安全，也许是你的爱情，当然也有可能是你的生命。牺牲必然要求我们具有较为高尚的自我，因此通过牺牲类的故事情节，我们可以最好地展示人类精神的至高境界。即使是外表自私、贪婪并且具有危害性的人，在孤注一掷的情况下，有时也会变成一位圣人，不管你是选择将自己还是他人的利益放于首位。自我保护是我们的一种强烈的本能，而牺牲的做法是违背这种本能的。

这便是相互抗衡的各方力量。在关乎牺牲的故事中，我们往往会看到一位貌似根本不可能做出任何有意义的牺牲的角色，在紧急关头却选择做出这样的牺牲。这类故事让我们对人性中所具有的最基本的正义感充满了信心。

情节的第三阶段

牺牲的概念便是为了实现更为崇高的理想而放弃一些事情。当我们将他人的利益置于我们的个人利益之上时，我们便成了更高尚的人。这类情节能够展示出人们最好的那一面。

然而，正如我在前文中所提到的，有意义的牺牲一定是需要付出昂贵代价的牺牲。如果做出牺牲的人只是随意为之，或者这样的牺牲并不会对他造成实质性影响的话，那么他所做牺牲的价值便会低于那些付出了沉重的代价的人所做牺牲的价值。对于百万富翁来说，为慈善事业捐赠一千美元不是多大的牺牲（也许这种做法根本算不上牺牲，因为这个款项在计算税费时是会被减免掉的），但是对于一个穷人来说，如果他能够倾其所有去帮助他人的话，与这位百万富翁相比，他所做的牺牲要大得多。

我们不能单纯地从经济角度去衡量牺牲的价值，更为重要的是牺牲给他们的个人生活带来了怎样的影响。在我们看来，如果你为自己的国家或者家庭付出了生命的代价，那么这样的牺牲便是最大的牺牲。无论是在物质上还是在精神层面上，人们还可以做出成百上千种牺牲。

在情节的第三阶段的创作过程中，你要侧重描写角色为其牺牲付出了怎样的代价。大多数关于牺牲的故事，其情节都会在此达到高潮：对于故事角色来说，这是关键的时刻。他会不会做出最佳的选择？（牺牲通常意味着你所做的比正确的事情还要多，也就是做出了最佳选择。）在此阶段，你应该关注以下两个方面：

- 你笔下的人物究竟做出了什么样的牺牲，以及对其造成的影响。

- 他的牺牲行为对其他人又造成了怎样的影响。

作为读者，我们既对牺牲行为所带来的影响感兴趣，也有兴趣了解牺牲行为本身。我们想要知道故事角色的行为是否能够得偿所愿。如果没有的话，又是什么原因使然？

正如你所期待的那样，情节的第三阶段往往极具感情色彩。在塑造人物情感的过程中，你一定要注意自己的方式方法。切记不要陷入感伤主义或让情节太夸张。不要夸大人物的情感，也不要夸大人物所做的牺牲行为。淡化这些因素要比夸大其重要性的效果好得多。

你可能还需要尽量避免将你笔下的人物形象圣人化。仅仅因为她所做出的牺牲，并不能保证其有资格进入天国的名人堂。牺牲的价值应该交由读者自己来决定。如果你的表达明晰，而你笔下的人物也意志坚定的话，读者们自然会如你期待的那样做出正确的评价。

备忘录

在你写作的时候，请谨记以下几点：

1. 牺牲需要付出沉重的个人代价，你笔下的人物在身体上或精神上承担着极大的风险。

2. 在故事发展的过程中，你的故事角色需要经历巨大的转变，从较低的道德水准提升至较高的道德水准。

3. 事情的发展迫使故事角色做出决定。

4. 确保你为故事角色做出牺牲的行为做了充分的铺垫，只有这样读者才能理解他之所以能做出牺牲的心路历程。

5. 所有事情的发生都是为了服务于你笔下人物的刻画。它们能够考验并且塑造人物角色。

6. 清楚地讲述故事角色的行为动机，这样读者才能

备忘录

了解他的牺牲行为。

7. 通过描述故事角色的心路历程来展现他的行为轨迹。

8. 你的故事必须围绕着一个艰难的道德困境展开。

23 经典情节 17：自我发现之旅

找到了！我找到了！

——阿基米德

我们一直在不停地寻找“我们究竟是谁?”这个问题的答案。像“我是谁?”和“我怎么会在这里?”这类问题总是会在人们耳边响起。关于这个问题，哲学家们已经写了很多书进行探讨，然而他们所给出的答案却如肥皂般湿滑得让人难以把握。

不同的思想家就此问题给出了多种答案供我们参考，然而他们的答案犹如外国餐馆厚厚的菜谱一样让人难以理解。我们身边充斥着各种各样的观点，却没有哪个是完全令人满意的。

当哲学家们在抽象的范畴内探讨这个问题的时候，作家们则试图通过在看似真实的情境中了解看似真实的人物的方法，来具体地探寻这个问题的答案。而这也正是文学的伟大魅力所在：它试图对生活的意义加以解释。

从一个方面来说，这个故事情节和推理故事有紧密的联系，因为从某种意义上说，生活本身就是一个待解之谜。不过这类情节主要是关于人类自身的发现，而不是破解一桩暗杀阴谋或是金字塔之谜。

尽管这类故事情节的表现形式是多种多样的，但是所有的故事都必须围绕一个特定的主题展开。这类故事情节是属于人物描写类的，基于此，它可能是本书中以人物刻画为重中之重来展开故事的几种情节之一。自我发现之旅主要是围绕人以及人探寻自我的诉求展开的。

正如我们在前文中所谈到的那样，人类的状况一直在发生变化，但又从来没有真正地改变过。五千年前巴比伦人所拥有的恐惧、希望和欲望可能也无异于今天的我们。时代变迁，人却没有随之改变。

人的共性让我们得以分享他人的经历，并且能够借由他人的经历来寻求自我生命的意义。文学作品则是我们审视他人生命的最好的一种资源。

然而自我发现的情节并不单纯以人物刻画为目的。它同时还是关于角色探寻并且理解个人基本状况的情节。通过正常的方式，我们往往需要历经七八十年才能完整地体验人生，如果足够幸运的话，我们也许能够在此过程中的某一时间点上对生命的意义形成较为深刻的理解。然而文学却有如此的超能力：它可以将一个完整的生命历程压缩到仅仅五百页的篇幅中。我们只要花能够将这五百页读完的时间便可以领略一代人甚至几代人的生命历程。如果作者能够真正地理解他笔下角色的本质以及特定环境对角色的影响，便可以分享给我们更多的生命感悟。

在自我发现的过程中了解生命的真谛

文学作品对我们的吸引力便在于能够让读者从中有所发现。诚然，我们享受阅读的过程是因为我们不想动脑思考；我们想从给自身造成巨大压迫感的现实生活中逃离。不过，我们也通过阅读的方式去学习，不仅仅是了解书中故事主角的人生，还会试图对自我做出思考。人生的经验教训不仅仅源于我们的自身经历，也来自我们从书本上获得的相关知识。阅读是一种间接体验人生经历的方式。在有些情况下，通过这种方式获得的经验和我们通过亲身经历直接获得的经验一样有效。

作为作家，你的任务便是增强作品中所描绘的世界和刻画的人物的真实性，这样读者便可以在想象的语句和真实的信念之间架起一座桥梁。你可能也无数次听说过好的角色生动逼真的话语，他们占据了你的想象，他们有属于角色自己的能力。你可能也曾有类似的经历：你正在创作的人物好似有了自己的意愿，他在引领着你继续故事创作，而不是你在给他设计人生。关于这样的故事角色，一些情况确实是真实可靠的。他们并不是瞬时的产物，而是人生的投射。

自我发现类故事情节可以有多重表现形式。它是以孩子为主角的一种故事类型，因为和成人相比，孩子们会更多地在成长的过程中发现自我。他们不断地经历人生中的重大变故，所以他们必须要学会再适应。如果你从事的是儿童文学创作，请谨记：优秀的作家不说教（“亲爱的，你们应该了解这些”或“你们应该按照这样的方式来做”）。好的作家会让读者在对情境进行思考后自己总结故事的意义。你需要给孩子们机会，让他们自己去发现生活对你笔下的人物所造成的影响。没有人乐意被强行喂食。和成人们一样，孩子们也想自己动手翻开石头，去发现隐藏在石头下面的东西。如果你的作品写得好的话，你的用意也是显而易见的。

对于成年人的读物来说，亦是如此。读者无法忍受一位将昭告世人生命真谛视为个人使命的作家。我们能够容忍的是：你真诚地努力为我们呈现一个人物想方设法克服生活困难的故事。

我们需要将成长类故事和自我发现类故事区分开来。前者侧重于讲述成长为成年人的过程。该类故事中的主要角色也很有可能会获得关于自我或世界的发现，但是故事的重点并不是这个发现，而是发现对于成长的影响。成长类故事是关于人物从天真无邪到世故圆滑的过程的。而自我发现类故事并不会特别着重对这个过程的描述，该类故事主要涉及人物理解和对待人生的方式。

以尤多拉·韦尔蒂的作品《流动推销员之死》（不要将其和阿瑟·米勒的戏剧《推销员之死》混淆）为例。故事发生在 20 世纪 30 年代的密西西比乡下，主要讲述一位流动推销员在生命最后几个小时内的经历。故事主人公 R. J. 鲍曼因为身染流感，不得不在一个不知叫什么地方的一对乡下夫妇家里寄住。当他的病逐渐加重，越来越临近死亡的时候，他却意识到这些简单的人身上具有他自己不曾拥有的品质。作为一个一生漂泊在外的推销员，他开始觉得自己的人生在情感方面并不完整。他从来不曾后悔自己没有安定下来并且组建一个家庭，但是当他看到这对年轻夫妻在为他们共同的生活忙碌时，他开始意识到自己一生中都错过了什么。然而这番领悟为时已晚，死神马上就要来临了。

你的过去、现在和将来

自我发现的过程通常会经历三个阶段。为了能够理解故事角色的未来，我们需要了解在促使其开始自我发现的特定事件之前该人物的状况。你肯定不想将导致你笔下故事发生的导火索延后交代，但是你却又想让读者深深地体会故事角色在被促使开始内心探索之前的生活状态。正如大多数故事情节一样，我们通常会在故事角色失去平静生活之前的很短时间内认识她。

多数新手作家的一个通病便是他们过分纠缠于故事角色在导火索事件发生之前的生活。你需要记住这一条很好的写作规则：尽可能晚地开始讲述你的故事（也就是说，将故事开端设置在事情即将发生改变前的很短时间内）。不要连篇累牍地讲述故事角色在被事件改变之前的生活。不要花费过多的时间进行场景铺垫，因为这会让读者失去兴趣。故事的开端至关重要，不仅仅是因为你需要吸引读者，还因为你需要在很短的时间内让读者了解你笔下角色的整个人生。

《流动推销员之死》是这样开始的：鲍曼最近刚刚从流感的折磨中恢复过来（或者至少他是这样认为的）。我们在路上遇到了他，而他正急切地想要去乡下兜售鞋子。请留意韦尔蒂在此处并没有过多地讲述旅馆的医生。她很快便让推销员开始了奔波，而之后却通过插叙的方式让我们了解了之前发生的事情。鲍曼的身体还很虚弱，他一不留神将车子开到了沟渠边上，幸运的是，在车子翻下去之前他从里面逃了出来。

通过最初的这些场景，我们对鲍曼这个角色有了很多的了解：他是谁、他看重什么，以及他的目标。

故事的第一部分需要让位给引发转变的第二部分。故事主角通常满意于自己当下的生活，而不想寻求改变。但是生活发生了变化，意外迫使其做出改变。故事人物很可能会被迫第一次认真地审视自己的人生，并且认识到一切都不如自己预想的那么美好。

鲍曼在沿途最近的一个农家停下寻求帮助。在这里他遇到了想方设法帮助他将汽车从沟渠里弄出来的年轻夫妇。也许是因为他快要死了（尽管他本人并没有意识到），他开始留意到一些他从来不曾留意的事情。他羡慕这对年轻夫妇所展现出来的力量和坚定意志。那位妻子怀孕了，浑身散发着宁静安详的气息。鲍曼发现自己忽然开始想要过一种完全不同的生活，但是“他的心脏却突然开始了剧烈的跳动，犹如来复枪所发出的‘砰、砰、砰’”。他快要死了。

鲍曼在故事第三部分开始理解他的领悟的本质。尽管他还不知道自己快要死了，但却开始意识到他的人生并不是自己真心想要的样子。他意识到自己从来没有爱过。不过他临死之前和这对农家夫妇的相处也让其内心感受到了极大的安宁。他并不是在极度崩溃的状态下离开人世的。

围绕第二部分展开

在这三个部分中，最复杂的当属位于中间的第二部分，因为在这一部分中你需要对故事人物进行深入的分析。通常故事主角会拒绝做出改变，因为改变意味着前途未卜和经受痛苦。在生活的平静被打破之后，故事主角会想方设法去重获安宁，但是所发生的事情却迫使她不得不去面对自己一直以来所回避的东西。这个过程对她来说可能是有益的，也可能是没有任何益处的。她可能最终会变成一个更好的人（譬如鲍曼）或者一个更坏的人。重要的是其在过程中所进行的斗争。

你笔下人物所经历的斗争一定要有意义。它不能琐碎得毫无意义。如果故事角色所经历的只是不值一提的家庭争端，那么没有人会关心他的命运究竟如何。你不可能让某个人因为她的金鱼死了而去重新评价自己的人生。

故事角色所获得的领悟也不能是毫无价值的。如果故事角色在经历了艰苦卓绝的斗争后，意识到自己应该更加经常地去教堂，那么你的读者是不会买账的。也就是说，在所经历的变化的程度和所获得的顿悟的深度之间应该存在适当的比例。鲍曼在付出了生命的代价之后才有了前文所提到的那些领悟。

亨利克·易卜生的戏剧《群鬼》讲述的也是类似的人生领悟。故事主角艾尔文夫人必须从她已故丈夫的生前经历中吸取痛苦的教训。在戏剧的结尾处，艾尔文夫人意识到：因为她所做的那些出于责任而非爱情的行为，她也需要间接地为自己的家庭悲剧负责。这是一种痛苦的领悟。

如果你已经知道了故事的梗概，那么你便了解该故事的重点便是自我领悟。故事角色从无意识的状态（鲍曼和艾尔文夫人一生都没能理解他们各自的经历）进入了理解生命真谛的顿悟状态。而这段经历通常会产生痛苦的影响：他们会知晓一些自己原本不想知道的事情。

鲍曼在临死时有机会放弃了自己对已逝生活的痛苦纠结，而艾尔文夫人在戏剧的结尾处仍然要为一个大烂摊子找寻解决之道：她的儿子因为感染梅毒而几乎精神失常、私生女问题还有丈夫那已经被败坏了的名声。

从这种意义上说，索福克勒斯的《俄狄浦斯王》称得上是一部有关自我发现的经典之作。尽管神谕告诫俄狄浦斯他将来会杀掉自己的父亲并且和自己的母亲结婚，但俄狄浦斯却以一种自己能够改变命运的傲慢态度（对希腊人来说）来抗争命运的安排。这个故事告诉我们：愚弄命运之神的做法是荒唐的，尽管俄狄浦斯为了改变自己的命运付出了巨大的努力，然而他仍旧在不知情的情况下听从了命运的安排。

亨利·詹姆斯是写这类故事的高手。他是一位关注人们的自我认知和挖掘人之本性的作家。对于那些偏爱人物动作和阴谋诡计的读者来说，他的作品肯定不会符合他们的品味。然而对那些有兴趣了解人物处境、不介意花时间去了解人物内心的读者来说，很少有作家能敌得过亨利·詹姆斯。

《一位女士的画像》讲述了一位名叫伊莎贝尔·阿切尔的年轻且又极具浪漫情怀的新英格兰女士的故事，她从一位英国人那里继承了遗产。为了贫困而清高的吉尔伯特·奥斯蒙德，她拒绝了好几位求婚者，而处于待业状态的吉尔伯特和自己的女儿帕茜一起住在意大利。奥斯蒙德对现代社会中人们奋力求生的粗鲁行为极为不屑。他自私自利，不懂得体恤他人，对自己的关心远比对他人的多。

伊莎贝尔必须通过困难的方式才能认识自己，通过认清奥斯蒙德的本质以及自己的处境而得到顿悟。在错误地选择和奥斯蒙德结婚后，她才发现自己被奥斯蒙德的情妇梅尔夫人（帕茜的母亲）欺骗了。她之所以将奥斯蒙德和伊莎贝尔撮合在一起，主要是觊觎伊莎贝尔的财富。虽然年纪渐长、财富受损，然而较之先前有了更多人生智慧的伊莎贝尔现在要直面生活中赤裸裸的现实和自己的个性。

这部小说和尤多拉·韦尔蒂的故事一样，包含了三个部分。通过第一部分的描述，我们认识了伊莎贝尔，并且了解了她向往浪漫生活的个性缺点。她是一位追寻完美爱情的女性，然而她所生活的世界却并不完美。她继承的遗产在小说中起到了导火索的作用。现在她已经具备了去外面的世界邂逅他人的资本，也拥有了开始追寻爱情的资本。然而，解救了她的财富同时也奴役了她。正是这样的矛盾结合体造就了极为紧张的形势，也使故事更具讽刺意味。金钱既可以救人于水火，也可以困之于囹圄。

伊莎贝尔遭受着奥斯蒙德和梅尔夫人残忍的控制。而当她最终做好准备去整理自己的人生时——一旦她愿意揭开所谓的浪漫主义的面纱——她将必然要了解那些有关人生、有关他人以及她自己的残酷教训。

这类故事往往极具戏剧性，甚至是情节极尽夸张的手法。这也许是因为角色所要面对的都是极致的感情：爱、恨和死亡。想象一下现在写一篇关于一个年轻人弑父娶母的故事（虽然我们仍然被所谓的弗洛伊德式扭曲深深吸引），作家们会很轻易地掉进一个通俗闹剧的陷阱。

那么一篇故事在什么样的情况下会变成一桩闹剧呢？答案是：当故事所表达的情感被夸张得超出了故事主题所能容忍的程度时。

我们便又回到了前文提到的比例问题。

当故事情节（人物行为）的影响力超出了故事角色的影响力，那么你便没有把握好其中的比例。如果你想要以诚恳的态度去处理复杂的情感，你必须花一定的时间去塑造一个能够掌控这些感情的角色，否则，你努力所做的一切都只是为行尸走肉般的角色强加了一些感情罢了。

这类情节是有关人物的。人物的行为是服务于人物形象塑造的。故事角色的行为由其性格决定。该情节很好地阐释了亚里士多德的观点——“性格决定行为”。

备忘录

在你写作的时候，请谨记以下几点：

1. 自我发现类故事较之发现本身更侧重于描写做出了这个发现的人。这里所谓的发现，并不是去发现隐藏于某位印加国王的陵墓的秘密，而是去理解人性的本质。故事的重点应该是人物而不是人物的行为。

2. 故事开始应该讲述角色在形势发生变化并且迫使其做出改变之前的状况。

3. 不要过多地纠缠于角色以前的生活；将她的过去、现在和将来进行整合。把人物置于变化即将开始的风口浪尖。尽可能将故事开始的时间延迟至变化开始前的最短时间内，但是也要让读者能够了解人物在事件迫使其发生变化之前的状况。

4. 致使角色发生变化（从生活平静变为不平静）的导火索一定要具有重大意义，并且足以引起读者的兴趣。不要用微不足道的琐事，也不要纠结于毫无意义的细节。

5. 尽快将角色置于冲突之中（即现时和过往的冲突），同时务必将这个冲突作为你故事中紧张形势的根本。

6. 把握好其间的分寸。在行为和情感之间找到平衡点，故事才会可信。故事角色的顿悟也要和其经历的事件相称。

7. 切忌通过夸大人物情感和行为的方式去迫使人物流露感情。（这样才会达到比例平衡。）不要将故事写成通俗闹剧。

8. 不要说教或迫使角色为你传递信息。让故事角色和其所处的场景为他们自己代言。同时也让读者能够基于故事情节得出自己的结论。

24 经典情节 18：可悲的无节制行为

> 只有离经叛道，才能到达智慧殿堂。
>
> ——威廉·布莱克

亚里士多德警告我们万万不可走极端。他曾说过：凡事都应秉承中庸之道。这肯定是万无一失的做法。然而生活并不总是这般中规中矩的。我们欣赏那些自发地或是无意识地挑战人类行为极限的人。

而正是我们对生活在社会边缘人群的欣赏才使得这类情节充满了乐趣。你我以及大多数的美国中产阶级都属于拥有安逸生活的一类人。我们的所作所为，尽管对我们个人来说很重要，却无一例外可被归入社会可接受的框架之内。我们清楚地知道自己应该怎么做，并且为了维持生活的安宁，我们也满足于在这样的框架中生活。我们生活得舒适且幸福（或者是幸福的某种合理演绎形式）。我们吃穿不愁，居有定所，此外的一切都被视为生活的佐料。

然而生活中的跌宕起伏，有时会完全超出我们的承受范围。一份工作做了二十年，你忽然失业了。因为找不到别的工作，你突然就陷入了无家可归的窘境。你的伴侣和孩子弃你而去。你独自走在大街上，不知道下一顿饭该怎么解决，不知道漫漫长夜要在哪里度过。现在你已经置身于社会的边缘地带，可能也正处于社会可接受行为的边缘。

可悲的无节制行为之所以让人害怕，是因为它可能随时发生在任何人身上。它并不仅仅会在已经处于临界状态的人身上发生，也很有可能会突然发生在一位看上去德高望重的人身上。颠覆一个人的生活并不需要花费太多的力气。

可悲的无节制行为所内含的紧张冲突源自让读者相信任何无节制行为都有发生在他们身上的可能。我们当中有谁知道身边的人心中潜藏着怎样的邪恶？又有谁能够看到自己和别人身上的致命缺点会在瞬间导致我们一败涂地？正如作家斯蒂芬·金曾经说过的：真正的恐怖潜藏于司空见惯之中。吸血鬼故事能够轻易让人感到恐惧（尽管很受人喜爱），但是于凡人凡事中制造恐怖氛围才能够从内心深处真正地吓到旁人。我猜想自己在有生之年不大可能会遇到吸血鬼，但是真正优秀的作家肯定能够使我相信在我们的生活中也存在着同样可怕的东西。而这一切所需要的只是事件的合理转折。

我不愿让大家认为我们身边随时都有邪恶的阴谋在进行中，或者一些居心叵测的人正打算置我们于死地（尽管我们以这样的方式来理解基督徒对于撒旦的恐惧也还算贴切）。可悲的无节制行为这一情节主要讲述的是：因为精神失常，或环境所迫，他们做出了异于通常情形的失常行为，从而丢掉了有教养的伪装。另一种说法便是：非正常环境下受困的正常人和正常环境下受困的非正常人。

克努特·汉姆生（有时被称为海明威文学之路的引路人）曾经写过一部有名的小说《饥饿》，主要讲述一个正常人在非正常形势下所发生的故事。该故事按照时间顺序讲述了故事主角因为逐渐强烈的饥饿感而慢慢精神失常的过程。由于对食物的需要越来越成为他注意力的焦点，他慢慢放弃了他的文字抱负。在他逐渐变得精神失常（因饥饿所致）的过程中，他对于世界和人的认知也逐渐开始扭曲。《饥饿》这部小说之所以出色，是因为其中所表达的真实情感，我们亲眼见证了主人公逐渐沦落的过程——从一个梦想能够获得成功的正常年轻人变成了一个为了获取食物而不择手段的疯子。

好莱坞电影一直以来都喜爱这种无节制的过度行为。威廉·惠勒和贝蒂·戴维斯共同执导了影片《小狐狸》（作者为丽莲·赫尔曼和多萝西·帕克），这部电影主要讲述了住在美国南部的冷酷无情而势力日益庞大的哈伯德家族的故事。还有迈克尔·柯蒂斯执导的《幻世浮生》，主要讲述了生活在恐惧和暴力世界中的一群心怀不可告人的动机，却又野心勃勃的人的故事。也许你也可以列举出一长串有类似故事情节的电影：《醉乡遗恨》、《凡尔杜先生》（卓别林的一部有声电影，在电影中他扮演了一个杀人狂的角色，不过这部电影并没有大获成功）、帕迪·查耶夫斯基的《电视台风云》、约翰·米利厄斯和弗朗西斯·福特·科波拉的《现代启示录》以及《华尔街》。故事冲突的原因可以是酗酒、贪婪、野心、战争或者其他所有的困境。故事角色都被置于极端的情形之下，但是在正常情况下他们无异于我们中的任何人。

好吧！不要做正确的事情

如果要讨论可悲的无节制行为，我们将不得不提到关于这类情节的最佳著作——莎士比亚的《奥赛罗》。

我知道你此刻的想法：哦！不！别再提莎士比亚了。我得为自己的选择辩护，因为这个作家是如此优秀，你根本无法忽视他的存在。平心而论，正如我在前文中提到的，他笔下的故事虽然各有出处，然而在他对其进行再创作之后，却都深深地烙上了他的印记。如果你回头去读他笔下故事的来源作品的话，你将会认识到他那无与伦比的写作才华。此外，他还会押韵。

《奥赛罗》创作于被史学家们称之为莎士比亚绝望时期的时段。除了《奥赛罗》之外，他在同一时期还创作了《李尔王》、《哈姆雷特》以及《麦克白》——当你认真研读这些作品后，你会发现它们都属于可悲的无节制行为这一类情节。然而这些故事所描绘人物的无节制行为都不及奥赛罗的嫉妒之心。

恶人登场

在可悲的无节制行为这类故事中，扮演恶人的可以是某个人（如《奥赛罗》中的伊阿古），也可以是一瓶威士忌之类的物品（如《醉乡遗恨》中的酒）。伊阿古是所有恶人角色中的奇葩人物，他是一个彻头彻尾的坏人。从头至尾，伊阿古在故事中都是一个制造麻烦的人。

伊阿古是威尼斯公国军队的一名旗官，而他的上司是一个摩尔人。当奥赛罗越过伊阿古得到晋升后，后者便决定伺机报复。（这并非一个复仇类情节，因为故事的中心并不是伊阿古的复仇，而是奥赛罗的偏执。）伊阿古聪明过人，精通操控他人之道，而这也恰恰导致了奥赛罗的悲剧的发生。然而归根结底，伊阿古只是一个促使奥赛罗的行为超出了适当范围的道具而已。

伊阿古是一个施虐狂：他热衷于使别人深陷于痛苦之中（复仇最终只是他为所欲为的一个借口罢了），并且根本不在乎谁会在其中受到伤害。（有关这点的实证便是：当故事结尾伊阿古面临被折磨至死的惩罚时，我们都深感欣慰。）

伊阿古的复仇行动是这样开始的：他告诉勃拉班修——苔丝狄蒙娜的父亲，同时也是一位位高权重的政治家——奥赛罗偷偷地霸占了他的女儿，并且强迫她与自己结婚。多么卑劣的行径。

勃拉班修当面质问奥赛罗，然而却遭到了他的矢口否认，并且女儿苔丝狄蒙娜也肯定了奥赛罗的回答。见此情景，勃拉班修也无计可施。奥赛罗不得不离家奔赴战场，所以他便委托伊阿古的妻子帮忙照顾苔丝狄蒙娜。尽管他还没有任何理由去怀疑伊阿古，但这样的做法仍然欠妥。

伊阿古忙于设计陷害奥赛罗，然而奥赛罗却对伊阿古对他的愤怒毫不知情。这个事实有利于增强读者心中的紧张气氛。回想一下你所看过的分属于不同等级的电影——不管是悬疑片还是杀人狂魔类——故事里都有一个对自己被他人盯上这件事一无所知的角色。（伊阿古的复仇行为源于其被忽视而产生的心理失衡。他生性残忍，并且为了达到目的会不择手段。）

伊阿古设计让他认为其实很称职的官员凯西奥被罢了官。之后他又虚情假意地接近凯西奥，并且告诉他自己会在奥赛罗的妻子面前替他说好话，帮助其官复原职。

伊阿古撮合苔丝狄蒙娜和凯西奥会面，并且确保奥赛罗能够亲眼目睹这一场景。而此时的他却散布谣言，对他们两人进行诋毁。他甚至还暗示：早在奥赛罗和苔丝狄蒙娜结婚前，凯西奥和她便有过交往。

伊阿古深谙人性。他能够找到人们心中的软肋并且很好地加以利用。奥赛罗的软肋便是他对妻子缺乏安全感。伊阿古利用了其内心的猜忌和嫉妒，“因嫉妒而眼红的怪兽”（出自这部戏剧）开始行动了。

伊阿古的计谋连连得逞，现在他发现奥赛罗已经上了钩。他甚至还把奥赛罗送给苔丝狄蒙娜的结婚信物——手绢，偷偷放在了凯西奥的卧室里。之后他便告诉奥赛罗自己亲眼目睹凯西奥和苔丝狄蒙娜同床共枕。奥赛罗失去了理智，下令让伊阿古杀了凯西奥，并将其提升至凯西奥的职位。

自此以后，奥赛罗的处境便每况愈下。他让苔丝狄蒙娜拿出那个手绢给自己看，苔丝狄蒙娜当然满足不了他的要求，因为伊阿古早已把手绢偷去了。奥赛罗心情极度压抑，并且越来越不安。而此时的伊阿古则正忙于通过杀人灭口来掩盖自己的卑劣行径。

不太好的人

这部戏剧的中心是奥赛罗逐渐失去理智的过程，而非权力斗争、背叛或复仇等。它主要讲述极端的感情将奥赛罗和他的妻子双双置于死地。精神病学专家可能需要花费很长的时间来对奥赛罗进行分析，才能挖掘出其内心猜疑和不当行为的根源。奥赛罗无法接受他的妻子有可能愚弄自己的事实，尽管稍有判断力他就能知道苔丝狄蒙娜深深地爱着他。他失去了理智，大脑完全被猜忌和愤怒充斥着。所有的事情都错乱了。他在不理智的漩涡中越陷越深，直至失去了自我控制力，最终用枕头闷死了自己的爱人。

当伊阿古的背叛行为最终被揭穿的时候，奥赛罗试图将其杀死，却没能成功。此时的他只有一条路可走：自杀。

伊阿古确实是一个变态人物，但是他却成功地离间了他人。我们对伊阿古没有任何同情之心，因为他是一个恶人；而尽管奥赛罗犯下了与之相比似乎更过分的罪行，我们却对其深表同情。为什么呢？

这主要取决于人物角色塑造和作者对人物所持观点的不同。莎士比亚不同情伊阿古。这个角色在故事中就是一个应该被丢弃的烂苹果。然而奥赛罗的内心情感却尤为复杂。较之伊阿古，莎士比亚对奥赛罗充满了同情。奥赛罗身上有一个导致其人生悲剧的缺陷（麦克白和李尔王也是如此），而这也正是其堕落的原因。奥赛罗的担忧（他的妻子欺骗他）以及猜忌（她有可能看上任何一个人）使他失去了理智。如果你打算塑造一个类似奥赛罗的角色，那么你的故事主题便是变态行为。在猜忌和愤怒的操控下，奥赛罗竟然欺骗他的妻子，说她所谓的情人已经向自己做了坦白。

尽管奥赛罗失去理智的行为让我们感到恐惧，但我们仍然深深体会到了他的悲情，尤其当真相大白而他不得不面对自己曾经那些可怕行为的时候。这种恐惧是他无力承受的，因此他选择了结束自己的生命。而这也是他唯一的出路。

受害者和恶人

我们深深地同情苔丝狄蒙娜这个角色。她是伊阿古复仇计划的真正受害者。奥赛罗只是一个工具而已。没错！伊阿古的复仇对象是奥赛罗，然而我们却目睹了奥赛罗的猜忌对可怜的苔丝狄蒙娜造成的影响，而她从始至终都是无辜的。

莎士比亚的过人之处便在于他并没有利用“她究竟有没有那样做?”这样的疑问来做文章。而这却是当下较为常见的一种手法。她有可能欺骗了奥赛罗，也可能没有。我们必须等到故事结尾才能知晓答案。这种手法的不可取之处在于：读者在故事发展过程中不可能同情这个人物。如果我们知道她是无辜的，遭到了诬陷的话，我们便会对她深表同情。然而如果我们并不能确定其行为，我们便迟迟不愿对该人物付出感情或是和她建立起某种情感联系。莎士比亚希望我们能够同情苔丝狄蒙娜。而这也恰恰是文学创作中最为强烈的情感之一：无辜角色蒙受冤屈。《奥赛罗》之所以大获成功，是因为剧作家让我们对奥赛罗和苔丝狄蒙娜都产生了怜悯之情。我们同情奥赛罗失去了理智以及由此产生的后果，而我们对苔丝狄蒙娜之所以同情则是因为她遭受了来自身边所有男人的不公正对待。

在日后的写作过程中，你应该谨记从这个故事中学习到的经验：要毫不隐讳地告知读者角色的悲惨经历，不要等到故事结束才释放类似信息。那样的做法将会让你的故事失去一定的感染力。这类情节（和其他情节类似）的主要目的便是博取读者对角色的同情——让我们感角色之所感。然而如果你截留了太多有关这个角色的悲惨经历，以至于我们无法对其做出判断（究竟是受害者还是恶人），那么我们也无法对其表示同情。

情节的基本结构

这类情节是关于人物被迫采取极端行为以及这些极端行为所产生的后果的。在你构思故事的时候，应该为角色设计一个从稳定到不稳定状态的迁移过程。也就是说，读者将会看到你笔下人物如我们描述的那样（看上去像是）过着正常人的生活。她日复一日稳定地生活着。你之所以需要为我们呈现你笔下人物过着正常人生活的画面，主要是为了让我们将其视作我们中的一员。这正是无节制行为暗藏的令人真正恐惧的地方：它不仅仅存在于完全丧失了理智的那些人中间，而且也会发生在普通人身上。其中暗含的信息便是这样的事情甚至可能发生在作为读者的你身上。我们应尽力驳斥那些贸然地将丧失理智的群体与我们的主流社会隔离开来的人们的观点：那些丧失了理智的人与我们不同。事实是，在大多数情况下，他们是我们中的一员。通过向读者展示故事角色过着正常生活的场景，你便可能会让读者认为这个故事人物其实是一位处于非正常状况下的正常人。

当然，你不必过多描写这部分内容，因为就这类情节而言，在此阶段并不可能有什么状况发生。如果你还记得的话，紧张形势源于对立双方的冲突，所以，如果你一直忙于描述一个正常人过着平常生活的话，你的故事很可能会缺乏紧张氛围。

问问自己，你会如何讲述伊甸园中那个有关诱惑的故事？故事会在何时开始？你会花费大量时间讲述他们过的田园诗般的生活、他们享用水果和观看动物嬉戏的场景吗？这样的故事听上去固然不错，但是就文学创作而言则无聊至极。其中的缘由便是这些仅是静态场景的描述而已。

将那条蛇引入故事中。这样你便有了对立的双方，而你的故事也因此变得有趣起来。因此，这个故事的最佳开始时间点应该设在那条蛇引诱夏娃的一两天之前。我们不仅对那条蛇出现之前的生活情境有了清晰的认识，也很快了解到了其中的冲突。

当你在构思可悲的无节制行为这类故事情节时，也应该谨记这一点。通过故事的第一部分，你可以让读者了解变化发生之前的生活状态，但是不要进行过多的描述。

之后便引入那条蛇。

这条蛇在故事中起到了导火索的作用——是导致故事主角的生活发生变化的意外事件。最终，所发生的变化会让一切都失去控制。此处的变化可能是逐渐发生的——也许在最初并不引人注意——然而当故事主角逐渐沦落的时候，我们便会在一旁惊恐而又痴迷地观望。

故事的第二部分则主要讲述事态逐渐失控的过程。故事角色受到了怎样的影响？而这又给其周围的人带来了怎样的影响？一系列的困难将故事主角逐步拉进了一个貌似无路可逃的恐怖深渊。

故事主角完全丧失理智的时间点——当他再也控制不住自己的时候——便是故事第三部分的开始，同时也是故事情节的转折点。显然情况已经糟糕到了极致，不可能再有更坏的事情发生了。在奥赛罗的故事中，故事的结局便是他杀了自己的妻子，在得知真相之后又选择了自杀。（正如我前面说过的，一旦奥赛罗杀了自己的妻子，他便无路可逃了。）

当然，你所创作的故事并不一定必须是一个悲剧。你笔下的人物也可以找到一种更为积极有效的方法来解决问题，之后便努力使一切恢复常态。然而无节制的行为必须通过某个事件的发生得到解决。这个事件可能会使一切灰飞烟灭（因为一个人不可能长时间地承受这种无节制行为的摧残），当然也可能会使情况出现转机，之后开始重建往日的安宁。譬如，一个酒鬼在自我毁灭和给家庭带来灾难性影响之后，到达了人生的最低谷，同时，他也在绝境中意识到除非能获得他人的帮助，否则他将不久于人世。

从疾病发展的角度来思考你的故事情节。（可悲的无节制行为实际上是一种情感疾病）。其症状表现为：故事角色的行为暗示了他的不正常状态。对其诊断为：意识到问题的存在，并且正确地为其定性。其预后为：可能恢复正常。你的病人有可能会痊愈，也可能没有那么幸运。但是无论结果如何，疾病的问题已经得到了解决——要么幸运地痊愈了，要么悲惨地被疾病打败了。

备忘录

在你写作的时候，请谨记以下几点：

1. 可悲的无节制行为类情节通常讲述的是角色遭遇心理危机的故事。

2. 故事角色的心理危机主要是其自身的缺陷使然。

3. 分三个阶段来介绍故事角色的心理危机：在意外使其发生变化前，故事主角处于怎样的生活状态；一步步恶化的过程中他又处于什么样的状态；在危机爆发之后，他又经历了什么——是完全被自己的缺陷所控制，还是从中走了出来。

4. 在塑造人物的过程中，尽量让人们同情他的一步步沦落。不要让你笔下的人物成为一个只会乱喊乱叫的疯子。

5. 精心地进行人物塑造。因为这类故事主要依赖于你的个人能力，你应该让读者信服故事主角是真实的并且值得我们同情的。

6. 避免创作出通俗闹剧。不要试图给故事场景强行加入超出其掌控范围的感情。

7. 直截了当地交代有关角色的所有信息，帮助读者了解你笔下的人物。不要试图隐藏任何能够引发读者同情心的信息。

备忘录

8. 大多数作家想让读者对故事主角表示同情，因此不要让你故事中的角色犯下与其本人性格特征不相符合的罪行。人们很难去同情一个强奸犯或是杀人狂魔。

9. 危机爆发之后，你的故事角色要么会彻底毁灭，要么会开始自我救赎。不要让他处于前途未卜的状态，因为读者不会满意于这样的结果。

10. 故事中的行为一定要与人物有关联。事情之所以会发生主要是因为你的故事主角做了或者没做某事而引发的。故事情节中包含的因果关系都应该直接或者间接地与故事主角有关。

11. 不要让你的故事主角迷失在自己的无理智状态中。就这类故事的创作而言，个人的经验是最为重要的。如果你还没能理解自己所经历过的无节制行为的本质的话，一定要谨慎，切忌让你的故事主角做出与真实情况不相符合的行为。认真思考一下，你想写的无节制行为的本质究竟是什么？

25 经典情节 19 和 20：盛衰沉浮

> 上坡路和下坡路是同一条路。
>
> ——赫拉克利特

人们常说，现实戏剧讲述的故事大多是关于一个人因为自身性格的悲剧性缺陷而从高处掉落的。而悲剧性的缺陷多是指贪婪、傲慢或与性欲相关。经典的希腊戏剧有很多类似的例子，比如《阿伽门农》和《俄狄浦斯》。尽管当今社会并没有那么多的国王和王后作为故事原型，我们仍然对人们从较高的地位上摔落下来的故事充满兴趣。

我们同样也喜欢这样的人——他们出身卑微，日后却能够出人头地，也就是所谓的"白手起家"的剧情。这类情节因为霍雷肖·阿尔杰的《衣衫褴褛的狄克》以及《运气和勇气》系列故事而为人们所熟悉。在这些故事中，主人公不是一位擦鞋匠便是一个报童，而他们身上所具备的优良品德总能得到财富和成功之类的回报。

这两类故事情节——崛起和衰落——在成功和失败的轮回中占据着不同的位置。其中一个讲述主人公的崛起，而另外一个则以他的衰落为主题。有的故事涵盖了整个轮回，譬如"某某的崛起和衰落"这样的故事。通常，成就故事主角出人头地的个性也最终导致其身败名裂。

这类情节主要讲述的是人的故事，起初是、结果是、最重要的还是。如果没有中心人物，你便无法构思故事情节。故事的主角是其核心。我们可以这样定义故事中的主要角色（正面人物或反面人物均可）：她在所有的故事角色中犹如太阳系中的太阳，其他所有的角色都围绕着她进行旋转。

也就是说，你所塑造的故事主角应该足够吸引人并且足以从始至终掌控整个故事的发展。如果你的主角不能支撑整个故事的发展，那么你的故事情节也会一败涂地。

这样的人物总是一个不同凡响的角色。她对其他所有的角色都有控制能力。事实上，其他的角色在她面前都会黯然失色。故事主角是有吸引力的：每个人、每件事都与其息息相关。

故事主角往往会因为过度地以自我为中心而饱受痛苦，而这也恰恰使其身败名裂成为可能。这一切超出了她的承受范围。狂妄自大的后果便是如此。约瑟夫·康拉德的《黑暗之心》（后来经过改编被弗朗西斯·福特·科波拉拍成电影《现代启示录》）讲述的是主人公被人性中最黑暗的那部分折磨的故事。这类故事均围绕被我们称为“道德困境”的中心展开。故事主角所进行的斗争制造了一个将众人悉数卷入的漩涡。

道德困境可能历时较短并且苦乐参半，如弗兰纳里·奥康纳所写的故事《帕克的后背》，讲述的是一个粗俗且懒惰的人在将耶稣的图案刺到自己背上之后，忽然明白了慈悲的内涵。而有的道德困境则会与你相伴一生，例如杰克·拉莫塔的自传《愤怒的公牛》（后来被马丁·斯科塞斯拍成了电影）。它也可能会经历几代人的时间，如电影三部曲《教父》以及加夫列尔·加西亚·马尔克斯的《百年孤独》。

我们来对比一下罗伯特·佩·华伦的《国王的人马》中威利·斯塔克所经历的盛衰和弗雷德里克·特里夫斯的《关于象人和其他回忆》（被大卫·里奇翻拍成了电影）中约翰·梅里克所经历的沉浮。

威利·斯塔克在故事开始的时候扮演的是捍卫落魄者权益的角色，他每一次都愿意与政治不公做斗争。但是他最终却变成了一个自己原本鄙夷的人：一个酒鬼和蛊惑民心的政客。怎样的性格缺陷导致了他的失败呢？我们目睹他改变了事件的发展，而他自己也同时被这些经历改变着，这便是整个故事的中心：人物和事件之间的紧密联系。你不能把主要角色和故事中的行为发展分隔开来，因为故事中的所有行为都是由这位故事主角完成的。

这也就意味着需要了解故事主角的基本情况、他的想法以及他之所以会产生这些想法的原因。换句话说，我们需要找出故事主角的愿望和动机。威利·斯塔克想成为一个受到普通大众拥戴的人。为什么呢？他受到了怎样的驱使？他又为什么会遭遇失败呢？《国王的人马》讲述的是一个有关政治以及个人腐败的问题，然而除此之外，这个故事还向我们展示了一个人自我毁灭的过程。

老鼠和象人的故事

小说《关于象人和其他回忆》中的故事主角约翰·梅里克则恰巧拥有与威利·斯塔克相反的人生经历。他的意识形态经历了从较为低级向较为高级层面的转变。类似故事的数量相对少一些，这也可能说明我们确实缺乏这样的实例。不过崛起类故事（故事主角所经历的从罪人到圣人的精神层面的转变）确实令人振奋。衰落类故事是具有警世作用的故事，而崛起类故事则如寓言般给人以灵感。《关于象人和其他回忆》高度颂扬了人性的尊严。这个故事讲述了故事主角转变和自我救赎的过程，以及人们透过野兽般的外表发现了故事主角内在美的经过。（这个故事之所以不属于变形记类情节，主要是因为梅里克的外表从来没有发生变化。人们只是发现了他究竟是谁，而非他是什么。）

梅里克以野兽的面目出现在我们的视线中，我们相信自己所看到的表象：梅里克是一只丑陋的野兽。然而，我们逐渐认清了他丑陋外表下的本性。电影中有一幕场景让我们深深地感受到了他外表掩饰下的人性的一面。一位医生带梅里克去自己家里喝茶，医生的妻子被梅里克的外表吓坏了。当梅里克看到壁炉上放着的全家福照片时，他指着照片说："他们的长相很端庄。"接着他从口袋里掏出自己母亲的照片，说道："她如天使般美丽，我肯定让她彻底失望了。我费尽心思想要好好表现……"

梅里克在追求成为"一个人"的过程中肯定经历了巨大的身心伤痛。不过他确实为了实现"被他人当作人而非动物对待"的目标付出了自己的努力。当然，他的努力最终也获得了回报，哪怕只是暂时的。

类似《关于象人和其他回忆》的故事之所以令人振奋，主要是因为它深入挖掘了人性中积极向上的那一面。你笔下的人物不应该仅仅是一个需要冲破阻碍的英雄，而应该是一个逐步完善自我的个人。显而易见，如果你的故事主角最初的处境特别糟糕的话，对他来说完成这样的任务则显得尤为轻松。由小乔治·爱默生·布鲁尔和贝特伦·布洛赫创作于 1939 年的情节剧《黑暗的胜利》（之后被拍摄成了电影，由贝蒂·戴维斯主演）讲述了一个因为罹患脑瘤而不久于人世的社交名媛朱迪思·特拉赫恩的故事。在故事的一开始，她被作者描写为一位以自我为中心、被宠坏了的缺乏宽容之心的富家女子。然而随着病情的不断恶化，她完全败下阵来。一些变化开始在她身上发生。

不过变化并不是在一瞬间发生的，比如像某个人打开了水龙头那般突然。人性极其复杂，为了成为有说服力的作家，你需要深入挖掘人物在特定状况下的心理活动。在《黑暗的胜利》中，当朱迪思得知自己的脑瘤无法医治时，她在勃然大怒之下断了自己和医生之间的关系（他们一直在发展的个人关系）。她穿梭于各种宴会并开始酗酒；她不愿意入睡，因为她不想浪费所剩不多的时光。在一次赛马比赛中，她孤注一掷地下赌注，因为在她看来自己已经一无所有了。她开始变得愤世嫉俗。

然而之后她意识到了自己不能以这样的方式离开人世，并且意识到应该与周围环境以及那些关心她的人和谐相处。她的人生开始向积极的方向发展。（从心理学的角度来说，她的行为被认为是从抵抗死亡到接受死亡的变化。）最终，朱迪思以体面的方式迎接了死亡的到来——“美丽优雅安宁地”。（我建议你将这部影片租来欣赏，因为贝蒂·戴维斯的表演惟妙惟肖，演技实属一流。）

列夫·托尔斯泰的中篇小说《伊凡·伊里奇之死》无疑是有关人物崛起类故事的佳作之一（同时也是所有文学创作中的最佳中短篇作品）。伊凡·伊里奇也像朱迪思一样面临着死亡的威胁。（你可能也留意到了，死亡的威胁是极为有效的催化剂。）然而，和朱迪思不同的是，伊凡·伊里奇只是一个普通人。他的生活乏善可陈。在很多情况下他深深吸引着身为读者的我们，因为我们能够从他的身上看到自己的影子。在他看来，生活应该是平坦、舒适且一成不变的。没有什么意外可能发生。他是一位对家人和雇主都极其负责的光明磊落之人。他的生活极其无趣。

然而托尔斯泰并没有用这些生活的细节来刺激我们那根厌烦的神经。我们在伊凡的葬礼上遇到了他，并且听到别人在谈论有关谁会取代他的职位的问题。此刻我们便会好奇这个不幸离世的可怜人为什么会受到人们如此不恭敬的对待。

接下来托尔斯泰便将我们的思绪带回了伊凡沦落之初，他意外从梯子上坠落，身体一侧被擦伤。本来这并不是什么大的意外，然而病情却日益恶化。故事侧重描写了伊凡对生命和死亡意义的认知以及他在最不可能的地方寻找关爱的经历。托尔斯泰对此进行描述的敏感度和真实性确实令读者叹服。他对伊凡临死前经历的描述完全与医学上濒临死亡的五个阶段的描述（在本故事问世之后很久才出现）相吻合。我们跟随伊凡体验到了死亡的步步逼近。恐惧被接受所取代，最终，伊凡安宁地迎接了死神的降临。具有讽刺意味的是，伊凡肉体上的毁灭使其在灵魂上得以觉醒，并最终超越了世俗和平凡。

这就是托尔斯泰的天才表现。他对人性的观察令人惊叹，并且深知怎样对其进行描述。伊凡从生到死的经历实则为一个从被奴役到获得自由的过程。人物的精神层次也在此过程中得以提升。这位平凡的小人物最终如英雄般平静地迎接了死亡的来临。

从托尔斯泰的故事中作家们可以学习这样一条经验：在选择故事主题时，并不一定要出人意料地选择一位如象人般奇异的故事主角来进行创作。故事主角可以是一位普通人。这类故事相对来说不太容易进行创作，因为它缺乏类似《关于象人和其他回忆》这样的故事中所存在的能够为作者所用的因素，比如故事主角是一位外表如怪兽般丑陋、内心却如绅士般有风度且聪慧的男人。

之所以这样说，并不是要贬低《关于象人和其他回忆》这部佳作。不过《伊凡·伊里奇之死》带给读者的感动确实更为深刻，同时托尔斯泰对于人性的挖掘也更具有说服力。这不是以某个噱头来取胜。它的成功得益于作者对人在经历人生重大转折时所表现出的人性的理解。这才是作品力量的源泉。

谁知晓人物内心深处潜藏的罪恶……

接下来我们探讨人性沦落的一面。如果说崛起类故事剖析了压力之下人性所表现出来的积极面的话，衰落类故事则着重讲述这种情况下所呈现的人性的消极面，也就是所谓的黑暗故事。这类故事以权力、腐败和贪婪为主题。人的灵魂在危机发生的瞬间陷落了。

这些人物深深地吸引着我们，如《公民凯恩》中的查尔斯·福斯特·凯恩、《教父》三部曲中的迈克·柯里昂、莎士比亚的人物同名戏剧中的理查三世、《孽海痴魂》中的艾尔默·甘特里、《推销员之死》中的威利·洛曼和《愤怒的公牛》中的杰克·拉莫塔。这些故事中的角色各异，既有邪恶的代表（如迈克·柯里昂——尽管在《教父Ⅲ》中当他努力在为自己曾犯下的罪行赎罪时，我们对他表现出了些许同情），又有某种意义上的传奇人物（如查尔斯·福斯特·凯恩，他不能被简单地归入“坏人”的行列）。对于作家而言，你应该着重讲述故事主角在被概述为“人生旅途”的过程中所经历的起起落落。我们在凯恩被迫离开自己的父母时认识了他，那时的他年轻且无忧无虑。尽管他很富有，但却极具责任感。在我们看来，他是一位充满理想主义色彩并且活力四射的年轻人。他心里怀有将世界变得更加美好的愿望。我们跟随着他，和他一起经历了他那充满起伏转折的复杂人生。在遭遇了人生的种种失意后，他的幻想破灭了，他也随之变得愤世嫉俗。凯恩并不是一个普通人。当你在进行故事主角塑造的时候，你会发现他能够马上脱颖而出。尽管在故事一开始他是一个平凡的人物，然而事件的发生会帮助其超越平凡和普通。这类故事其实都围绕着同一个问题展开：名望（权力或金钱）是如何对故事主角产生影响的？我们目睹了他在变化发生前、变化发生过程中以及之后的人生状态，并通过对比不同阶段的人物特征，最终看清了环境对故事角色造成的影响。有的角色能够很好地应对环境的变化，而有的则对此无能为力。

这也并不是说你的主角一定会遭遇道德沦丧。《公民凯恩》中的紧张气氛主要源自故事主角对于他的财富和人生所抱有的希望和现实之间的巨大差异。尽管凯恩付出了不懈的努力，却仍旧遭遇了失败的厄运。失败导致了幻想的破灭、郁郁寡欢甚至是人物的毁灭。其中的教训看起来似乎是拥有名望、权力和金钱并不代表拥有了一切，而更为深刻的教训则是：名望、权力和金钱之类的事物有时会（尽管并非总是）导致人物的毁灭，或者至少它们拥有比它们的拥有者更为强大的力量。

这主要取决于你究竟想向读者传达什么样的信息。你必须清楚地了解故事发展链条中所承载的道德和社会内涵。如果权力或金钱最终导致了人物的毁灭，那么关于权力和金钱你想要表达怎样的看法？是这些事物较之我们更为强大吗？如果你故事中的角色在掌权之前是一个好人，但是之后却因权力变成了一个不光彩的人物，那么你的故事便淋漓尽致地表达了这样的观点。它强有力地证实了权力和金钱会导致人的道德沦丧的观点。你也许会说这些事物本身就是邪恶的。那么这是你想通过故事表达的思想吗？

诸如名望、权力和金钱对人造成的普遍影响大概如此：故事角色会经历处于先前状态的自己（即在导火索事件发生之前的状态）和被事物改变而成的全新的自己之间的斗争。（请注意这类故事和转变类故事之间的区别，后者因转变的发生而开始。）你笔下的人物是如何轻易地开始滥用职权的？他有没有以任何有效的方式做出反抗？还是直接便束手就擒了？在创作中，你需要对人物心理进行大量的剖析，因此你需要事先设定一个为之努力的目标（也就是说，关于主题你想要表达的明确观点）。

在进行人物塑造的过程中，你必须谨记让读者知道并理解人物所经历的不同阶段的重要性。我们需要了解他在变化发生之前的人生状态，这样我们便拥有了进行比较的基础。这便是故事第一部分所要讲述的内容。

在故事的第二部分，我们需要经历故事角色从“旧我”到“新我”的变化。这个过程可能会延续几个月甚至几年，当然它也可能是瞬时发生的（如赢了彩票大奖般的好运突然降临或出人意料地掌权）。面对这样的事件，你笔下的人物不可能保持一成不变。

故事的第三部分则见证了人物和事件发展的高潮。如果故事角色有缺点，那么我们将会目睹这一缺点对其个人以及身边的人们造成的影响。你笔下的人物可能在不得不进行自我审视之后战胜了这个缺点，也可能仍为缺点所控制。通常（并不总是）一些灾难的发生——

人物行为导致的——迫使其变成了一个不同的自己。不过，这也是由你在此情此景之中关于此人物想要表达的观点、关于人性本质想要表达的观点决定的。外在力量是坚不可摧还是弱不禁风的？我们要受制于宇宙万物吗？还是可以将命运掌握在自己手中，为我们自己创造一个崭新的未来？

如果某一角色在逐步掌权的过程中欺辱了他人的话，大多数情况下我们会期待看到他受到应有的惩罚，也就是我们通常说的“骄兵必败”。我们乐于看到傲慢自大的家伙被连降一两级。然而如果故事主角必须克服重重困难，比如象人所面临的处境，同时他的表现与其职位的提升又名实相符的话，我们希望这个人物的精神层面也能够得以提升。我们期待他能够取胜。但是在此之前他必须要证明给我们看他是值得我们支持的。拥有欲望并不足够，甚至是配得上拥有也不是充分的理由，你笔下的角色必须自己奋力争取。

故事讲述的是你笔下人物的经历，因此所有事件都应围绕他展开。他应该利用个人非同凡响的特点（积极或消极的）来征服读者。故事主角必须是一位具有超凡魅力、极具吸引力和非凡实力的人物。不管他是一个英雄还是一个恶棍，我们都会被他深深吸引。

尽管大多数其他类型的故事也会剖析人性本质以及人在压力之下所做出的不同反应，然而没有哪类故事会像本章的两类故事一样对其进行如此深入彻底的分析。我们意识到人生中存在盛衰沉浮，而这些故事也对人生所经历的起伏进行了描述。一些人所经历的兴衰荣辱较之我们的人生经历来说更加具有戏剧性，正是那些拥有过如流星般短暂但璀璨辉煌的经历的人深深地吸引了我们。他们与我们不同，但又和我们极为相似。他们如我们一样敢爱敢恨，只是他们的行为较之我们更为夸张罢了。他们比我们爬得更高，也比我们摔得更惨。

一旦确定了主要角色的道德核心以及他是否会在斗争中取得胜利，你便能够更加清晰地了解应该如何实现以上目标。尽管说起来容易写起来难，我们在写作的过程中仍要时刻谨记写作的目的。在创作盛衰沉浮类故事的时候，我们几乎更有必要知道自己打算如何刻画人物形象。（注意此处我使用了“几乎”这个词——因为就写作而言，凡事都不会太绝对。）剧作家会让我们相信：每个人身上都有一个悲剧性的缺点，待时机合适便会暴露无遗。如果这是真的，那么我们大多数人便不用再为之操心了。然而有一部分人在成为众人关注的焦点或是到达了权力巅峰的时候，便会经受考验。一些人控制住了自己从而成了英雄，而另外一些人却没能经受住考验——这也许只是人的本性使然。

备忘录

在你写作的时候，请谨记以下几点：

1. 故事应该侧重描写一个主要角色。

2. 这个角色应该是一位意志坚强、魅力超凡并且与众不同的人。故事中的其他人物活动都要以这个主要角色为中心。

3. 故事的核心应该有一个道德困境。而这个道德困境主要是用来考验你故事中的正面人物或者反面人物的性格的，同时它也是导致人物性格发生变化的导火索的基础。

4. 人物和事件之间紧密相连。任何事情之所以发生都和主要角色有关。她拥有影响事件发展的能力，而不是相反的状态。（这并不是说事件的发展对主要角色不会产生影响，只是我们更感兴趣的是她对于世界的改变，而非世界对她的影响。）

5. 展现主要角色在她的生活发生重大变化之前的状态，为读者提供可以用来进行比较的背景。

6. 展现故事主要角色因为事情发展而经历不断变化的过程。如果这个故事主要讲述的是一位克服了重重困难的人物，那么你必须向读者展示这个人物在经历困难的过程

备忘录

中所表现出来的人性本质。之后再为我们描述故事发展过程中的事件如何改变了她的本性。不要从一种性格状态直接跳跃转变为另外一种状态，也就是说，应通过介绍人物的动机和意图为我们描述人物状态的改变。

7. 如果故事以人物的沦落为中心，那么致使其沦落的原因一定关乎其个性，而非外部环境。人物之所以会成就其人生辉煌有可能是无缘无故的（譬如故事角色赢得了高达 2 700 万美元的乐透大奖），然而其沦落的原因绝非如此。同时，故事角色具备的克服困难的能力也是由其性格决定的，而不是依靠阴谋诡计。

8. 尽量避免让故事角色经历过程较为直接的荣辱兴衰。改变主要角色的生活环境，在变化的过程中为其制造人生的沉浮。不要让角色经历如火箭般直达云霄的上升后突然摔落。同时也要变换事件的紧张程度。也许你笔下的人物在某个时刻看上去好像克服了自己的缺点，而事实上这样的时刻极其短暂。在历经几番挫折之后，故事主角最终取得了胜利（因为其所具有的品质，如不屈不挠、英勇无畏以及信念坚定等）。

9. 故事的中心永远是你笔下的主要角色。故事中所有的事件和人物都要与主要角色有关。为读者展示主要角色在变化发生之前、之中以及之后的不同状态。

26 临别寄语

我必须提醒你们这并不是一本福音书，而只是一本常用经典情节写作指南。这本书不是要禁止你去打破任何所谓的故事写作基本准则。请铭记：情节发展需要经历一定的过程，它并非写作的目的，因此当你在构思情节的时候，可以将它想象成一团需要不断改变造型的黏土。

对于某些作家来说，故事创作并非难事。如果写作对你来说也是驾轻就熟的话，你便不大可能在翻阅这本书。既然你现在阅读了这本书，那就意味着你恐怕还没有开始进行故事创作。这是一个喜忧参半的状况。

让人感到欣喜是因为每个作家都应该对自己所要创作的故事表现出担忧。绝对不要想当然地认为故事就应该是这样的。无论早晚，故事情节都需要作家进行构思。我们羡慕那些对故事结构有强烈直觉并对故事中人物的动态发展有一定理解力的人。而对于其他如我们这样的人而言，总是会过度担心故事的形式是否有混乱、缺乏平衡或不着边际的趋势，我们经常回顾已经完成的部分，并且问自己“这样写对吗?”之类的问题。

在构思故事的时候，问一下自己想要以哪种方式进行创作。我所知道的写作方式主要有两种。第一种是一气呵成，在写作过程中并不回顾已经完成的内容。一路走到底，然后再担忧对错问题。不要让思想顾虑阻碍感情的迸发。很多作家采用的都是这种方式。他们相信故事是需要修改才能成型的。在故事写完之后，再去审视其中可能存在的问题。如果在写作的过程中你一直处于忧虑状态的话，那么你便无法集中精力进行创作。

然而有些人则认为这样的写作方式会造成时间的极大浪费，并且有可能出现大的问题。一气呵成的故事有可能过于荒唐，从而致使你无法对其进行修改。持有这种看法的人认为：在写作的过程中，应时刻关注自己所写的内容，以及故事的发展走向。采用这种方式进行写作，你便可以在写作过程中不断对故事进行修改，从而避免大的问题出现。

问问自己哪种创作方式让你感到舒适。如果你认为时不时地考虑故事情节会阻碍你的创作进程，那么你便可以选择一气呵成。如果你知道自己想要创作什么样的情节（当然，在写作过程中，你也可能因为意识到其他可能性而改变故事情节），回顾一下写作概要，看看你写下的情节是否符合你原本的想法。即使不能，也没有必要担心。

如果你有强迫症，在飞机滑入跑道之前必须填完所有的飞行日志，那么整个过程中你都会看到标记。如果你感觉尚可，偶尔地偏离一下跑道并无大碍，但是你需要将最终的目标谨记在心。偏离跑道过远，可能致使你无法回到原来的航线，结果你将不得不同时面对两三个不和谐的故事情节。你应该拥有唯一的主要情节，也就是你的首要飞行计划。其他所有的细枝末节都应该支持故事主要情节的发展。然而，如果你并不清楚你的故事将有怎样的情节的话，在创作过程中你便会从一个换到另一个，直到最终将其确定下来。不过至此，你已经浪费了数周或数月的时间，而你手头拥有的却是一大堆乱如鼠窝的想法需要再整理。尽早地确定你的创作中心尤为重要。之后你便能够了解该如何将其他的情节整合到故事中来支撑故事主线的发展。

本书的初衷是介绍每一类故事情节的基本要素。不要认为自己必须要全盘照搬其中的每个细节。将有关你所选择的情节的基本概念运用到特定的故事场景中。一方面，你不能强行让故事符合所有的要求；另一方面，你也不能过于不按常理出牌而使你的故事变成一个四不像。情节只是你要表达个人观点时需要的一种形式，而在你进行创作的过程中，你需要为其塑形并且填充内容。不管你打算如何进行创作，切记不能被情节左右。你的创作并不是为情节发展服务，相反，情节发展应该为你的故事创作所用。情节发展要服务于故事创作。

本书一共涵盖了 20 种情节。你可以费时重新计算那些在你看来应该被放在最基本的 20 种情节里的其他情节。我只是挑选了其中最常用的情节。现存的大多数文学作品都能被归入这 20 类情节中的某一类。当然，并不是所有的作品。因此并不能因为我所讲述的 20 类情节中没有涵盖某类情节而否定其真实的存在。

此外，要勇于合并使用一些情节。很多伟大的作品中都包含不止一种情节。但是你的故事中必须有一个主要情节，其他所有的情节都要从属于它。你可以随心所欲地将情节叠加在一起，但是不能使其过于复杂，否则你将可能无法有效地将它们一起玩转。将某个情节置于最为重要的位置，其他所有的情节都以其为中心展开。

我曾经见过有些小说和剧本的情节是被匆匆地写在纸巾上的，大概有 50 个字左右。当你对自己所要创作的故事了如指掌的时候，也许这样的做法便足够了。当你能够做到这一点时——将你的故事用 50 个甚至更少的字数概述出来——你便完全可以开始这个故事的创作了。有时想出 50 个字的故事梗概并不困难，有时却很难做到。即便这样，你也要坚持努力直到想出来为止。

偏离轨道

对于有些人而言，一旦他们构思好了故事的情节之后，便总会感觉到深陷其中而不敢做出任何改变。如果我这样说可能会让你感觉好受点，“别让自己受到限制，你可以按照自己的想法对其做出改变”。

然而，我却不能这样做。当然我也可以说，“你必须坚定不移地执行既定的计划”。在遵循既定的路线和偏离轨道之间总是存在着分歧。尽量找到一个中间地带。如果你偏离既定的情节过远，最终你可能不得不对故事进行根本的改变，而这必将要求你重新构思这个故事。（事情也可能不会这么糟。如果你发现某个情节并不能为你所用的话，你应该将其弃之不用。）如果你一丝不苟地按照既定的情节进行创作，拒绝做出任何改变或者添加新鲜的内容，那么你便很有可能与一些不错的想法擦肩而过。

那么你怎么判定自己该在何时做出妥协，又该在何时坚持自己的既定想法呢？对此并不存在不能变通的法则。我的观点是：当你进行写作的时候，如果你对故事的发展走向感觉不错的话，千万不要冒险偏离既定的情节设计。然而，如果你对故事情节的发展不甚满意，你则需要开始寻觅一些新的想法。

我也有过很多次这样的经历：虽然写了很多页自己觉得非常棒的内容，然而这些内容却无法真正地与故事情节发展相融合。我对自己说：“这部分内容写得真是不错，我会想到办法让其融入故事中去的。”就某方面来说，我确实是对的，这部分内容真的很好。然而我认为自己能够将其融入故事中的想法却是完全错误的。这些内容在故事中根本找不到容身之地，就像虫子无法在鸟窝里栖息一样。不管我付出多大的努力，这部分内容总是与故事情节格格不入。

你可以自如地拓宽这些情节的界限，如果你认为这样做有益于你的故事创作的话。（当然，我并不建议你只是为了显得与众不同而这样做。）每部作品都有自己的需要，你不能人为地为这部作品强行加入与其不能兼容的内容。如果你急切地想发挥自己的创造力并追求与众不同的话，故事创作可能并不适合你迈出自己的第一步。我们很难（即使有可能）创作出一个不曾存在过的故事。人物角色往往没有变化（因为从根本上来说人并没有发生变化）；人物所处的环境也是相同的（因为人的生活从本质上说也不曾经历变化）。你的创造力只能体现在故事观点的表达方式上。如果我们用绘画来做一个类比，可能会更加直观。颜料就是颜料，几个世纪以来并没有发生太多的变化。然而画家们使用这些颜料的方法却千差万别。尽管他们的表现手法新颖，但是最基本的绘画工具却保持不变。文字就是文字。但是我们可以看看自己能够对其进行怎样的利用！

最后的备忘录

当你构思一个故事的时候，请思考以下问题。如果你能给出所有的答案，那么你便掌握了故事的梗概。然而哪怕只有一个问题你还无法回答，那便说明你仍然不清楚故事的内容以及故事的创作目的。

1. 用50个字对你的故事进行概述。

2. 故事的中心目的是什么？将你的答案用问题的形式写出来。例如，“奥赛罗会相信伊阿古关于他的妻子的那些言论吗？”

3. 故事主要人物的目的是什么？(她想得到什么？)

4. 故事主要人物的动机是什么？(为什么她想要得到自己想要的那个东西呢？)

5. 谁或什么阻挡了故事主要人物的道路？

6. 为了实现目标，故事主要人物制订了什么样的行动计划？

7. 故事的核心冲突是什么？内在的？外在的？

8. 故事主要人物在故事发展过程中所经历变化的实质是什么？

9. 你的故事是以人物刻画为核心，还是以行为动作为核心？

10. 故事的攻击点是什么？你打算从哪里开始展开攻击？

11. 你打算如何从始至终地维持故事的紧张气氛？

12. 故事主要人物是如何将故事情节推至高潮的？

创意写作书系

这是一套广受读者喜爱的写作丛书，系统引进国外创意写作成果，推动本土化发展。它为读者提供了一把通往作家之路的钥匙，帮助读者克服写作障碍，学习写作技巧，规划写作生涯。从开始写，到写得更好，都可以使用这套书。

综合写作		
书名	作者	出版日期
成为作家	多萝西娅・布兰德	2011 年 1 月
一年通往作家路——提高写作技巧的 12 堂课	苏珊・M. 蒂贝尔吉安	2013 年 5 月
创意写作大师课	于尔根・沃尔夫	2013 年 6 月
作家创意手册	杰克・赫弗伦	2015 年 1 月
与逝者协商——布克奖得主玛格丽特・阿特伍德谈写作	玛格丽特・阿特伍德	2019 年 10 月
心灵旷野——活出作家人生	纳塔莉・戈德堡	2018 年 2 月
渴望写作——创意写作的五把钥匙	格雷姆・哈珀	2022 年 6 月
诗性的寻找——文学作品的创作与欣赏	刁克利	2013 年 10 月
从创意到畅销书——修改与自我编辑	詹姆斯・斯科特・贝尔	2016 年 1 月
来稿恕难录用——为什么你总是被退稿	杰西卡・佩奇・莫雷尔	2018 年 1 月
虚构写作		
小说写作教程——虚构文学速成全攻略	杰里・克里弗	2011 年 1 月
开始写吧！——虚构文学创作	雪莉・艾利斯	2011 年 1 月
冲突与悬念——小说创作的要素	詹姆斯・斯科特・贝尔	2014 年 6 月
情节与人物——找到伟大小说的平衡点	杰夫・格尔克	2014 年 6 月
人物与视角——小说创作的要素	奥森・斯科特・卡德	2019 年 3 月
情节线——通过悬念、故事策略与结构吸引你的读者	简・K. 克莱兰	2022 年 1 月
经典人物原型 45 种——创造独特角色的神话模型（第三版）	维多利亚・林恩・施密特	2014 年 6 月
经典情节 20 种（第二版）	罗纳德・B. 托比亚斯	2015 年 4 月
情节！情节！——通过人物、悬念与冲突赋予故事生命力	诺亚・卢克曼	2012 年 7 月
如何创作炫人耳目的对话	詹姆斯・斯科特・贝尔	2016 年 11 月
超级结构——解锁故事能量的钥匙	詹姆斯・斯科特・贝尔	2019 年 6 月
故事工程——掌握成功写作的六大核心技能	拉里・布鲁克斯	2014 年 6 月
故事力学——掌握故事创作的内在动力	拉里・布鲁克斯	2016 年 3 月
畅销书写作技巧	德怀特・V. 斯温	2013 年 1 月
30 天写小说	克里斯・巴蒂	2013 年 5 月
从生活到小说（第二版）	罗宾・赫姆利	2018 年 1 月
小说创作谈	大卫・姚斯	2016 年 11 月
写小说的艺术	安德鲁・考恩	2015 年 10 月
成为小说家	约翰・加德纳	2016 年 11 月
小说的艺术	约翰・加德纳	2021 年 7 月

非虚构写作		
开始写吧！——非虚构文学创作	雪莉·艾利斯	2011年1月
写作法宝——非虚构写作指南	威廉·津瑟	2013年9月
故事技巧——叙事性非虚构文学写作指南	杰克·哈特	2012年7月
光与热——新一代媒体人不可不知的新闻法则	迈克·华莱士	2017年3月
自我与面具——回忆录写作的艺术	玛丽·卡尔	2017年10月
写出心灵深处的故事——非虚构创作指南	李华	2014年1月
写我人生诗	塞琪·科恩	2014年10月
类型及影视写作		
金牌编剧——美剧编剧访谈录	克里斯蒂娜·卡拉斯	2022年1月
开始写吧！——影视剧本创作	雪莉·艾利斯	2012年7月
开始写吧！——科幻、奇幻、惊悚小说创作	劳丽·拉姆森	2016年1月
开始写吧！——推理小说创作	劳丽·拉姆森	2016年7月
弗雷的小说写作坊——悬疑小说创作指导	詹姆斯·N. 弗雷	2015年10月
好剧本如何讲故事	罗伯·托宾	2015年3月
经典电影如何讲故事	许道军	2021年5月
童书写作指南	玛丽·科尔	2018年7月
网络文学创作原理	王祥	2015年4月
写作教学		
小说写作——叙事技巧指南（第十版）	珍妮特·伯罗薇	2021年6月
剑桥创意写作导论	大卫·莫利	2022年6月
你的写作教练（第二版）	于尔根·沃尔夫	2014年1月
创意写作教学——实用方法50例	伊莱恩·沃尔克	2014年3月
创意写作思维训练	丁伯慧	2022年6月
故事工坊（修订版）	许道军	2022年1月
大学创意写作·文学写作篇	葛红兵 许道军	2017年4月
大学创意写作·应用写作篇	葛红兵 许道军	2017年10月
小说创作技能拓展	陈鸣	2016年4月
青少年写作		
会写作的大脑1——梵高和面包车（修订版）	邦妮·纽鲍尔	2018年7月
会写作的大脑2——怪物大碰撞（修订版）	邦妮·纽鲍尔	2018年7月
会写作的大脑3——33个我（修订版）	邦妮·纽鲍尔	2018年7月
会写作的大脑4——亲爱的日记（修订版）	邦妮·纽鲍尔	2018年7月
奇妙的创意写作——让你的故事和诗飞起来	卡伦·本基	2019年3月
成为小作家	李君	2020年12月
写作魔法书——让故事飞起来	加尔·卡尔森·莱文	2014年6月
写作魔法书——28个创意写作练习，让你玩转写作（修订版）	白铅笔	2019年6月
写作大冒险——惊喜不断的创作之旅	凯伦·本克	2018年10月
小作家手册——故事在身边	维多利亚·汉利	2019年2月
北大附中创意写作课	李韧	2020年1月
北大附中说理写作课	李亦辰	2019年12月

精品写作课

作家的诞生——12 位殿堂级作家的写作课

中国人民大学刁克利教授 10 余年研究成果倾力呈现，横跨 2800 年人类文学史，走近 12 位殿堂级写作大师，向经典作家学写作，人人都能成为作家。

荷马：作家第一课，如何处理作品里的时间？
但丁：游历于地狱、炼狱和天堂，如何构建文学的空间？
莎士比亚：如何从小镇少年成长为伟大的作家？
华兹华斯和弗罗斯特：自然与作家如何相互成就？
勃朗特姐妹：怎样利用有限的素材写作？
马克·吐温：作家如何守望故乡，如何珍藏童年，如何书写一个民族的性格和成长？
亨利·詹姆斯：写作与生活的距离，作家要在多大程度上妥协甚至牺牲个人生活？
菲兹杰拉德：作家与时代、与笔下人物之间的关系？
劳伦斯：享有身后名，又不断被诋毁、误解和利用，个人如何表达时代的伤痛？
毛姆：出版商的宠儿，却得不到批评家的肯定。选择经典还是畅销？

作家的诞生
——12位殿堂级作家的写作课

一个故事的诞生——22 堂创意思维写作课

郝景芳和创意写作大师们的写作课，国内外知名作家、写作导师多年创意写作授课经验提炼而成，汇集各路写作大师的写作法宝。它将告诉你，如何从一个种子想法开始，完成一个真正的故事，并让读者沉浸其中，无法自拔。

郝景芳：故事是我们更好地去生活、去理解生活的必需。
故事诞生第一步：激发故事创意的头脑风暴练习。
故事诞生第二步：让你的故事立起来。
故事诞生第三步：用九个句子描述你的故事。
故事诞生第四步：屡试不爽的故事写作法宝。

图书在版编目（CIP）数据

经典情节20种：第2版/（美）托比亚斯（Tobias，R.B.）著；王更臣译．—北京：中国人民大学出版社，2015.3
（创意写作书系）
书名原文：20 master plots and how to build them
ISBN 978-7-300-20962-3

Ⅰ.①经… Ⅱ.①托… ②王… Ⅲ.①情节-小说创作 Ⅳ.①I054

中国版本图书馆CIP数据核字（2015）第046650号

创意写作书系
经典情节20种（第二版）
［美］罗纳德·B.托比亚斯 著
王更臣 译
Jingdian Qingjie 20 Zhong

出版发行	中国人民大学出版社		
社　　址	北京中关村大街31号	**邮政编码**	100080
电　　话	010－62511242（总编室）		010－62511770（质管部）
	010－82501766（邮购部）		010－62514148（门市部）
	010－62515195（发行公司）		010－62515275（盗版举报）
网　　址	http://www.crup.com.cn		
经　　销	新华书店		
印　　刷	天津中印联印务有限公司		
开　　本	720 mm×1000 mm　1/16	**版　　次**	2015年4月第1版
印　　张	17 插页1	**印　　次**	2024年11月第11次印刷
字　　数	209 000	**定　　价**	38.00元